퇴
마
록

퇴마록

외전 I

이우혁

VANTA

공통 일러두기

- 도서는 『 』, 단편이나 서사시 등은 「 」, 그림, 글씨, 영화, 오페라, 음악, 필담 등은 〈 〉, 전화, 방송, 라디오 등은 [ ]로 구분했습니다.
- 각주는 모두 저자 주입니다(엘릭시르 판본에서 용어 해설로 처리된 부분 중 가감된 내용의 일부가 이에 해당).
- 영의 목소리(빙의됐을 경우 제외)와 전음이나 복화술 등 육성으로 하지 않는 말은 등장인물과의 구분을 위해 고딕체로 표기했습니다.
- 피시(PC) 통신에서 사용하는 메시지는 별도의 서체로 구분했습니다.
- 본문의 ( )는 편집자 주이며, ─는 저자가 보충하려 덧붙인 이야기를 구분한 것입니다.

차례

그들이 살아가는 법 • 7

보이지 않는 적 • 71

준후의 학교 기행 • 153

짐 들어 주는 일 • 223

생령 살인 • 263

退魔錄　　　　　　　　　　Exorcism Chronicles

그들이
살아가는 법

『퇴마록(국내편)』,
「하늘이 불타던 날」 직후

박 신부의 거처

"들어가세."

낡고 녹이 슬었지만 꽤 육중해 보이는, 그러나 잠겨 있지 않은 대문을 밀어 열며 박 신부가 말했다. 하지만 뒤에 서 있던 현암은 머쓱한 듯 쉽게 걸음을 떼려 하지 않았다. 그리고 현암보다도 더 뒤처져 있던 준후는 어느새 전봇대 뒤로 몸을 숨기고 한쪽 눈만 빠끔히 내민 채 있었다. 박 신부는 웃으며 말했다.

"들어가자니까."

그러자 현암은 어색한 표정으로 말했다.

"저…… 저는 괜찮습니다. 굳이 폐를 끼치지 않아도……."

"폐 끼친다고 생각할 것 없다니까."

박 신부는 웃으며 현암의 어깨를 지그시 잡고 힘을 주었다.

"정말 반갑네. 그리고 현암 군. 아, 이렇게 불러도 되겠나? 자네도 어른이니 막 부르기는 그렇고…… 호칭이 영 마땅치 않아서 말일세."

"괜찮습니다. 연장자시니까요. 하지만……."

현암이 순순히 고개를 끄덕이자 박 신부는 말했다.

"일단 들어가서 이야기하세."

"그게…… 저는 정말로……."

"사람들이 보네."

박 신부가 넌지시 던진 말에 현암은 바로 고개를 숙이며 대문 안으로 한 발짝 옮겼다. 안으로 들어서던 현암은 준후 생각에 발걸음을 멈추고 전봇대 쪽을 돌아보았다. 그러나 전봇대 뒤쪽에는 아무도 없었다. 현암이 조금 놀라 주위를 둘러보는데 어느새 준후가 현암의 등 뒤를 지나 문 안으로 쏙 들어갔다. 현암이 고개를 갸웃하고 있자, 박 신부가 다시 웃으며 현암을 밀어 넣고 문을 닫았다. 철컹하는 쇳소리가 단호하게 울렸다. 문이 닫힌 후 현암은 문 안쪽의 마당을 둘러보며 말했다.

"넓군요."

마당은 밖에서 짐작한 것보다 상당히 넓어 거의 수십 평은 됐다. 몇 그루의 나무와 여기저기 무성히 돋아난, 결코 잔디로는 보이지 않는 잡초들. 그나마 한쪽은 그런 잡초조차 없이 흙바닥이 그대로 드러나 있다. 뜰 한쪽 구석에는 조그마한 연못까지 있는데, 멀리서 언뜻 보기에도 물고기가 살기는커녕 물 빛조차 시퍼렇다. 꽤 오랫동안 손질하지 않은 티가 역력한데, 박 신부가 변명하듯 말했다.

"사제 서품을 받는 동안 내버려두었더니 이 모양이 됐네. 요즘은 여기서 지내기에 집 안은 그래도 대충 치웠지만, 마당까지는 손볼 여유가 없어서."

"신부님들은 사제관에서 지내시지 않나요?"

"사제관에서 지내는 건 본당 신부라고, 교구를 배정받은 사제야."

"그럼 본당 신부가 아니신가요?"

현암이 다시 묻자 박 신부는 장난기 어린 어조로 가볍게 말했다.

"잘렸어."

"네?"

"잘렸다고 했네. 파문당했지."

그 말에 현암은 짚이는 것이 있어서 조심스레 물어보았다.

"혹시…… 신부님의 능력 때문에……?"

박 신부는 어깨를 으쓱해 보이고는 밝게 대답했다.

"그렇다고 봐야겠지. 허나 난 교단의 입장도 이해해. 교리에 따르려면 이렇게 처리할 수밖에 없었을지도 모르지. 조용히 티 안 나게 잘린 거니 괜찮아."

박 신부는 쾌활하게 말했지만, 그의 눈빛이 조금 어두워진 것을 느낀 현암은 한숨을 쉬었다.

"그럼 정식 신부님이 아니신 건가요? 아니, 이제는 아니게 되신 건가요?"

"그게 무슨 상관이겠나?"

"사제복을 입으셨잖아요."

그 말에 박 신부는 씩 웃으며 반문했다.

"이게 사제복 같아 보이나?"

"아닌가요?"

"이건 내 전투복일세."

박 신부는 말하고 껄껄 웃었다. 현암은 조금 머쓱해졌지만, 그래도 끈질기게 물었다.

"똑같아 보이는데요?"

박 신부는 여전히 미소를 거두지 않고 대답했다.

"물론 겉보기에는 같지. 허나 사제복은 교인들을 이끄는 사제로서 입는 것이지만, 난 그럴 수 없잖나. 난 싸우기 위해 입는 거니 전투복이라고 할 수밖에."

"그런 겁니까?"

"그런 거야. 자자, 들어가자고. 이런 폐허 같은 뜰에 서서 뭘 하겠나?"

그러면서 박 신부는 주변을 두리번거렸다.

"준후가 어디 갔지?"

그러고 보니 현암이 박 신부와 몇 마디 하는 사이에 준후는 또 어디에 숨었는지 보이지 않았다. 현암이 주위를 천천히 둘러보다 말했다.

"저기, 기둥 뒤에 있네요."

준후는 아까 전봇대 뒤에 숨었던 것처럼 한쪽 눈만 살짝 내밀고 그늘에 몸을 숨긴 채 이쪽을 보고 있었다. 현암은 웃으며 말했다.

"꼭 고양이 같네요."

원래는 도둑고양이라고 생각했으나 차마 그렇게 말할 수 없어서 그냥 고양이라고 한 것이다. 그런데 준후는 그 말 한마디를 듣자마자 그늘 속으로 사라져 버렸다. 현암은 준후가 화난 것 같아 당황했다.

'별생각 없이 한 말이었는데…….'

현암은 미안한 생각이 들어 준후가 몸을 숨겼던 기둥 쪽으로 걸어갔다. 그런데 가 보니 준후의 모습은 또 보이지 않았다. 당황한 현암이 박 신부에게 뭐라 말하려 고개를 뒤로 돌리자 어느새 준후는 박 신부 옆에 찰싹 달라붙어 있었다. 대체 언제 옮겨 간 것인지 알 수 없었다. 준후가 커다란 눈을 들어 현암을 빤히 바라보는데, 도대체 무슨 생각을 하는 것인지 짐작이 가지 않았다.

현암이 얼굴을 조금 찌푸리자 박 신부가 어색해진 분위기를 달래려는 듯 말했다.

"자자, 일단 들어가 차나 한잔하세."

"신부님. 아무래도……."

"왜, 그럼 차가 아니라 술이라도 한잔해야겠나? 술 좀 하나?"

"신부님도 술 드십니까?"

그 말에 박 신부는 껄껄 웃었다.

"매일 마셨어."

현암은 조금 놀랐다.

"그래도 되는 건가요?"

"미사드릴 때 영성체 배령을 하는데, 그때 포도주를 마시잖나. 그래서 사제들에겐 금주 규정이 없네. 지금은 정식 미사 집전을 못 하니 자주 안 마시지만."

"그랬습니까? 잘 몰랐……."

"들어가자니까."

결국 현암은 박 신부에게 떠밀리듯 안으로 들어서고 말았다.

"자네, 대단하던데."

생뚱맞게 생긴 홍차 잔을 앞에 놓고 있던 박 신부가 현암에게 말했다. 현암은 대답하지 않았다. 그러자 박 신부가 덧붙여 말했다.

"자네가 쓴 힘은 뭔가? 무슨 무협 영화에서 나오는 힘 같던데."

그 말에 현암은 짧게 답했다.

"부산물입니다."

"음? 뭐라고?"

"그냥 부산물이라고요."

"무엇의 부산물인데?"

"구도(求道)를 통해 정진하는 게 원래의 의미인데, 그 과정에서 생기는 부산물이라더군요. 이런 힘을 쌓으려 해서 쌓이는 게 아니라는 뜻이고, 이런 힘 따위는 사실 아무것도 아니란 뜻이기도 하죠."

"중요한 건 구도라는 의미인가?"

"당연하죠."

"자네도 종교와 연관이 있나?"

"저는 믿는 종교가 없습니다. 그러나……."

"그러나 뭐?"

"제가 지닌 힘은 불교와 연관이 깊습니다. 도교…… 아니, 도교라기보다는 선도라고 하는 게 맞겠네요. 그러니까…… 내력은 불교의 것이고 도력이나 기술은 선도의 것이죠."

"복잡하군."

"그렇게 됐습니다."

"아직 젊은데 언제 그렇게 긴 수련을 했지?"

그 말에 현암은 슬픈 표정으로 피식 웃었다.

"길게 하지 않았습니다. 그리고 제대로 하지도 못 했고요. 전부 다른 분들이 넣어 준 겁니다."

박 신부는 놀란 표정으로 감탄하듯 말했다.

"허어. 그게 가능한가? 난 내력이란 게 정말 있다는 것도 처음 들었는데."

현암의 입가에 슬픈 듯한 미소가 살짝 어른거렸다.

"내력의 축적이란 것 자체가 일반인에게는 아예 적용되지 않는 개념입니다. 그렇게 할 수 있는 사람은 그야말로 백만, 천만에 하나 있을까 말까 하다더군요. 나머지는 아무리 용을 쓰고 수련해도 아예 시작할 수 없다는 거죠. 돌연변이라고 말한 분도 계셨습니다만."

"그럼, 자네가?"

현암의 미소는 무척 서글퍼 보였지만, 어딘가 일그러진 조소 같기도 했다. 입꼬리를 조금 더 일그러뜨리며 현암은 대답했다.

"아닙니다. 물론 저도 희귀한 체질이긴 하답니다. 거사께서 그러시더군요."

"그렇게 말하면 내가 알겠는가? 거사님은 또 누구신데?"

"저에게 선도의 길을 인도해 주신 분입니다. 저를 두 번이나 살려 주셨고요."

"그런가. 그런데 자네가 좋은 체질인가?"

현암은 더 슬프게 웃어 보였다.

"반대입니다. 애당초 내력 축적과는 쥐꼬리만큼도 연관이 없을뿐더러, 내력이 주어져도 제대로 쓸 수 없는 체질이라더군요."

"그런데 어떻게 내력을 쓰나?"

"제게 전도해 주신 분의 내력이 너무도 강하고 맑아서 저 같은 놈조차 이용할 수 있을 정도였지요. 내력의 축적은 절대 아무나 시작할 수 없지만, 내력을 쌓은 사람에게서 전도 받으면 쓸 수 있다더군요. 쌓인 내력으로 발휘하는 힘을 공력이라고도 부르고요."

"그런 거였나? 그런데 왜 그런 표정을 짓지?"

박 신부가 조용히 묻자 현암은 고개를 숙이며 말했다.

"내력을 넣어 준다는 게 어떤 의미인지 아십니까?"

"모르네."

"내력이라는 건 달리 말하면 생명력이라고도 할 수 있습니다. 한 인간이 사용할 수 있는 모든 에너지를 모아 둔 것이라고 하면 비슷하게 설명이 될까요. 그분의 내력은 무려 칠십 년 가량을 모아 온 거였습니다. 한 사람이 칠십 년 동안 움직일 힘을 한 번에 쓴다면 어떤 힘이 나오겠습니까?"

"어마어마하겠군."

"그런데…… 그걸…… 그걸 저에게 전부 주셨습니다. 그 결과로…… 그분은…… 그런 큰 힘을 사람에게서 한꺼번에 빼내면 어떻게 되겠습니까?"

박 신부는 심각한 표정만 지었고 현암은 참담하게 억지웃음을 지으며 자신의 물음에 대답했다.

"네. 식물인간처럼 되셨습니다. 미라처럼 바싹 말라 버려서 혼자서는 거동도 하실 수 없는 몸이 되셨죠. 다시는 내력 축적은커녕, 뜰 산책조차 하실 수 없게 된 겁니다."

"저런…… 그랬는가."

현암은 눈물을 조금씩 흘렸지만 여전히 입가에 일그러진 미소를 지은 채 말했다.

"생판 본 적도 없는 저 같은 놈을 살리려고 그러셨습니다. 스님이시고, 법명은 도혜라 하십니다. 제게 깨우침도 주셨습니다. 어떻게 해야 하는지, 어떤 마음가짐으로 살아야 하는지, 얻은 능력을 어떻게 써야 하는지 말입니다."

"훌륭한 분이시군."

현암은 울다가 차가운 조소를 띠고 입가를 일그러뜨렸다. 박 신부는 그 표정이 마음에 들지 않았다.

"예. 그런데……."

"그런데 뭔가?"

"보통 사람이라도 그 정도의 내력을 받았다면 저보다 몇 배는 더 강해졌을 겁니다. 하지만 저는 이 더러운 체질 때문에……."

현암은 오른손을 꽉 쥐어 보이며 점점 빠르게 말했다. 말하면서 억눌렸던 흥분이 터져 나오는 듯, 현암의 눈이 점점 충혈되며 붉어져 갔다.

"……그 귀한 힘을 고작 오른팔에만 돌릴 수 있습니다. 오른팔 외에는 보통 사람과 마찬가지란 거죠. 신부님은 절 보고 대단하다 하셨지만, 그게 아닙니다. 받아 놓고도 제대로 쓰지도 못하는 겁니다. 그야말로 폐물, 쓰레기, 기생충 같은 놈이 저예요. 이렇게 귀한 것을 허비시키고 쓸데없이 만드는 멍청이가 바로……."

현암이 흐느끼자 박 신부는 차분하지만 엄한 어조로 말했다.

"그만하게."

"저…… 저는……."

박 신부가 말했음에도 현암은 기어코 눈물을 터뜨렸다. 박 신부는 안경을 고쳐 쓰더니 담담하게 말했다.

"도혜 스님 같은 훌륭하신 분이 그런 희생을 치르신 걸 의미 없게 하고 싶나?"

박 신부의 말에도 현암은 고개를 저었다.

"그, 그분은 단지 좋은 마음으로 저를 구하셨을 뿐일…… 겁니다……. 그러나 저, 저는 정말 쓸모없는……."

"그렇게 생각한다면 이제부터라도 쓸모 있게 하게. 그럼 되잖나."

그럼에도 현암의 입술이 고집스럽게 움직이려 하자 박 신부는 기회를 주지 않고 말했다.

"해동밀교 본산에서 있었던 일, 잊지 않고 있네. 자네가 정말 쓸데없는 사람이었다면 혼자 도망쳤을 테지. 보통 사람이었다면 생전 처음 보는 사람들을 위해 서 교주와 그렇게 끝까지……."

박 신부가 자신도 모르게 흥분해 말하는데 어딘가의 구석에서 흐흑 하는 가냘픈 소리가 울려왔다. 준후가 아픈 기억을 떠올리고 울음을 터뜨린 것이다. 현암은 주춤하며 당혹해했고 박 신부도 헛기침을 했다. 현암이 얼른 작은 목소리로 박 신부에게 말했다.

"죄송합니다. 저 때문에……."

박 신부는 현암에게 아니라는 듯 눈짓을 해 보인 다음 일부러 과장된 큰 소리로 말했다.

"자자, 그런 이야기는 나중에 하고 좀 쉬세. 피곤하지 않은가?"

준후의 숨죽인 울음소리는 그치지 않았다. 억지로 참는 것인지, 입을 막기라도 한 것인지 소리는 더 작아졌지만 그럴수록 두 사람의 귓속을 더 깊숙이 파고들었다. 현암은 죄지은 사람처럼 멍하니 고개를 떨어뜨렸고 박 신부도 당황한 표정이 돼 급히 탁자 위의 리모컨을 집어 들며 말했다.

"우리…… 함께 TV라도 보세."

화면에 뉴스가 나왔다. 그것도 아나운서가 막 '오늘의 사건 사고……'라고 말하는 중이었다. 현암이 걱정스러운 표정으로 급히 박 신부에게 속삭였다.

"딴 데 돌리세요. 만화라도……."

"그렇군. 어허헛. 어이쿠. 이거 만화 영화도 하는군."

박 신부가 일부러 준후 들으라고 크게 소리치며 TV 채널을 돌려 대는데도 정작 만화 영화는 나오지 않았다. 박 신부가 얼굴이 벌겋게 되도록 열심히 리모컨을 눌러 대는 사이, 현암도 다급한 표정으로 화면과 리모컨을 번갈아 보았다. 그러다가 마침내 만화는 아니어도 영화 장면 하나가 화면에 떠올랐다.

박 신부는 복음이라도 들은 기분으로 일부러 크게 외쳤다.

"어헛! 이 영화 재미있겠는데?"

현암도 들으라는 듯 소리쳤다.

"그러게요! 와! 멋지네요!"

그들의 서툰 노력 덕분인지 아니면 정말 영화에 관심이 생겨서인지 준후의 조그맣던 울음소리가 조금씩 잦아들다가 마침내 잠잠해졌다. 그래도 두 사람은 TV에서 눈을 뗄 수 없었다. 이 신출귀몰한 꼬마는 필경 어딘가 숨어서 엿보고 있을 터였다. 따라서 화면을 보고 있지 않으면 안 된다. 그렇게 영화가 어쩌고저쩌고하면서 두 사람이 한참을 큰 소리로 떠들어 대자 효과가 나타났다. 아무리 신동이라도 애인지라 호기심이 들었는지 저 뒤에서 사라락 하고 다가오는 발소리 같은 것이 들렸다. 박 신부는 비로소 조금 안심한 표정으로 현암을 보고 잘했다는 듯 미소를 지어 보였다. 그런데 그 순간, 현암은 갑자기 우욱 하는 소리와 함께 양손으로 입을 틀어막고 몸을 일으켰다. 박 신부는 깜짝 놀라 외쳤다.

"왜…… 왜 그러나? 현암 군?"

현암은 토사물을 흘리지 않으려는 듯 필사적으로 입을 막고 박 신부를 바라보았다. 화장실을 찾는 것 같아 손으로 가리켜 주니 현암은 쾅 하는 굉음과 함께 순식간에 사라져 버렸다. 그야말로 초인간적인 속도로 달려간 것인데, 서둘러 움직일 반동을 얻으려 마루를 박차느라 굉음이 들린 것이다. 마룻바닥이 꺼지지는 않았으나 눈에 띨 정도로 굽어서 삐걱거릴 것 같았다. 그 소리에 놀랐는지 고양이처럼 다가오던 준후의 자취도 어느새 사라지고 말았다. 박 신부는 맥이 빠져서 한숨을 쉬었다. 화장실에서 물 내려가는 소리가 들렸다. 현암이 세심하게 마음을 써서, 물을 먼저 내리고 구토한 것 같아 거슬리는 소리는 들리지 않았다. 그러나 박 신부는 그런 점이 더 마음에 걸렸다.

현암이 맥없이, 아까보다 더 기운이 빠진 표정으로 자리로 돌아오자 박 신부는 물었다.

"괜찮은가? 어디 안 좋은가?"

"죄송합니다."

현암은 무조건 고개만 숙였다. 박 신부는 답답한 생각이 들어 약간 언성을 높였다.

"아픈 게 뭐가 죄송한가? 불편한 데가 있으면 말하게. 내가 이래 봬도 전에는 의사였……."

"죄송합니다."

현암이 죄인처럼 고개만 꾸벅거리자 박 신부는 더 화가 났다.

"자네, 죄송하다는 말밖에 할 줄 모르나? 어디가 불편하면 불편하다고……."

그러자 현암이 고개를 숙인 채 빠른 어조로 말했다.

"저, TV 못 봅니다."

"왜? 도가의 계율에 어긋나기라도 하나?"

"아닙니다. 제가 무슨 도사도 아니고……."

"그럼 TV나 영화 싫어하나?"

"아뇨. 좋아합니다. 영화광이었습니다."

"그런데 왜 그런가? 그리고 그게 몸이 안 좋은 것과 무슨 관계가……."

현암은 울상이 됐다.

"저 몸 안 좋지 않습니다. 다만…… 멀미가 나서요."

"멀미?"

박 신부가 되묻자 현암은 고개를 푸욱 숙이며 말했다.

"내력 자체는 오른팔에만 들어갑니다만…… 다른 부위에도 적응하려고 그러는 건지 조금…… 아니, 예전보다 훨씬 예민해졌습니다."

"화면 흔들림 같은 것에 예민해졌다는 뜻인가?"

박 신부도 카메라 시점이 흔들리는 화면을 오래 보고 멀미가 난 경험이 있었다. 그래서 짚어 본 것인데 현암은 고개를 저으며 말했다.

"점밖에 안 보입니다."

"점이라니?"

"TV 화소 말입니다. 계속 색이 들어왔다 나갔다 하는 화소가 하나하나 다 보입니다. 그래서 멀미가 나는 거죠."

현암이 고개를 푹 숙이자 박 신부는 깜짝 놀랐다.

"아니, 그럼 자네 시력이 얼마나 된다는 건가? 세상에 어떻게 그게……"

현암은 대답 대신 침울한 한숨 소리를 냈다. 박 신부도 더 묻지 않고 말했다.

"필름을 비춰 주는 영화는 괜찮지 않은가?"

현암은 슬프게 고개를 저었다.

"영화는 더 멀미 납니다."

"왜?"

"영화가 이십사 프레임이라죠? 그게 따로 보입니다. 필름 컷이 바뀔 때 잠시 암전되는 것도 보이고요. 제게는 그냥 켜졌다 꺼졌다 반복하는 것으로만 보이니…… 멀미가 안 날 수 없지요……"

박 신부는 자신도 모르게 입을 딱 벌렸다. 보통 사람의 눈은 잔상이란 게 있어서 이십사 분의 일 초 이내의 것은 감지할 수 없다. 그렇기 때문에 이십사 프레임이나 되는 필름이 연속되는 영상으로 보인다. 그러나 현암의 눈은 그렇지 않은 것이다. 산전수전 다 겪은 박 신부에게도 참으로 신기한 일이었지만, 앞에 있는 현암의 얼굴이 너무도 처량해 보여서 더 말을 잇지 못했다.

현암은 푸념하듯 말했다.

그들이 살아가는 법 23

"제…… 제가 이상한 거죠? 저, 저…… 정말 이런 소리 하는 건 처음입니다만, 영화 보고 싶어서 미치겠습니다. 한데 이것 말고도 적응 못 하는 건 많습니다. 이제 더 이상 보통 사람처럼 살기 어려운……."

현암이 울음을 터뜨릴 것처럼 다시 고개를 숙이자 박 신부가 말했다.

"아닐세."

"하지만……."

박 신부는 대답 대신 TV를 꺼 버렸다. 도저히 뭐라 할 말이 없어서 일부러 쾌활한 미소를 띠며 말했다.

"그리고 보니 내 집에 손님을 모셔 두고 대접도 못했군. 저녁 시간이 넘었는데, 시장하지 않은가?"

"저…… 괜찮습니다. 괜찮으시다면 저는 이만……."

현암이 억지로 일어나려 하자 박 신부는 아예 양손을 뻗어 현암을 붙들어 앉혔다.

"그러지 말고 함께 식사라도 하세. 크게 힘들 썼으니 내 한턱냄세. 이 근처에 잘 아는 사람이 하는 횟집이 있는데, 배달도 해 주고 솜씨가 좋다네."

박 신부가 말하자마자 횟집 번호를 누르는데 현암이 박 신부를 올려다보며 눈짓했다. 그러자 박 신부도 준후를 생각해 냈다. 불교 중에서도 극단 종파인 밀교에서 일생을 보낸 아이가 생선회를 좋아할 리가 없다.

"그럼 고기가 들어가지 않은 것으로……."

그러나 막상 그렇게 생각하니 반대로 주문할 만한 배달 음식이 마땅히 없었다. 고민하던 박 신부는 결심한 듯, 아까 누르다 만 횟집 전화번호를 눌렀다.

"아, 김 사장님. 예, 예. 배달 좀 부탁하십시다. 그런데 회 빼고요. 아, 예. 고기만 아니라 생선도 빼야 한다니까요. 아, 그러면 회가 아니게 되나, 허허. 그게 사정이 있어서. 그러니까 야채로 죽 하고…… 튀김도 야채 종류로만 푸짐하게 해 주시고…… 아뇨, 그냥 제발 주문대로 해 주시오. 사정이……."

박 신부가 애를 쓰자 현암이 고개를 푹 숙인 채 말했다.

"분식집 같은 데 주문하는 게 나을 것 같은데요."

"무슨 생각이 있나?"

"글쎄요. 제 경우도 육식은 거의 피하기에…… 차라리……."

"그렇군. 자네 바라는 대로 주문하지. 내 그래도 이 부근 식당은 꿰고 있거든."

"저…… 전 라면이면 되고요. 뭐, 전 어차피 도사도 아니니까 그런 정도는 괜찮습니다."

현암이 말하자 박 신부는 서글픈 생각에 말했다.

"그…… 그걸로 되겠나?"

현암은 살짝 웃었다.

"일곱 달 동안 라면만 먹고 산 적도 있습니다."

"그러면 몸이 축나잖는가. 아무리 그래도……."

현암은 입꼬리를 비틀며 자조적으로 웃었다.

"그런다고 이 몸이 축나겠습니까. 공력이 있는데요."

이야기를 계속 이어 나가면 안 될 것 같아서 박 신부는 급히 말했다.

"알았네. 그러면 자넨 그렇다 치고…… 준후는?"

그러자 현암이 말했다.

"메밀국수 같은 거라면 괜찮지 않을까요?"

"그렇군그래! 자네 말이 맞아. 메밀 면에다가 다시마 국물에 무 갈아 넣은 거니까……."

그러자 현암이 덧붙였다.

"불가에서는 자극성 강한 양념도 안 씁니다. 그러니 파나 생강 같은 것도 빼는 게……."

"알았네."

다시 전화를 든 박 신부는 주문을 마치고 나서도 아쉬운 생각이 들었다. 뭔가 든든하게 대접해 주고 싶었는데 결국은 라면에 메밀국수라니. 허탈한 마음이었다.

퇴마사의 길

음식 오기를 기다리는 동안의 분위기는 퍽 눅눅했다. 준후는 여전히 도둑고양이처럼 숨어 모습조차 보이지 않았고 현암은 죄인처럼 고개만 숙이고 앉아 움직이지도 않았다. 박 신부도 서먹함에 입을 열지 못해 주변에는 무거운 침묵만 겹겹이 쌓여 갔다. 짧았지만 침묵에 짓눌린 기분이 들 정도로 느린 시간이 흐르다가 마침내 배달부의 현관 벨 소리가 정적을 깨 주었다. 박 신부가 문을 열어 주자 현암이 그릇을 날랐다. 박 신부는 애써 명랑한 어조로 준후를 불렀다.

"준후야. 배고프지 않니?"

준후는 대답이 없었다. 그보다는 아직 어디에 숨었는지조차 알 수 없었다. 대체 어디 숨을 공간이 있다고 이렇게 모습을 감출 수 있는 것인지 놀랍기만 했다. 박 신부는 메밀국수 그릇을 늘어놓고 애써 웃으며 말했다.

"이거 괜찮을 거다. 배고플 텐데……."

박 신부는 말하다가 말고 퍼뜩 놀랐다. 한복 자락을 늘어뜨린 준후가 어느새 자기 옆에 서 있었기 때문이다. 언제 어떻게 기척도 없이 나타났는지 놀랍기만 했다. 모습을 드러내 다행이라고 생각한 순간, 준후는 코를 씰룩해 보이더니 건방지게 인상을 찌푸리며 말했다.

"비린내."

"어? 아니 무슨……."

준후는 화난 표정으로 메밀국수 국물을 담은 종지를 가리켜 보였다.

"비린내 나요."

"그, 그러니? 다시마 같은 걸로 간을 낸 거라 그럴 수 있겠구나. 그래도 고기는 안 들어 있으니…….."

그러나 준후는 샐쭉하게 박 신부를 올려다보며 고개를 저었다. 고사리 같은 손으로 면이 담긴 그릇만을 쥐고는 후다닥 달려 나갔다.

"허…… 저런…….."

박 신부가 탄식하며 준후를 뒤쫓아 모퉁이를 돌아서니 준후는 또 어느새 귀신같이 사라져 버리고 없었다.

"아니, 맨국수를 어떻게……."

박 신부가 탄식하며 돌아오니 현암이 머쓱하게 앉아 있다가 고개를 푹 숙이며 말했다.

"메밀국수는 괜찮을 줄 알았는데…… 죄송합니다."

"아, 뭐가 죄송한가. 그나저나 이게 정말 그런 건가? 난 요리는 몰라서……."

"저도 요리는 모릅니다만, 집중해서 냄새를 맡아 보니 준후 말이 맞는 것도 같군요. 아주 조금이지만 들어 있어요."

"고기가?"

"예."

사실 메밀국수 국물은 다시마로 만들지만, 맛을 내려고 적당량의 육수를 섞기도 한다. 일본식 메밀국수는 가다랑어 포를 쓰기도 하고. 허나 그런 것은 생각조차 해 본 적이 없는 박 신부는 우울한 표정으로 말했다.

"그게 느껴지나?"

박 신부는 신기해서 한 말인데 현암은 무슨 죄라도 지은 양 고개를 숙였다.

"예."

박 신부는 실언했다 생각하고 얼른 말을 중단했다. 그리고 자신의 앞에 놓인 라면 그릇으로 눈을 돌려 나무젓가락을 집는데, 맞은편 현암의 그릇은 달걀 덩어리만 놔두고 국물까지 비워져 있었다.

"벌써 다 먹었나?"

박 신부가 놀란 얼굴로 말하자 현암은 부끄러운 듯 고개를 약간 돌리며 말했다.

"배가 고파서요……."

빨라도 너무 빨랐다. 더구나 현암 앞에 놓인 나무젓가락은 포장지조차 벗겨져 있지 않았다. 의아하게 여긴 박 신부가 물었다.

"자네 젓가락은……?"

그 말에 현암은 부끄러운 듯 고개를 숙였다.

"그냥 마셨습니다."

"마셔? 그 뜨거운 걸 통째로?"

"습관이 돼서요."

도대체 무슨 습관이 어떻게 들면 그렇게 되는지 몰라 박 신부가 멍하니 있자 현암이 변명이라도 하듯 주섬주섬 말했다.

"그…… 수련할 시간도 아깝고요. 굳이 이것저것 쓰면 설거지도 귀찮고……."

"자네, 그러다 체해. 탈 나면 어쩌려고……."

"탈 안 납니다."

"어허. 아무리 그래도……."

현암은 고개를 숙인 가운데서도 또 뒤틀린 미소를 입가에 올리며 말했다.

"절대 탈 안 납니다. 공력이 있는걸요. 귀한 공력을 이런 데나 쓰고 있으니……."

박 신부는 현암의 자조적인 모습이 정말 마음에 들지 않았지만 이번에는 섣불리 말하지 않았다. 대신 그는 자신 앞의 라면 그릇을 현암에게 내밀며 말했다.

"시장하면 이것도 들게."

"아…… 아닙니다. 계란도 남겼잖습니까. 배불러서요."

"남긴 게 아니라 일부러 안 먹은 거 같은데. 육식이라 수련에 방해가 될까 봐 그런 것 아닌가?"

"그렇기도 합니다만, 저는 정말 괜찮으니……."

박 신부는 더 권하려다가 현암이 극구 만류하자 하는 수 없이 그만두었다. 그러다 보니 젓가락을 들기도 무안해졌다. 그러자 현암은 변명이라도 하듯 일어서며 말했다.

"제가 불편하게 해 드린 것 같군요. 이만 가 보겠습니다."

박 신부는 고개를 저으며 만류했다.

"가다니. 이보게, 현암 군. 자네 나와 함께한다고 하지 않았나."

"신부님 하시는 일이라면 뭐든 돕겠습니다만…… 숙식까지 폐를 끼치고 싶지는 않습니다."

박 신부가 조용히 물었다.

"자네 숙소는 어딘데?"

현암은 머뭇거리다가 마침내 순순히 말했다.

"없습니다."

"잘 곳도 없이 떠돌았단 말인가? 자네 공력은 오른팔에만 몰렸다 했으니 다른 부분은 보통 사람이나 다를 바 없지 않은가. 그러니 그렇게 거처도 없이 지내는 것은 불편할 텐데?"

현암은 박 신부의 눈길을 피하며 말했다.

"산속이나 숲에서 자는 게 편할 리야 없죠. 다만……."

"경제 사정 때문에 거처를 못 구한 건가?"

그 말에 현암은 고개를 저었다.

"아닙니다. 그 정도로 궁하지는 않습니다. 어디 공사장이나 채석장 같은 데서 며칠만 일해도 앞가림은 됩니다. 단칸방쯤이야 못 얻을 건 없죠. 다만……."

"다만, 뭔가?"

현암은 조금 망설이다 말했다.

"불편해서 그렇습니다."

"뭐가 불편한데?"

"공력을 계속 다듬어야 하는데, 남들 이목이 있으면 수련에 불편합니다."

그러자 박 신부는 타이르듯 말했다.

"그렇군. 그렇다면 더더욱 여기 있는 게 더 낫지 않을까? 누추하긴 하지만 꽤 넓고, 보다시피 언덕 위 외진 곳에 있어서 수련을 하든 뭘 하든 자유롭다네."

"하지만 그건……."

현암이 망설이자 박 신부는 서글픈 표정을 지으며 말했다.

"이보게, 현암 군. 내 가만 보니 자네는 자네 스스로를 너무 하찮게 보는 것 같아. 자네는 정말 놀라운 청년일세."

그러자 현암은 피식 웃었다.

"신부님이 그렇게 말씀하시면 저는 어쩝니까. 저는 신부님을 보고 정말 놀랐었는데요. 더구나……."

현암은 초점 없는 눈으로 주위를 둘러보며 말했다.

"저 꼬마는 정말…… 전 상상도 못했습니다. 무슨 옛날이야기에서 튀어나온 아이 같아요."

그 말에 박 신부도 피식 웃었다.

"그러니 함께 지내자는 거야."

"하지만……."

현암이 망설이자 박 신부는 따뜻하게 웃으며 말했다.

"이보게. 여기서 혼자 지내는 게 얼마나 적적한지 아나? 아니, 모를 리가 없겠군. 자네도 나와 비슷할 테니. 그러니 함께 지내자는 거야. 그리고 같이할 일도 찾아보고."

현암은 입을 다물고 한참을 망설이다가 말했다.

"지난번에 이야기는 간략하게 들었습니다만, 구체적으로 어떻게 일을 한다는 겁니까?"

박 신부는 미소를 지으며 말했다.

"간단하네. 그냥 사람들을 도와주는 거지."

그러자 현암은 눈빛을 날카롭게 하며 물었다.

"그렇게 하고 대가라도 받자는 겁니까?"

박 신부는 가볍게 고개를 저었다.

"천만에. 절대 그럴 수야 없지."

"그러면 영웅 놀이입니까?"

박 신부는 말도 되지 않는다는 듯 가볍게 웃으며 말했다.

"원, 무슨 소리를. 내가 그럴 나이인가? 도리어 절대 남들이 알아채게 하면 안 된다네. 뭐, 경우에 따라 피해 당사자야 볼 수밖에 없겠지만 가급적 소문내지 않도록 당부해야 하네. 그게 유일하게 요구할 대가라면 대가겠지."

"보통 사람들은 알지 못하는 것들을 잡는 건가요?"

"그렇지."

현암은 조금 어이없다는 듯 말했다.

"보통 사람들의 기준으로 저는 아주 강하겠죠. 허나 전 이제 보통 사람들이 모르는 존재와 세계가 있다는 걸 알게 됐습니다."

"나도 안다네."

"그 세계의…… 뭐랄까…… 아득한 깊이에 비하면 제가 얻은 능력쯤은 별것 아닐지 모릅니다. 세상의 순리에 따라 대부분 이쪽을 건드리지 않을 뿐이지, 보이지 않는 세계가 우리 세계와는 비할 수 없을 정도로 엄청나다는 것 아실 텐데요."

"그렇겠지."

박 신부가 선선히 고개를 끄덕이자 현암은 따지듯 말했다.

"그런 것을 섣불리 드러낸다면…… 그런 몇몇 존재가 피해를 끼치는 것과는 비교도 안 되는 피해가 벌어진다는 것도 아시겠죠?"

"당연하네. 우리는 절대 비밀리에 움직여야 하고, 가급적 이런 힘이 있다는 사실도 감춰야 해. 간단하게 우리 경우만 해도 그런 게 알려지면 당장에 동물원 원숭이처럼 구경거리나 실험 재료가 될지도 모르잖나."

"저도 그렇게 생각합니다. 더구나 이런 게 '진짜'라고 알려지면 제일 먼저 사기꾼들이 '나야말로 진짜다'라고 떠들어 대며 움직일 거고, 혹세무민하는 사이비 종교에…… 아, 생각만 해도 끔찍하군요."

박 신부도 실없이 웃었다.

"귀신, 악령, 악마들이 사람을 해치는 것보다 천 배 만 배 많은 피해자들이 나오겠지."

"제가 삼 년 동안 떠돌면서 이런 일을…… 아, 우리가 하는 일을 뭐라고 불러야 하죠? 무슨 엑소시즘이라고 할 수도 없고……."

박 신부는 웃으며 말했다.

"엑소시즘이 우리말로는 구마 의식이네. 그러나 이건 가톨릭에서 쓰는 용어이니 그대로 쓰기는 그렇고…… 나는 퇴마(退魔)라고 한다네. 내가 부르는 말이네만."

그러자 현암은 말했다.

"퇴마…… 퇴마라……. 그러면 우리는 퇴마사(退魔士)가 되는 건가요?"

"뭐 그렇게 부를 수 있겠지. '이런 일하는 사람'이라고 부르기엔 어색하니 명칭은 있어야 하지 않겠나."

현암은 고개를 끄덕이며 말했다.

"그렇군요. 그러면 퇴마……행. 그런 일을 퇴마행(退魔行)이라 부르면 될 것 같네요. 괜찮나요?"

"내가 지은 말을 써 주니 고마울 뿐이네. 계속하게."

"예. 그렇게 퇴마행으로 사람을 도운 게 일곱 번입니다. 하찮은 것까지 포함해서요. 그런데 사기꾼들을 본 횟수는 수백 번도 넘습니다."

박 신부는 고개를 끄덕이며 말했다.

"나도네. 심한 경우는 내가 구해 준 사람이 후에 내 비밀을 폭로하겠다고 협박한 경우도 있었고, 사기꾼으로 몰려 벌금형을 받은 적도 있네. 그러니 절대 비밀이어야 해. 이건 선택이 아니라 필수네. 비밀을 지킬 자신이 없다면 차라리 아무것도 하지 않은 편이 세상에 도움이 될 테니까."

현암도 웃으며 말했다.

"뭐, 순순히 고맙다고 하는 사람도 있었지만 악령을 쫓아 주려고 남의 집에 들어갔다가 도둑으로 몰려 철창 달린 차까지 타 본 적 있습니다. 여자 꽁무니나 쫓아다니는 놈으로 몰려 잡혀간 적도 있고요. 사실 그 여자에 뭔가가 씐 것 같아서 그런 건데, 다시 나타나면 아예 콩밥을 먹게 해 준다고 하더군요."

박 신부는 심드렁하게 말했다.

"그래서 포기했나?"

현암은 웃으며 고개를 저었다.

"오기가 생겨서요. 힘은 들었지만 눈에 안 띄게 숨어서 떼어 냈죠. 그러니 다시 볼 일도 없고, 콩밥은 간신히 피한 셈이죠. 결과적으로는 잘됐지만 기분은 좀 그렇더군요. 사기꾼에, 도둑에, 치한에…… 하하. 안 들어 본 욕이 없습니다."

"그런데 왜 그런 일을 고집했나?"

"신부님과 같을 텐데요. 아마도."

"말해 보게나, 같을지 아닐지 모르니."

"뭐…… 이 귀한 내력을 물려받았는데 마땅히 다른 할 일이 생각나지 않았습니다."

"자네, 그 힘 정도면 스포츠로는 뭘 해도 거의 세계 제일일 건데? 금메달 같은 것에 관심이 안 들던가?"

현암은 고개를 저었다.

"스포츠는 인간 본연의 의지와 노력을 가지고 하는 건데, 이런 특별한 공력 같은 걸 쓰면 반칙이죠. 약물 도핑이나 뭐가 다릅니까. 그럴 생각 없습니다."

"내가 얻은 건 일종의 신성력이라 생각되니 그럴 수 없지만, 자네의 공력은 인간의 노력으로 얻어진 거니 그럴 필요까지는……."

"아닙니다. 이것도 불가와 도가의 힘이고, 선행을 위해 쓰라고 얻은 건데…… 그걸 팔 수는 없습니다. 물론…… 하하. 막노동할 때 주위에 사람이 없으면 조금 쓴 적도 있습니다만. 더 이상의 욕심은 없습니다."

"선행이라. 그것에 대해서는 어떻게 생각하나?"

"생각하고 말고도 없습니다. 선행은 보통 착한 일로 생각되지만, 실제로는 그냥 '옳은 일'이라 생각합니다."

"착한 일을 하면 복 받는다는 말도 있잖은가?"

"원, 그러면 그게 선행입니까? 그냥 사기나…… 좋게 봐줘도 장사죠."

"허허. 그건 종교의 교리에도 나오는 말인데, 너무 매정한 걸?"

현암은 한숨을 쉬었다.

"그거야 보통 사람들에게 제발 더 악해지지 말라고 당부하느라 그런 거지, 실제 그런 뜻은 아니라고 생각합니다. 뭐, 사람들이 어떻게 생각하건 그건 자기 마음이겠지만, 전 그렇게 생각합니다."

현암은 심드렁하게 이야기했지만 박 신부는 내심 그가 대견했다.

"뭐, 그러니 나와 함께 퇴마행을 하자는 걸세. 백지장도 맞들면 낫다고 하니, 혼자보다는 여럿이 낫겠지. 이거, 퇴마행이란 말을 붙이니 뭐가 좀 돼 가는 것 같군."

현암도 웃으며 말했다.

"그래서 제가 얻는 것은요?"

박 신부도 웃으며 간단히 말했다.

"없어."

"위험한 일은 끝도 없이 생기겠고요?"

"당연하지. 부상은 드물지 않을 거고, 목숨이 위험할 수도 있네."

"그런데 아무 대가도 바라서는 안 되고, 누구에게도 알려지지 않아야 하며, 그러다가 무슨 꼴을 당해도 그냥 버텨 내야만 하는군요."

"그래. 참 말이 안 되지?"

"아닙니다. 정말 마음에 듭니다. 애당초 그래 보여서 따라온 것이지, 그중 하나라도 신부님이 다른 말씀을 하셨다면 전 벌써 사라졌을 겁니다."

박 신부도 웃으며 말했다.

"나도 그럴 줄 알았어."

그러자 현암이 눈을 빛내며 말했다.

"그런데 한 가지 묻고 싶은 게 있습니다."

"뭔가?"

"뭐, 예를 들자면…… 이미 죽은 유령이 있습니다. 아주 억울하게 어떤 놈에게 당해 죽은 거죠. 그래서 자기를 죽인 자에게 복수를 하려고 합니다. 한데 그 범인이 뻔뻔하게 도움을 청합니다. 그런 경우는요?"

박 신부는 망설이지도 않고 딱 잘라 말했다.

"살려 줘야지."

"분명 죄를 짓고, 원인 제공을 한 게 그놈인데요?"

박 신부는 조금도 까딱 않고 말했다.

"그래도 살려야 하네. 이보게, 현암 군. 자네는 알 만한 사람이니 원칙이니 윤리니 복잡하게 가지 않고 잘라 말하겠네. 나도 그렇고 자네도 사람일세. 그러니 무슨 경우가 있어도 사람 편이야. 적어도 목숨에 대해서는."

현암은 박 신부가 말하는 사이 불만스러운 표정을 짓다가 마지막에 조금 눈을 빛냈다.

"목숨……과 죄를 다르게 보십니까?"

"절대 같을 수 없지. 가급적 죄를 뉘우치게 해야 하고 유령의 원한도 달래야겠지만 죽게 두어서는 안 돼."

"그렇게 하면 그냥 처리하는 것보다 몇 배는 어려울 건데요?"

그러자 박 신부도 검은 안경을 고쳐 쓰며 조금 굳은 어조로 말했다.

"그래도 그렇게 해야 하네."

"다른 길은 없는 겁니까?"

박 신부는 말없이 고개를 저었다. 그러자 현암은 잠시 동안 박 신부의 얼굴을 바라보다가 미소를 지었다.

"그래야 하겠죠. 그래야 한다면 그렇게 하겠습니다. 뭐, 어차피 하던 일인 걸요."

그렇게 말하는 현암의 입꼬리는 아까와는 달리 자조적으로 비틀어지지 않았고, 박 신부의 눈에도 훨씬 좋게 보였다. 박 신부도 고개를 끄덕이며 말했다.

"그래. 그러니 이제 여기서 지내게. 공연히 떠돌아다니지 말고."

그러자 현암이 뭔가 말하려 했다. 사실 나름대로 걱정이 있었다. 허나 박 신부는 입을 막듯 차분하면서도 단호한 어조로 말했다.

"그동안 외롭지 않았나? 서로 터놓고 기댈 만한 사람이 없어서 말이야. 자네는 강단이 센 것 같으니 잘 모르겠지만 내가 그랬네. 정말 외롭고 적적해서……."

박 신부는 말을 다 잊지 못하고 고개를 숙였다. 현암도 더 말을 할 수 없어 고개만 살짝 까닥해 보이고 말았다. 박 신부는 고개를 돌려 창밖을 보았다. 눈에서 눈물이 나오려는 것을 참는 것이다. 박 신부는 곧 다시 고개를 돌려 아무도 없는 천장 언저리의 허공을 바라보며 말했다.

"준후야 듣고 있니? 너를 만나게 돼서 정말 반갑단다. 너도 낯가림 그만하고 이리 나오지 않겠니?"

박 신부가 말했으나 대답이 없었다. 현암이 걱정되는 듯 주위를 둘러보자 박 신부는 가만히 손을 들어 제지하는 시늉을 했다. 그러자 조금 있다가 사박사박하는 조그만 발소리가 들려왔다. 그러더니 엉뚱하게도 거실 문 뒤로 오른쪽 눈까지만 살짝 고개를 내민 준후가 보였다. 답답할 정도로 맑은 눈망울이었다. 박 신부가 웃으며 이리 오라는 듯 손을 벌리자, 준후는 머뭇머뭇하면서 망설이다가 입을 오물거리며 들릴 듯 말 듯 조그맣게 말했다.

"그, 그…… 밀교에서 배운 교리에 의하면요, 저는 그…… 그러니까 모르는 사람과 만나서 이야기하면 안 된다고……."

박 신부는 조용히 고개를 저었다.

"이제는 모르는 사람이 아니잖니."

그러자 금방이라도 울 것처럼 준후의 눈가에는 눈물이 그렁그렁 맺혔다.

"저…… 정말 여기 있어도 돼요? 그게, 그러니까, 나는. 음…… 밀교 밖으로는 한 번도 나가 본 적이 없고, 그러니까……."

박 신부는 아무 말 없이 미소만 띠며 준후에게 다가가 어깨에 손을 얹었다. 그러자 준후는 갑자기 왁 하고 울음을 터뜨리며 박 신부의 바짓가랑이를 붙잡고 엉엉 슬프게 울어 댔다. 그것을 보고 현암도 슬픈 기분이 돼 조용히 눈을 돌렸다. 박 신부가 커다란 손을 들어 준후를 품에 안고는 가볍게 등을 토닥여 주었다.

"그래, 이제 괜찮아. 아무 걱정하지 말거라."

준후는 엉엉 울면서 말했다.

"그…… 아버지를 제가 그런 거…… 아시죠? 그건, 정말……."

준후가 목이 메어 말을 잘하지 못하자 박 신부는 계속해서 등을 토닥이며 말했다.

"이젠 잊으렴. 그냥 악몽이었다고 생각하려무나. 그게 낫지 않겠니?"

현암도 눈물이 날 것 같아 계속 입을 다물고 있었다. 창밖을 보니 이미 늦은 밤이었다. 박 신부는 준후를 품에 안은 채 말없이 걸음을 옮겨 거실을 나섰다. 그러면서 살짝 손을 들어 현암에게 따라오라는 손짓을 했다. 현암은 박 신부의 뒤를 따라 천천히 걸어갔다.

마음에 뚫린 구멍

 낡고 오래됐지만 넓은 집이었다. 물론 처음 본 대로 뜰에는 잡초만 우거지고 여기저기 나무가 시커멓게 말라 죽어 흔적만 남아 있었다. 그런 고사목 그림자가 곳곳에 드리워져 약간은 을씨년스러운 분위기라 보통 사람들 같으면 겁을 먹었을지도 모른다. 그러나 여기 세 사람에게 그런 것은 전혀 상관없었다. 오히려 현암은 생각보다 아늑하다고 여겼다.

 박 신부는 시간이 없어 집을 돌보지 않았노라 했지만 먼지가 소복이 여기저기 쌓여 있고 뜰이 황폐해졌을 뿐 특별히 어지럽혀 있지는 않았다. 박 신부의 깔끔한 성품이 그대로 반영된 듯 가구나 집기들은 잘 정돈돼 있어서 현암은 오히려 단아하다는 느낌까지 받았다. 준후를 안은 박 신부는 복도 한쪽 구석의 방 앞에서 걸음을 멈추었다. 그리고 조용히 문을 연 다음 안을 들여다보고는 안도의 한숨을 내쉬며 미소를 지었다.

 "그나마 여기는 그럭저럭 쓸 만하군. 원래 손님방이었던 곳인데 침대도 있고 방도 꽤 넓으니 일단 여기서 지내도록 하게."

 현암이 안을 들여다보니 방 안에는 낡고 커다란 철제 침대가 벽에 면해 붙어 있었고 몇 개의 서랍장이 있을 뿐 휑하니 넓기만 했다. 박 신부는 침대에 쌓인 먼지가 쑥스러운 듯 말했다.

 "내가 시트를 새로 가져다줌세."

 "괜찮습니다."

"그래도 먼지가 많이 쌓였는데……."

현암은 또다시 입술이 뒤틀린 미소를 지었다.

"바위 위나 맨땅바닥에서도 잘 잤습니다. 이 정도면 저에겐 호화판 객실인 셈이죠."

박 신부는 두말하지 않고 대답했다.

"새 시트 가져가게. 적어도 여기서 지내려면 그렇게 대강 지낼 생각은 말게."

현암은 고개를 끄덕일 수밖에 없었다. 사실 은근히 걱정되는 면이 있었으나 차마 박 신부에게 그런 말을 할 수는 없었다.

현암은 속으로 생각했다.

'그냥 운기 조식이라도 하면서 아예 밤을 새워 버릴까. 아니, 그것도 좋은 방법은 아니고…… 지금은 나도 조금 쉬어야 하겠는데. 괜찮을까…….'

그런 생각을 하며 박 신부에게 받은 시트를 침대 위에 깔고 누웠다. 박 신부는 잘 갖춰지지 않은 방이라 했으나, 이런 큼지막한 침대 위에 누워 보는 것이 몇 년 만인지 알 수 없었다. 아무래도 잠이 쏟아질 것만 같았다. 그러나 현암은 몸을 벌떡 일으키며 생각했다.

'아니, 그래도 안 돼. 혹시라도…….'

현암은 허리띠를 풀었다. 그리고 그 허리띠로 자신의 오른팔을 허리와 함께 감아 벨트를 조인 후에 자리에 누웠다. 그제야 조금 안심할 수 있었다.

깊은 잠에 빠져 있던 박 신부는 돌연 들려온 굉음에 벌떡 자리에서 일어났다. 전쟁에서의 경험 때문일까, 굉음이 마치 벙커가 포탄에 맞아 부서지는 소리와 흡사해서 더 놀랐는지도 모른다. 그러나 깨어 보니 누워 있는 곳은 자신의 집이었다. 그리고 박 신부의 옆에서는 준후가 같이 벌떡 일어나는 참이었다.

"이게 대체 무슨……."

박 신부가 황급히 안경을 찾아 쓰자 준후가 가만히 있다가 손가락으로 한쪽 방향을 가리켜 보였다. 처음에 박 신부는 그게 무슨 뜻인지 몰랐으나 생각해 보니 아까 현암을 안내해 준 방이 있는 방향이었다. 박 신부는 급히 자리에서 일어난 뒤 잠옷 바람으로 복도를 지나 현암의 방으로 다가갔다.

'무슨 사고가 생겼든지, 가스 폭발이 일어난 것은 아닐까? 대체 무슨…….'

생각하며 급히 문을 열자 뜻밖의 광경이 눈에 들어왔다. 현암은 침대 위에 무릎을 꿇고 앉아 꼭 망나니 앞에 목을 늘어뜨린 사형수처럼 고개를 푹 숙이고 있었다. 그가 누워 있던 침대 옆의 한쪽 벽은 완전히 부서져 커다란 구멍이 뚫려 있었다. 그곳에서는 아직도 흙먼지가 푸슬푸슬 떨어져 내리고 있었다. 보기에는 포탄 같은 것이 날아와 터진 것 같았다. 그러나 벽이 무너져 있는 것 외에 방 안은 차분히 정돈된 채였다. 당연히 벽을 뚫고 날아든 물건 같은 것은 없었다.

'그렇다면 이건…….'

짐작이 갔지만 믿을 수가 없어서 박 신부는 현암에게 물었다.

"현암 군, 이게 대체 어떻게 된……."

박 신부가 영문을 알 수 없어 묻자 현암이 갑자기 흐흑 울음을 터뜨리며 고개를 숙였다.

"죄송합니다, 죄송합니다……."

"아니, 이게 대체 무슨 일인지…… 자네, 다치지 않았나?"

"아닙니다, 아닙니다."

"이게 어찌 된 일인지 설명을 해 주겠나? 이…… 자네 정말 괜찮은 건가? 바로 옆에 그런 큰 구멍이 뚫렸는데……."

현암은 죄인처럼 고개를 꾸벅거리고 울면서 말했다.

"죄송합니다, 죄송합니다……. 제가 그런 겁니다."

그때 박 신부의 눈에 끊어진 채 땅바닥에 떨어져 있는 기다란 물체가 들어왔다. 현암의 허리띠 같아 보였다. 그가 의아해서 눈을 굴리자 고개를 푹 숙인 현암이 말했다.

"제…… 제 공력이란 게 이런 겁니다. 그, 그래서…… 여기 머물지 않으려 한 겁니다. 제가 악몽을 꾸고…… 저도 모르게 팔을 휘두르면 이런 일이…… 죄송합니다, 정말 죄송합니다."

현암이 울며 다시 말꼬리를 흐리자 박 신부는 이제야 모든 것이 이해가 갔다. 현암의 허리띠가 왜 바닥에 떨어졌는지도 알 것 같았다. 오른팔에 도는 공력이 주는 힘을 주체할 수 없는지라, 현암은 행여 자신이 잠자다 몸부림이라도 칠까 봐 팔을 묶어 둔 것 같았다. 그러나 소용없었다. 무슨 악몽이라도 꾸었는지, 현암이 자다가 공력을 돌린 채 오른팔을 휘두르자 허리띠는 끊어져 버렸고 잠결의 몸짓 한 번에 한쪽 벽이 완전히 무너져 버린 것이다.

박 신부는 놀랍다기보다는 딱하다는 생각이 들었다. 그의 눈에 눈물이 고였다.

현암이 말했다.

"이…… 이건, 능력이 아닙니다. 저주죠. 그러니…… 저 같은 놈을 집에 두시면 안……."

박 신부는 아무 말 없이 현암의 옆으로 걸어가 그의 어깨를 안으며 말했다.

"괜찮네. 현암 군, 괜찮아."

"신부님, 죄송합니다. 어떤 일이 있어도 반드시 원래대로……."

"괜찮네……."

박 신부는 굳게 현암의 어깨를 토닥여 주었다. 현암은 울음을 터뜨리며 준후가 그랬던 것처럼 박 신부의 어깨에 얼굴을 묻고 한없이 울어 댔다.

현암은 그날 밤을 앉아서 뜬 눈으로 지샜다. 그러고 나서 아침이 되자 박 신부에게로 왔다. 박 신부는 간밤에 아무 일도 없었다는 듯 웃는 낯으로 맞이했다.

"왜 그러나?"

현암은 조금 가라앉은 목소리로 말했다.

"잠시 나가 봐야겠습니다."

박 신부는 안경을 치켜올리며 빤히 바라보았다.

"혹시 떠나 버리려는 것, 아니지?"

현암은 반색했다.

"저, 절대 아닙니다. 제가 한 게 있으니, 어떻게든 고쳐야 하니까…… 자재를 구하려고요."

"인부를 부르면 되지, 뭘 그러나?"

"아닙니다. 제가 꼭…… 제가 꼭 하고 싶습니다. 그렇게 하게 해 주십시오."

"아니, 자네 벽도 쌓을 줄 아나?"

현암은 수줍은 듯 살짝 웃었다.

"막일이라면 안 해 본 것이 없습니다. 그리고 제 성격이 좀 꼼꼼해서…… 꽤 합니다."

박 신부는 굳이 현암에게 그런 일을 시키고 싶지는 않았다. 허나 책임감을 만족시켜 주려는 마음에, 또 이렇게라도 붙잡아 두려는 생각에 선선히 고개를 끄덕였다.

"그럼 그러게나."

박 신부의 말을 듣고 나간 현암은 종일 쏘다니며 막노동 시장을 찾아 나섰다. 꼬박 하루를 인력 시장이 열리는 장소를 찾는데 보내고, 집으로 돌아오는 길에 현암은 커다란 라면 상자 하나와 버너, 코펠이 든 등산용 보퉁이 하나를 사 가지고 왔다. 박 신부는 그것을 보고 말했다.

"자네, 그게 뭔가?"

"제 식량입니다."

"아니, 자네 왜 그래. 식사는 함께……."

현암은 고개를 저었다.

"신부님은 회 좋아하시잖아요."

"아니, 아무리 그래도 그렇지."

"저도 그렇고 준후도 그렇고 그런 것은 냄새도 못 맡습니다. 그렇다고 신부님더러 드시지 말라고 할 수도 없고요. 식사는 아무래도 당분간 따로 하는 것이 좋을 것 같습니다. 그 편이 저도 편하고요."

"이보게, 현암 군. 아무리 그래도 자네 라면만 먹으면……."

"절대 몸이 축나지 않는다고 말씀드렸습니다."

현암이 고집스레 말하자 박 신부도 어쩔 수 없었다. 그렇게 현암은 벽에 구멍이 뻥 뚫린 방에 들어앉아 버너와 코펠로 라면을 끓여 먹었다. 박 신부가 보기에는 고집스럽기도, 또 한없이 궁상맞아 보이기도 했지만 뭐라 말할 수조차 없었.

그러나 박 신부의 고민거리는 그것으로 끝나지 않았다. 입 짧은 준후도 현암의 모습을 보더니 슬쩍 말하는 것이다.

"저, 아저씨……. 아니, 신부님이라고 하셨죠? 신부님."

"왜 그러니, 준후야."

"저도 저런 거 하나 사 주세요."

준후가 고사리 같은 손으로 가리킨 것은 현암이 궁상스레 라면을 끓여 먹는 버너와 코펠이었다. 그러자 박 신부는 말했다.

"준후야, 너는 나와 같이…… 밥을 먹으면 되지 않겠니?"

준후는 야멸차게 고개를 저었다.

"속이 뒤틀려요."

그 말에 박 신부는 다소 충격을 받아 울적한 표정이 됐다. 결국은 준후가 고집을 부리는 바람에, 박 신부는 준후에게도 버너와 코펠을 사 주었다. 돌아와 보니 준후는 부엌 찬장에서 밀가루 한 봉지를 찾아 꺼내 놓고 있었다.

"그걸로 뭐 하려고?"

"먹으려고요."

준후는 심드렁하게 말했다. 박 신부는 어이가 없어 가만히 두고 보았는데 준후는 꽤 능숙하게 그릇을 찾아 밀가루를 넣고 거기다 물을 부어 반죽을 했다. 아이답지 않게 손은 날렵했지만, 넣는 것이라곤 밀가루와 소금뿐, 다른 것은 아무것도 건드리지 않았다. 박 신부는 기가 막혀 가만히 보고만 있었다.

준후는 박 신부가 사온 버너의 상자를 열어 보고는 여기저기 샅샅이 훑어보더니 설명서를 집어 들었다. 곧 준후의 얼굴이 일그러졌다. 박 신부가 사 온 버너는 하필 수입품이었는지 영어로 쓰여 있었다.

"이게 대체 무슨…… 기호죠?"

박 신부는 조심스레 말했다.

"그건 다른 나라 글자란다. 영어야, 영어."

"영국 글자인가요?"

"응, 원래 따지자면 그렇지만…… 이건 미국산인가? 아니, 나도

그들이 살아가는 법 49

좀 봐야 알겠는데."

"됐어요."

준후는 토라진 듯했다. 자기가 모르는 무엇인가가 있다는 것에 자존심이 상했는지 눈에서 불꽃이 이는 듯했다. 아이답지 않게 엄청나게 고집스러운 표정이었다. 준후는 뚫어지게 몇 분 동안 버너의 여기저기를 살펴보고 설명서의 그림만 보았는데도, 곧 현암의 맞은편 방으로 쪼르르 달려가서 버너를 놓고, 연료를 주입하더니 불을 붙여 피웠다.

불을 만지기에는 아직 어린 것 같아 박 신부는 걱정이 됐다. 그래서 따라가 지켜보았지만 준후는 능숙하게 버너를 다뤘다. 그런데 그 버너는 가스버너가 아니라, 오래된 구형 석유 버너라서 여러 번 아래에 달린 피스톤을 움직여 펌프질을 해야 했다. 그것을 몇 번 하다가 준후는 짜증이 났는지 버너 위에 코펠 뚜껑을 프라이팬 대신 올려놓고는, 손을 기묘하게 움직였다.

박 신부가 무엇을 하나 보고 있었더니, 손끝에서 불꽃이 일어나 코펠과 버너를 한꺼번에 덮었다. 물론 코펠 뚜껑을 데울 정도의 작은 불이었고, 이미 해동밀교에서 준후가 손에서 이상한 기운들을 뿜어내는 광경을 목격한 바 있지만, 다시 그런 힘을 보니 새삼 놀라웠다. 그것도 밀가루 부침개를 부치기 위해 주술을 쓰는 셈이니 박 신부는 입을 딱 벌릴 수밖에 없었다.

박 신부가 그러건 말건 준후는 뚜껑이 달궈지자 자신이 반죽한 밀가루를 얹어 부침개를 만들어 먹기 시작했다. 한편으로는 놀랍고 다른 한편으로는 귀여웠으나, 한편으로는 불쌍하기 그지없었다.

'이 아이는 도대체 어떻게 살아왔을까…….'

식사를 하는 모습 하나로 이제까지 이들의 생활을 알 수 있을 듯했다. 박 신부는 눈물이 날 것 같은 기분이 돼 아무 소리도 내지 못한 채 혼자 거실로 돌아갔다. 그리고 초라한 모습으로 식기를 찾아 자신의 식사를 준비했다. 우울하게 혼잣말을 내뱉었다.

"이러면…… 옛날과 다를 것이 없잖아…….."

함께 살아가는 법

그렇게 세 사람은 한 지붕 밑에서 생활하게 됐지만 여전히 제각각 생활하는 것이나 다름없었다. 준후는 밤이 되면 서글퍼지는지 겨우 모습을 드러내 박 신부의 옆에서 잠을 잤다. 하지만 눈을 뜨자마자 도둑고양이처럼 사라져 아침이면 언제나 보이지 않았다. 현암은 며칠 어디서 일이라도 하는지, 새벽 일찍 동도 트기 전에 나갔다가 밤이 돼서야 들어오곤 했다. 그리고 올 때마다 시멘트며 벽돌들을 한 짐씩 들고 와 쌓아 놓았다. 그러다가 마침내는 손수 시멘트를 이겨 자신이 무너뜨린 벽을 메우기 시작했다. 세 사람은 거의 따로 생활했다. 현암은 여전히 방에 들어앉아 버너로 라면을 끓여 먹었고, 자다가 벽을 부순 일이 마음에 계속 걸리는지 이제는 침대를 방 한가운데 놓고 잠을 잤다. 그렇게 하면 팔을 휘둘러도 허공을 칠뿐이니 큰 문제는 없다 생각했다. 현암 자신도 그때 일을 떠올리며 더욱 조심해서 비슷한 일은 생기지 않았다. 준후는 주술까지 사용해서 부침개나 부쳐 먹다가 그것도 지쳤는지 버너만 곱게 상자에 넣어 두고 어디론가 사라져 보이지 않았다. 박 신부는 답답했다. 한 지붕 밑에 있는 두 사람이 저렇게 궁상을 떨고 있는 것이 마음 아팠고, 걱정되기도 했다.

박 신부는 외출해 과일 가게에 들렀다. 일단 사과를 두 상자 사 가지고 집에 들여놓았다. 그리고 밤늦게 현암이 돌아오자 쌓여 있는 사과 상자를 가리켜 보였다.

"이건 괜찮지?"

현암은 고개를 끄덕이면서도 미안해했다.

"감사합니다. 저도 돈을 버니 이런 것은 제가 준비했어야 하는 건데……."

박 신부는 고개를 저었다.

"자네가 건실하게 생활하는 것은 보기 좋네만…… 그보다는 자네, 수련이란 것을 해야 한다고 하지 않았던가?"

그 말에 현암은 고개를 숙이며 입을 다물었다.

"그건 그렇습니다만……."

"수련이란 건 오래 하면 할수록 좋은 것 아니던가. 내력이나 공력이 뭔지 나는 잘 모르겠네만 오래 연마할수록 도움이 되면 모를까, 나빠질 이유는 없을 것 같은데."

현암도 긍정했다.

"맞는 말씀이십니다."

박 신부는 고개를 끄덕이며 미소를 지었다.

"조만간 자네 힘이 필요할지도 모르니 괜한 곳에 시간 낭비 하지 말고 수련에 열중하는 것이 어떻겠나?"

현암은 곧 고개를 끄덕이며 넌지시 물었다.

"뭔가 찾으셨습니까?"

"글쎄…… 아직 단언할 수는 없지만, 상당히 큰 힘이 느껴져. 상대가 물리적인 힘을 구사하는 것 같아서 아무래도 나 혼자만의 힘으로 상대하기보다는……."

"알겠습니다. 하지만 저 벽을 고칠 때까지만 기다려 주시면 안 되겠습니까?"

그러면서 현암은 계속 마음에 걸리는 듯 반 정도 쌓인 벽을 다시 한번 쳐다보았다. 박 신부는 고개를 끄덕였다. 이미 재료도 다 갖추어져 있는 상태에서 저 정도 구멍을 메우는 것은 반나절도 걸리지 않을 일이었다. 그러나 현암은 절대 서두르지 않았다. 벽돌을 쌓는데, 한 번에 쌓는 것이 아니라, 한 장 한 장을 차근차근 살펴 가며 쌓는 것 같았다. 그러기에 며칠이 지났음에도 구멍을 반도 메우지 못하고 있는 것이다. 그것은 어쩌면 현암 스스로가 벽돌 한 장마다 마음의 지표를 하나씩 새겨 새로이 쌓아 나가는 것일지도 모른다. 자기가 만든 구멍을 메우려는 양심의 가책에 의한 행위라기보다는, 뭔가 새로운 길을 걷기 전 행하는 나름의 의식일지도 모른다. 박 신부는 일도 급했지만 현암의 마음을 소중히 여기는 생각에 말없이 고개를 끄덕여 주었다. 현암도 말했다.

"일단 일은 나가지 않겠습니다. 가급적 빨리 쌓도록 하죠."

"그렇게 하게나. 서두를 필요는 없네."

그다음 날은 박 신부가 외출했고, 현암은 일을 나가지 않고 하루 종일 집에 있었다. 현암은 벽돌 한 장을 집어 그것을 삼십 분이 넘도록 가만히 움직이지도 않고 바라보았다. 이윽고 천천히 움직여 벽돌 위에 지긋이 올려놓으며 벽을 쌓아 나갔다. 그런 식으로 천천히, 아주 천천히 벽을 쌓아 메우는 바람에, 아침에 일찍 일어나 시작했는데도 점심때가 넘도록 한 줄도 끝나지 않았다. 그렇게 한 장 한 장 벽돌을 쌓는 현암의 이마와 등, 그리고 온몸에는 힘들디힘든 노동을 하는 것처럼 땀이 흠뻑 배어 났다. 벽돌 몇 장을 쌓는데 하루 온종일을 보낸 것도 모자라, 지쳐 탈진할 지경이 됐다. 무겁거나 힘들어서가 아니라 마음의 문제라서 몸까지 피곤해진 것이다.

"어어……!"

지쳐 잠들었다가 문득 잠에서 깬 현암이 벌떡 몸을 일으켰다. 깜짝 놀라서였다. 돌아보니 자신의 옆에 박 신부가 등을 돌린 채 누워 태연스레 코를 골고 있었다. 침대를 방 한가운데로 옮겨 놓아 더 이상 벽을 부수지는 않았고, 지난번에 허리띠만 끊어 먹은 뒤로 어지간한 것으로 묶어 봐야 소용없다는 것을 깨달았기에 그동안 그냥 잠을 잤었다. 허나 박 신부가 자기 옆에 누워서 자고 있을 줄은 상상도 못 했다.

"시, 신부님! 뭐…… 뭐 하시는 겁니까?"

현암이 놀라 말하자 박 신부는 잠에서 깬 듯 눈을 부비며 고개만 조금 들고 말했다.

"어, 현암 군. 왜 그러나?"

"신부님! 왜 제 옆에 누워 계신 겁니까?"

"어? 글쎄. 그냥 그러고 싶어서."

"신부님. 제 옆에 왔다가 제가 또 팔을 휘두르기라도 하면 어쩌려고요. 대체 왜……."

박 신부는 태연히 웃으며 몸을 일으키고 안경을 찾아 썼다.

"무슨 소리를 하는가? 위험하다니, 뭐가?"

"신부님, 제, 제가 주먹으로 벽 부순 거 보지 않으셨습니까?"

"응. 봤지."

"그런데 어떻게 제 옆에……."

박 신부는 태연히 말했다.

"안 하지 않았나?"

"예?"

"안 하지 않았냐고. 난 벽이 아니거든."

"그래도. 그건 너무 위험한…… 저 그러면 여기 못 있습니다."

"어허, 현암 군. 그게 아니야."

박 신부는 한숨을 쉬더니 차분히 말했다.

"자넨 자네 스스로를 너무 몰아붙이고 있어. 자네는 그리 분별없는 사람이 아니야. 비록 잠이 들어 아무것도 모른다 생각할지 모르지만 결코 그렇지 않아. 자네는 힘을 통제할 줄 아는 사람이야. 난 그렇게 믿었네만 자네가 그 사실을 믿지 않는 것 같아. 그래서……."

박 신부는 그래서 현암이 깊이 잠들었을 때 일부러 옆에 누워 잔 것이다. 그 말을 들은 현암도 박 신부의 의도는 충분히 짐작할 수 있었다. 마음속이 끓어오르는 것 같았다.

"시, 신부님. 허나 그러다가 혹시라도 어떻게 되면……."

"어허. 나는 절대로 그렇게 되지 않을 걸 알았다니까? 내가 자네는 아니지만 분명 안 그렇다는 걸 아는데, 왜 자네가 몰라? 왜 자네는 스스로를 못 믿지?"

박 신부의 말에 현암은 표정을 일그러뜨렸다. 그러나 달리 할 말이 없었다. 박 신부는 현암 스스로를 깨우쳐 주기 위해서 목숨을 걸었다고도 볼 수 있다. 한 방에 담벼락을 박살 내는 현암의 주먹이 잠든 사람의 몸에 떨어졌을 때, 어떤 결과가 벌어질지는 상상만 해도 끔찍했다. 그러나 박 신부는 조금도 그런 생각을 하지 않은 듯했다. 아니, 아예 그럴 리가 없다고 믿은 것이 분명했다. 말만 그렇게 하고 속으로 불안해하며 자리를 지킨 것이 아니다. 그렇다면 코까지 골며 편하게 잠들 수는 없다. 정말 현암을 신뢰하지 않고는 있을 수 없는 일이었다. 박 신부는 모험을 한 것도, 목숨을 건 것도 아니다. 다만 현암을 조용히, 그리고 스스로 깨달을 수 있도록 행동으로 보여 준 것이다. 현암의 눈에서 눈물이 솟구쳤다.

"시…… 신부님, 저는."

"어허."

박 신부는 아무 일도 아니라는 듯 다시 자리에 누웠다. 현암은 눈물을 닦으며 몇 번이고 뭐라 말하려 했지만 그보다 먼저 박 신부가 말했다.

"아직 일러. 자네도 좀 더 자게."

"저…… 저는."

"더 자."

"예. 알았습니다."

현암은 쭈뼛거리며 박 신부의 옆에 누웠다. 그러자 박 신부가 조용히 말했다.

"자네 스스로를 좀 더 믿어 봐. 도혜 스님이라고 했나? 난 그분의 눈을 믿네. 자네가 함부로 힘을 휘두를 사람이 아니기 때문에 자네 체질이 아무리 고약하고 공력을 받아들일 수 없어도, 그런 사람이기에 그분은 그렇게 하셨을 거야. 난 비록 만나 본 적 없는 분이지만…… 그건 결코 아무나 할 수 없는 일이지."

"예. 그렇죠."

"그런 분이 절대 잘못 보셨을 리가 없다고 생각했고, 내가 맞았네. 자네가 틀렸어. 그러니 인정하고 자네 스스로를 용서하게. 알겠나?"

"네, 신부님."

현암은 눈을 감았다. 언제부터였을까. 잠을 자면서도 악몽에 휘둘려서 이를 갈고 분노하며, 자신도 모르게 공력을 끌어올려 허공을 휘둘러 쳤던 것이. 비록 동생 현아의 복수를 하지 않는 길을 택했지만 마음속으로는 아직도 복수심이 앙금처럼 남아 있었을지도 모른다. 그것이 그를 놓아주지 않고, 자조하게 하며 괴롭혀 왔던 것일지도. 그러나 이제 현암은 그럴 필요가 없다는 것도, 그래서는 안 된다는 것도 깨달았다. 현암은 박 신부 옆에 누우며 눈을 감았다. 눈물이 계속 흘러나왔지만 이제는 편하게 잠들 수 있을 것 같았다.

사과 씨앗

다음 날이었다. 벽 쌓기를 하다 시장기를 느낀 현암은 방으로 돌아왔다. 코펠에 물을 받으려다 보니 박 신부가 준 사과 상자가 보였다. 현암은 웃으며 코펠을 내려놓고 사과 하나를 꺼냈다. 씻는 것도 귀찮아 대충 팔에 슥슥 문지른 다음 아삭하고 깨물자 시큼하면서도 아릿한 단맛이 박 신부의 마음처럼 은은하게 스며들었다.

현암은 준후의 기척을 느꼈다. 처음에는 이 꼬마가 어디로 사라졌는지 도대체 감도 잡을 수 없었는데, 박 신부의 집에 차차 적응하며 마음을 안정시키자 감각이 예민해져서인지 준후의 기척도 희미하게나마 느낄 수 있었다. 준후는 보이지 않는 빈 공간에 숨어서 움직이는 것이 아니었다. 이 꼬마는 무슨 주술이라도 쓰는 것인지 —물론 믿을 수 없는 일이지만— 그냥 자신을 투명하게 만들거나, 주변과 동화돼 보이지 않게끔 만드는 것 같았다. 경우에 따라서는 다른 사람의 눈에 띄지 않도록 사각지대로 빠르게 움직이는 것 같기도 했다. 방법이야 어떻게 됐든 현암도 결코 보통 사람은 아닌지라 이제는 준후의 기척을 느낄 수 있었다.

현암은 다시 한번 사과를 덥석 베어 물며 속으로 생각했다.

'저 녀석도 먹고 싶은가? 근데 왜 오지 않지? 그냥 가져다 먹으면 될 텐데.'

현암은 자기가 먹던 사과를 손에 든 채 다른 손으로 사과 상자를 뒤적였다. 그중 가장 붉고 맛나 보이는 사과를 골라 들어 보이며 말했다.

"준후라고 했지? 이거 먹어라."

현암이 말했으나 준후가 움직이는 기척은 느껴지지 않았다. 기척을 느낀 이상 마음먹고 준후를 찾아내려면 찾을 수 있었다. 하지만 굳이 그렇게 해서 아이를 놀라게 하고 싶지는 않았다. 현암은 싱긋 웃으며 자기가 먹던 사과를 서둘러서 와삭와삭 베어 먹고는 다시 상자를 열어 제일 좋은 사과만 골라냈다. 여섯 개의 사과를 한꺼번에 들고 방문 앞에다 늘어놓았다. 현암이 일어나 등을 돌리자, 등 뒤에서 준후의 기척이 슬쩍 느껴졌다.

'수줍음을 타는 건지 아니면 내가 무서운 건지. 거참. 꼬마들한테는 이럴 때 뭐라고 해야 되지. 이거 원…… 말하기가 쑥스러워서.'

현암은 그냥 싱긋 웃으며 사과를 와삭와삭 베어 먹었다. 박 신부에게는 라면만 먹어도 끄떡없다고 큰소리를 뻥뻥 쳤지만 사실 라면이라면 신물이 나는 터였다. 그러기에 더 맛있는지도 몰랐다. 현암이 집어 든 사과를 다 먹어 치운 다음 다른 사과를 집는데 아주 저 멀리, 건물의 반대편 끝 방 즈음에서 아주 미미한 소리가 들려왔다. 역시 아삭아삭하는, 현암보다는 훨씬 조그맣고 조심스럽게 먹는 소리가 났다. 혹시라도 들릴까 준후가 숨어서 사과를 깎아 먹고 있는 게 분명했다.

'뭐가 그리 수줍어서.'

현암은 웃으며 거침없이 와삭와삭 사과를 먹었다. 보통 사람에게는 절대 들리지 않을 것이지만 예민한 현암의 귀에는 흐릿하게나마 준후의 사과 먹는 소리가 들렸다. 장난처럼 그 소리에 나름대로 박자를 맞춰 가며 사과를 먹었다. 현암의 입가에 점점 커다란 미소가 떠올랐다.

현암은 사과를 먹어 힘이 났는지, 아니면 뭔가 각오를 했는지, 여태까지 천천히 미련스러운 정도로 우직하게 쌓아 가던 벽돌을 훨씬 빠른 속도로 쌓기 시작했다. 시멘트를 개어 벽에 발라 매끈하게 단장까지 했다.

'그래…… 그러면 되는 거였다.'

박 신부에게도 아직 과거에 대해 모든 것을 말한 것은 아니다. 그러나 현암은 벽돌담을 쌓는 것을 동생 현아를 매장하는 것과 흡사한 기분으로 하고 있었다. 매장이라기보다는 추도하는 기념비를 세웠다고 해야 할까? 아니면 자기 마음속 외에 현아를 생각하는 마음을 둘 거처를 만들어 남은 미련을 떨쳐 보이려 했던 것일지도 모른다. 더불어 그것으로 자신이 낸 구멍, 자신의 마음에 뚫렸던 구멍을 메워 가는 중이었다. 그래서 그렇게 하나하나 정성스럽게 쌓아 가는 것일지도…….

'나는 이제 새 길을 가련다. 신부님은 좋은 분이서. 그리고 이제는 외롭지 않을 거야…….'

현암은 미소를 지으며 시멘트를 다듬었지만 눈에서는 눈물이 흘렀다. 서러움이나 한이 맺힌 눈물이 아니라 애틋하고도 정감이 넘치는 감격에 겨운 눈물이었다.

벽에 시멘트를 다 바른 후에도 한 점 흠집이 없도록 깨끗하게 다듬느라 더 많은 시간을 보냈다. 마음이 후련했다. 자제하고 있지만 원래 성질은 몹시 급한 현암이다. 마음 같아서는 성질대로 방 안쪽에 벽지도 바르고 벽 바깥쪽에는 페인트칠도 하고 싶었지만 시멘트가 마르기를 기다려야 했다. 그렇게 현암이 새로 쌓은 벽에서 눈을 돌리자 마당 끝에 흰 한복을 입은 준후가 보였다. 박 신부와 같이 있을 때 빼고 준후가 현암 앞에 혼자 모습을 드러낸 것은 이번이 처음이었다. 물론 준후는 현암을 보고 있는 것이 아니었다. 마당 한 모퉁이에 쭈그리고 앉아 흙장난이라도 하는 것인지 뭔가를 뒤적거리고 있었다. 현암은 왠지 모르게 호기심이 들었다.

'뭐 흙장난하고 놀 나이기는 하지만…… 아무리 신동이고 주술

이 세도 애는 애인가?'

현암이 천천히 다가서자 준후가 힐끗 뒤를 돌아보았다. 주춤하며 어깨를 움찔하는 모습을 본 현암은 씩 웃어 주었다. 그러자 준후가 말했다.

"표정이 풀렸네요."

짧은 말이었지만 현암은 뜨끔한 느낌을 받았다.

"풀리다니?"

준후는 곁눈으로 현암을 한참 보다가 천천히 말했다.

"무서웠어요. 그러니까 현암 님…… 현암 아저씨……."

"형이라고 불러, 인마."

현암은 격의 없이 웃으며 말했으나 준후는 눈살을 찌푸렸다.

"인마라뇨! 좋지 못한 표현이에요. 저에게 격의 없음을 나타내려는 뜻임을 알지만 그래도 그런 말을 함부로 쓰시는 것이 제 귀에는 거북하게만 들리네요."

조그마한 녀석이 엄청 장황하고도 까탈스럽게 말하자 현암은 어이가 없었으나 다시 한번 씩 웃었다.

"알았다. 그러니 형이라고 불러라. 내가 나이가 많지 않냐?"

준후는 대답 않고 다시 흙만 파기 시작했다. 현암은 조용히 준후에게 한 발짝 다가갔다. 준후도 고개는 돌린 상태였지만 현암의 발걸음을 느끼는지 살짝 어깨를 움찔하다가 흙을 만지기 시작했다.

현암은 조금 더 다가가려다 멈춰 서서는 조심스레 준후에게 말했다.

"너, 내가 무섭냐?"

그러자 준후가 고개도 돌리지 않고 볼멘소리로 말했다.

"무서웠어요."

"어어. 이거 마음 아프네. 왜? 내가 못된 사람 같아 보였어?"

준후는 당황스러웠는지 말을 약간 더듬거렸다.

"아니요. 하지만…… 그러니까, 뭐랄까…… 그 손에 한 방 맞으면 나는 그냥…… 나 같은 건 그냥…… 나 겁쟁이 아니거든요? 그래도 어떻게 겁이 안 날 수가…….."

아까의 장황한 표현력은 어디 갔는지 준후가 주섬주섬 말하자 현암은 밝은 음성으로 하하 웃었다.

"나는 네가 더 무섭거든? 어떻게 사람 손에서 불이 나오고 전기가 나오냐."

준후는 여전히 볼멘 목소리로 중얼거렸다.

"전기가 아니라 뇌전이에요, 뇌전. 불도에서는 금강이라고도 부르고 범어로는 바즈라예요. 물론 제가 아직 미약해 제대로 된 바즈라의 기운을 뽑아내지 못하지만 언젠가는……."

"아아. 그만해라. 그래. 그런 신기한 것도 아는 애가 이 손이 무섭다고?"

현암이 손을 들어 보이자 준후는 힐끗거리며 말했다.

"그럼 안 무서워요? 아니, 사람이 어떻게 맨주먹으로……."

현암은 휴 한숨을 쉬며 말했다.

"내가 아무나 때릴 사람 같냐?"

준후도 지지 않고 맞섰다.

"그럼 내가 아무한테나 주술을 쓸 애 같아요?"

현암은 다시 한번 웃으며 양손을 활짝 들어 보였다.

"졌다. 네 주술보다 말재주가 더 무섭네?"

준후도 슬쩍 웃었지만 지지 않고 조그마한 목소리로 중얼댔다.

"솔직히 나도 형…… 이제 형이라 불러도 되죠? 형의 그 힘보다 더 무서운 것이 있었어요."

현암은 말했다.

"뭐가?"

준후는 잠시 망설이는 듯 고개를 숙이고 우물거리다 말했다.

"예전의 형 표정요."

"왜?"

"글쎄요. 세상 다 산 것 같이 보여서요. 난 그게 무서워서……."

현암은 자기 마음속의 갈등을 이런 어린 꼬마 녀석이 대번에 짚어 냈다는 것이 신기했다. 그러나 생각해 보니 그렇게 신기해할 일도 아닌 것 같았다. 그렇게 따지자면 자신도 그렇고, 오라라는 것을 뿜는 박 신부도 그렇고, 여기 있는 준후는 한술 더 떴다. 일반 사람으로는 이해할 수 없을 일들이었다. 하지만 그들은 그럼에도 불구하고 여기 모여 있었다. 그러니 어지간한 일들은 신기해할 필요도 없는 것이었다.

현암은 웃으며 말했다.

"그래. 너에게도 보일 정도로 내가 티를 냈구나."

"뭐, 그냥……."

"지금은 괜찮아진 것 같니?"

"예."

"역시…… 이젠 마음의 짐을 조금 던 것 같아서."

"그랬나요?"

준후가 말하며 허리를 폈다. 현암이 보니 흙바닥에는 준후가 손 댄 자국만 살짝 남았을 뿐 아무것도 없었다.

현암은 궁금해서 물었다.

"그런데 넌 여기서 뭘 했니?"

준후는 대답 대신에 자기가 손자국을 낸 곳에 합장하고 고개를 숙인 채 뭔가 알아들을 수 없는 불경 같은 것을 한참 외웠다. 분위기가 이상하게 심각한 것 같아서 현암은 말도 꺼내지 못했다. 준후는 한참이나 염불인지 독경인지를 외더니 말없이 등을 돌리며 가려 했다.

현암이 준후를 불러 세웠다.

"준후야."

"네?"

준후가 아까보다는 훨씬 선선해진 목소리로 대답하자 현암이 물었다.

"다시 묻는데, 너 뭐 한 거니?"

준후는 말했다.

"묻어 준 거예요."

"묻어? 뭘?"

"어제 먹은 사과 씨앗이요."

"응? 그…… 그걸 다?"

그러자 준후는 또 깐깐한 표정을 짓고는 현암을 가르치기라도 하듯 길게 늘어놓았다.

"무릇 생명을 지닌 것은 뭐든 귀한 거예요. 사과가 열매를 맺은 것은 씨앗을 퍼뜨리기 위함이니 그렇게 하는 게 당연하지 않겠어요? 저는 그렇게 배우며 컸어요."

"그러니까 그게……."

현암은 뭔가 말하려다가 입을 다물었다. 나이답지 않게 엄청 똑똑한 꼬마와 입씨름을 하는 것은 무의미할 것 같았다. 무의미하다기보다는 솔직히 백 번 붙어 봐야 백 번 다 자신이 지는 결과만 나올 것 같았다.

"준후야."

"예?"

"너, 착한 녀석이구나."

"그, 그게 뭘요……. 그냥 당연히 제가 할 바를……."

"형이랑 좀 놀까?"

"예? 아니, 놀다뇨. 그게 무슨…… 저, 전 아직……."

퇴마사들의 생일

그날 저녁, 박 신부가 집으로 돌아왔다. 원래 박 신부는 문을 잠그지 않고 살았다. 그렇기에 평소 습관대로 대문을 밀어 열려고 했는데 이상하게 문이 잠겨 있었다.

"어?"

문을 열려고 했으나 안에서 잠긴 문이 그냥 열릴 리 없다.

"무슨 문단속을……."

어차피 찾아올 사람도 없는 데다, 도둑이 든다면 그 도둑의 운수도 막장일 터였다. 새삼스럽게 무슨 문단속인가 싶어 박 신부는 의아했다. 또 문단속할 사람은 현암밖에 없는데 왜 그런가 싶었다. 박 신부는 하는 수 없이 초인종을 찾았다. 벨이 울리자 안에서 누군가 나오는 소리가 들렸는데 발소리를 들으니 현암이 분명했다.

역시 박 신부의 느낌대로 현암이 문을 열어 주었다.

"자네, 왜 문을 잠갔나?"

현암은 웃으며 말했다.

"신부님 오시는 거 알려고요."

"응? 왜? 내가 내 집에 오는 걸 뭐 굳이……."

"자자, 들어가시죠."

박 신부는 의아해서 현암이 이끄는 대로 안으로 향했다. 특별히 달라진 것도 없다. 집을 오랫동안 떠나 있었던 것도 아니고 아침나절에 나갔는데 왜 이러는지 알 수 없었다. 그러나 현암의 표정은 밝았고 예전에 자주 했던 입가가 비틀린 듯한 조소는 사라져 있었다.

 현암의 인도를 받아 부엌 쪽으로 들어서자 박 신부는 눈을 크게 떴다. 부엌에 있는 식탁 위에는 커다란 접시 하나가 올려져 있었는데 거기에는 박 신부가 좋아하는 온갖 회가 있었다. 그러나 그것보다도 그 회를 덮고 있던 종이를 걷어 낸 것이 준후였다는 게 더 놀라웠다. 물론 준후는 비린내가 조금 역겨운 듯 인상을 찌푸리고 있었으나 애써 내색하지 않으려고 눈가를 파르르 떠는 모습이 눈에 들어왔다. 그것보다도 마침내 셋이 함께 모여 앉게 됐다는 사실이 기뻐서 박 신부의 코끝이 찡해졌다.
 현암이 말했다.
 "신부님 저희 때문에 드시고 싶은 것도 못 드시는 게 안타까워서요. 이건 제가 번 돈으로 산 겁니다. 그러니 드세요."
 "허허, 이거 참."
 박 신부는 눈물이 날 것 같았다.
 "이거 내 생일도 아닌데 이런 대접을 받아서야……."
 "신부님 생신이 언제인지 모릅니다만, 오늘을 그냥 우리 생일이라고 하죠."
 "우리 생일이라니?"
 "퇴마사들의 생일 말입니다."
 그러자 준후는 흥 하면서 자리에 앉아 자기 앞에 놓인 커다란 아이스크림만 정신없이 퍼먹었다. 박 신부가 현암에게 아주 작은 소리로 소곤거렸다.

"자네, 그사이에 어떻게 준후가 말을 듣게 했지?"

현암은 웃으며 말했다.

"저 녀석이 아이스크림에 사족을 못 쓰더라고요. 그래서 뭐, 그냥 동생이라 생각하기로 했어요."

"그런가?"

"그러니 같이 드십시다."

"그래? 그럼 자네도 회……."

"아, 아뇨, 전……."

현암은 씩 웃었다.

"여전히 라면입니다. 아, 사과도 잘 먹고 있습니다."

"그래…… 그런가."

박 신부는 웃으며 자리에 앉았다. 준후는 여전히 약간 비위가 상한 듯 고개를 돌리고 있었지만 계속해서 아이스크림을 퍼먹고 있었다. 그래도 견뎌 낸다. 비록 맡기 싫은 회 냄새가 가득하지만, 준후도 그것을 참아 낼 수 있을 만큼 함께 있다는 느낌이 좋았다.

전혀 어울리지 않는 식탁에, 전혀 어울리지 않는 세 사람이, 전혀 어울리지 않는 음식을 같이 먹었다. 그래도 그들은 화목했고, 나름대로 즐거웠다. 그들 모두에게는 오늘이 바로 또 다른 생일이니까.

보이지 않는
적

『그들이 살아가는 법』
그 며칠 후

일러두기
- '동사무소'는 현재 '행정복지센터'로 명칭이 바뀌었으나 작품의 시대 배경에 맞춰 '동사무소'로 표기했습니다.

초라한 첫 퇴마행

"우리가 싸울 때 뭘 제일 조심해야 하는 줄 아나?"

말없이 운전하던 박 신부가 갑자기 생각난 듯 옆자리의 현암에게 말했다.

현암은 가만히 박 신부를 돌아보며 대답했다.

"글쎄요……. 아무래도 인간이 아닌 존재들이 많으니까 영적인 문제나 그런……."

박 신부는 고개를 저었다.

"인내심일세."

"인내심이요?"

"그래, 인내심."

현암이 갸웃하자 박 신부가 설명했다.

"현암 자네, 사람들하고 싸워 본 경험이 꽤 있겠지?"

현암은 살짝 웃었다.

"제가 공력이 있다고 아무하고나 싸우는 건 아닌데요?"

"다른 뜻이 있어서 물어본 것이 아니니 그냥 아는 대로 대답해 보게."

"뭐, 솔직히 공력 생기기 전에도 싸운 일이 없진 않습니다. 하지만 공력을 얻은 뒤로는 사람들과는 싸우지 않······."

현암이 머리를 긁적이자 박 신부는 조용히 말했다.

"그런 보통 싸움을 말한 걸세. 그때 싸움이 보통 어느 정도나 걸리던가?"

"뭐, 글쎄요. 지금의 저는 내력이 받쳐 주니 거의 지치지 않습니다만 보통 사람들이야 일이 분도 싸우기 어렵죠."

"맞네. 그래서 인내심이 중요한 걸세."

"체력도 중요하지 않을까요?"

현암이 말하자 박 신부는 고개를 저었다.

"우리가 상대하는 적들은 체력이라는 개념이 없는 것이 보통이거든. 하지만 사람은 지치지. 직접 타격을 입는 것보다는 정신적으로 지치니, 인내심이라는 표현이 더 맞을 거야."

"그렇군요."

"그렇지."

아무래도 박 신부가 현암을 걱정해서 한 말이리라.

"걱정을 해 주시니 감사합니다. 하지만 제가 그렇게 남에 비해 인내심이 떨어진다고 생각한 적은 없습니다만."

"그래서 이번에는 자네와 함께 가기로 한 거야. 믿음직하니까."

"감사합니다. 그런데 왜 그런 말씀을 하시는 거죠? 상대가 그렇게 강합니까?"

현암이 넌지시 묻자 박 신부는 살짝 웃으며 말했다.

"글쎄 뭐라고 할까. 나도 아직은 잘 모르겠지만…… 어쨌든 인내해야 한다는 것만 기억하게."

"예. 알겠습니다."

현암이 열의를 불태우자 박 신부가 그게 아니라는 듯 말했다.

"내가 말하는 인내심은 다른 뜻도 있어."

"뭔데요?"

"가급적 힘을 발휘할 때 차분하라는 뜻도 포함해 한 말일세. 자네의 힘은 내가 보기에도 두려울 정도니까."

"그런 말씀하시면 쑥스러운데요. 저는 오히려 신부님의 능력이야말로……."

"피차 낯부끄러운 말은 그만하세."

박 신부가 말을 자르자 머쓱해진 현암이 말했다.

"저는 퇴마사로서 첫 퇴마행을 나가는 셈인가요?"

"뭐, 그렇다고 봐야겠지. 그…… 퇴마라는 말……. 내가 만든 거지만 자네가 말하니 새삼스럽네."

"쑥스러우십니까?"

"아니. 뭐, 그런 건 아니고…… 굳이 말하자면 나쁜 기분은 아니야. 허허허."

박 신부가 긴장을 풀려는 듯 가볍게 말하자 현암도 웃었다.

"뭐 저도 왔다 갔다 하는 놈들을 몇 번 건드린 적은 있습니다만 이렇게 신부님처럼 정식으로 계획을 짜고 움직인 적은 없습니다. 그런데 신부님 혼자서 조사하고 다니실 것 같지는 않은데요."

"이 사람아. 나도 몸은 하나야."

"그러면 어디서 정보를 얻으십니까?"

"글쎄, 뭐…… 여기저기지."

박 신부는 잠시 운전에 집중하다가 말을 이어 갔다.

"솔직히 말하자면…… 은근히 나와 인연을 맺고 도와주는 사람이 많아."

"박 신부님의 능력을 아는 사람이 많다는 뜻인가요?"

현암이 캐묻자 박 신부는 한숨을 쉬었다.

"아, 자네에게 반드시 비밀을 지켜야 한다고 해 놓고 이런 말 하면 우습긴 하네만……."

"아닙니다. 믿을 만한 분이라면 도움을 많이 받을수록 좋겠지요."

"뭐, 도움이라고 해 봐야 특별한 능력을 기대할 수는 없지. 거의 보통 사람, 친구, 지인이야. 그래도 주변에 어디서 무슨 일이 생겼다 정도는 알려 주는 편이지."

"그래서 사람들을 찾아다닐 수 있는 거군요. 좋은 일입니다."

박 신부는 가볍게 웃었다.

"좋은 일은 무슨. 난 위험한 일에 자네를 끌고 다니는 거야. 월급도 안 주고 말이야."

"어차피 전 취직 같은 거 할 성격이 못됩니다. 그래서 신부님이 고마운걸요."

"고맙다는 말 좀 하지 말라니까. 언젠가 마음이 바뀌어서 '이 사기꾼아!' 하고 멱살이나 잡지 말라고. 난 자네의 공력이 정말 무서우니까."

"원, 신부님도 참. 제가 그럴 일이 있겠습니까?"

현암은 조금 웃다가 박 신부에게 물었다.

"그런데 이번에는 대답해 주십시오. 상대가 무척 강한가 보죠? 제 힘이 필요한 정도라면……."

그러자 박 신부는 살짝 웃었다

"솔직하게 말해도 되나?"

"예, 각오하고 있습니다."

현암의 얼굴이 굳어졌지만 박 신부는 가볍게 웃으며 말했다.

"찾지 못할 가능성도 높고, 찾더라도 엄청나게 약할걸, 아마?"

현암은 조금 실망스러워서 말했다.

"네? 아니, 왜 그러면 굳이……."

"현암 군. 서두르지 말게. 자네의 능력이 엄청난 건 알지만 뭐든지 섣불리 단정하다가는 큰코다쳐. 경험도 없이 성급하게 뛰어들어서는 안 돼. 하나하나 확실히 짚어 보기 위해서 우선 쉬운 상대부터 찾는 거야."

"쉬운 상대부터 찾는다고요? 그러면 어려운 상대도 있습니까?"

"이 사람아. 영적인 일로 사고가 벌어지는 게 그렇게 흔한 줄 알아? 그렇게 영혼의 순리가 엉망이면 벌써 세상 망했게?"

"그래도 일이 벌어지긴 하잖습니까."

"벌어지긴 하지. 그러나 세상에 영향을 줄 만큼 큰일은 잘 벌어지지 않아. 작은 일들조차 상당히 드물고. 하지만 쉬운 상대건 어려운 상대건 어쨌든 뭔가 일이 벌어진 것 같으면 찾아가 봐야지. 그래야 하지 않겠나?"

"그렇죠."

현암이 수긍했다.

"다행히 이번에는 별것 아닌 느낌이니 자네 연습 삼아 몸도 풀 겸, 그리고 자네하고 나하고 손발도 좀 맞추어 볼 겸 나가자고 한 거야."

"그런 겁니까? 하지만 방심하고 섣불리 단정하면 큰코다친다고 말씀하신 건 신부님이셨는데요?"

"허허. 그랬던가? 내가 한 방 먹었군."

"그럴 의도는 아니었습니다만. 하하."

그렇게 이야기를 나누며 그들이 도착한 곳은 판잣집들이 다닥다닥 붙어 있는데도 묘하게 인적이 뜸한, 어느 가난해 보이는 산비탈 위의 판자촌이었다.

"여기서부터는 차가 들어갈 수 없을 것 같군."

박 신부가 말하며 비탈길에 위태위태하게 주차를 하고 차에서 내렸다.

차에서 내리던 현암이 박 신부에게 말했다.

"차 엔진, 손 좀 봐야겠는데요?"

"자네, 운전할 줄 아나?"

"예, 할 줄 압니다. 차는 없지만요."

"다음에는 그럼 운전, 아니 주차만이라도 부탁함세. 나는 주차하기가 힘들어. 이런 좁은 언덕길에선 더하고. 나이가 먹어서 말이지."

"정정하신 분이 무슨 말씀이십니까? 체구도 건장하시고……."

"아, 그런 소리 말게. 나도 많이 늙었어."

박 신부가 잡담처럼 말하며 앞장서서 걷자 현암은 뒤를 따라갔다. 도착한 곳은 판자촌에서도 가장 후미진 꼭대기에 위치한, 정말 금방 쓰러져도 이상할 것이 없을 초라한 집이었다. 실제로 몇 군데는 무너져 있기도 했다. 거기다 여기저기 심하게 칠이 벗겨지고 훼손돼 글자 그대로 당장 귀신이 튀어나와도 이상하지 않아 보였다. 하지만 한때는 꽤나 좋은 집이었던 것처럼 널찍하고 건물의 토대는 단단해 보였다. 박 신부가 그 집 앞에서 걸음을 멈추자 현암이 물었다.

"여기 맞습니까?"

박 신부는 끄덕이며 문 앞으로 갔다. 잔뜩 녹슨 철문이었는데 오른편 구석으로는 똑같이 녹이 심하게 슨 작은 쪽문도 달려 있었다. 문 왼편 위의 담벼락에는 동사무소에서 붙인 번지수 표식이 있었다.

"여기가 맞는 것 같군. 어디 보자, 번지수가…… 음, 맞네."

박 신부가 다가가 문 주위를 둘러보았으나, 가느다란 실금처럼 우편물 투입구가 있을 뿐 초인종조차 보이지 않았다. 할 수 없이 박 신부는 문을 탕탕 두드리며 말했다.

"계십니까?"

안에서 대답이 없자 박 신부는 몇 번 더 문을 두드리다가 바로 옆에 보이는 녹슨 쪽문을 슬쩍 밀어 보았다. 잠겨 있지 않은 듯 문이 스르륵 열리자 박 신부는 조금 비척거리더니 허리를 굽히고 안으로 들어섰다. 현암도 따라갈 생각이었는데, 갑자기 집 안에서 요란하게 개 짖는 소리가 들리더니 박 신부가 급히 뒷걸음질로 나왔다. 박 신부의 눈에 다소 공포의 빛이 어려 있는 것을 보고 현암은 긴장했다. 그러나 박 신부는 생뚱맞게 말했다.

"개가 있어."

현암은 심드렁하게 답했다.

"네?"

"이봐, 현암 군. 안에 개가 있다고."

"그래서요?"

현암이 이해하지 못해서 되묻자 박 신부는 다시 한번 말했다.

"이 안에 개가 있단 말이야, 목줄도 안 매 놨어. 그리고 송아지만큼 커."

그러면서 박 신부는 방금 닫은 쪽문의 손잡이를 조심스레 꽉 쥐었다. 혹시라도 개가 문을 밀치고 뛰쳐나올까 봐 두려운 모양이었다. 현암은 어이가 없었다.

"신부님. 개가 무서우세요?"

"아니, 그럼 자넨 안 무서운가?"

현암은 대답 대신 고개를 옆으로 살짝 까닥해 보이고는 서슴없이 쪽문 안으로 들어섰다. 현암이 들어가서 보니 과연 개가 있었다. 그런데 송아지만큼 크지는 않았다. 어지간한 크기의 누렁개 한 마리가 사납게 짖어 댈 뿐이었다.

현암은 생각했다.

'송아지만 하다더니 이건 원. 신부님, 은근히 담이 작으시네……'

현암은 요란하게 짖어 대는 개를 똑바로 쳐다보았다. 그리고 살짝, 아주 조금의 공력을 몸에 돌렸다. 겉으로 특이한 변화가 보이지는 않았다. 하지만 동물이라 보이지 않는 힘의 차이를 더 민감하게 느꼈는지 개가 갑자기 깽 하고 꼬리를 말며 구석으로 재빨리 도망갔다. 도망간 정도가 아니라 아예 개집에 틀어박혀 낑낑거리며 반쯤 죽는 소리를 냈다. 당분간 밖으로 나오지도 못할 것 같았다. 현암이 박 신부를 부르러 뒤돌아 나오려는데 어느새 박 신부가 쪽문 뒤에서 얼굴만 내민 채 말했다.

"자네, 혹시…… 개를 때렸나?"

현암은 부끄러워서 얼른 쪽문 밖으로 나와 박 신부에게 따졌다.

"아니, 무슨 말씀을! 왜 남의 개를 때려요? 제가 그럴 놈 같아 보이세요?"

"그런데 개가 왜 저래?"

"모르겠어요. 제가 무서운가 보죠."

현암이 씩 웃자 박 신부는 조금 미심쩍다는 표정으로 바라보았다. 현암도 박 신부를 마주 보며 물었다.

"그런데 신부님은 개가 무서우세요?"

"그, 그런 건 아니고······."

"몸에서 기도력인지 오라인지를 뿜어내는 분이?"

"무섭다기보다는····· 그게····· 남의 개를 어쩌냔 말이야. 개도 생명이 있고, 주인을 섬기는 반려동물인데, 어찌······."

"그래서 무섭다는 말처럼 들리는데요."

"어쩔 수 없어서 그런 거라니까. 내 오라와 기도력이 개 겁주라고 있는 겐가."

"아니, 그럼 제 공력은요?"

박 신부는 결국 한숨을 쉬며 말했다.

"뭐, 그냥. 어렸을 때 개한테 심하게 물린 적이 있거든."

현암에게 짓궂게 놀리려는 마음이 있는 것은 아니었다. 오히려 박 신부의 인간적인 면이 재미있어서 계속 물고 늘어졌다.

"진작 그렇게 말씀하시지, 왜 굳이 둘러대시려고······."

박 신부는 대답하지 않고 딴전을 피웠다.

"자, 그만. 이제 방해물도 사라졌으니 들어가 보세나."

현암은 히죽 웃으며 말없이 박 신부의 뒤를 따랐다.

"계십니까?"

박 신부가 안쪽의 문을 톡톡 쳤는데도 안에서는 응답이 없었다.

"흠."

박 신부가 실망스러운 듯 고개를 갸웃하자 현암이 말했다.

"집주인 이름을 불러 보죠?"

박 신부는 짧게 대답했다.

"나도 몰라."

"예?"

"여기 누가 사는지 나도 모른다고."

"그러면 여기 왜 오신 겁니까?"

"여기서 뭔가 느껴져서 봐 뒀다가 찾아온 거지. 주인이 청해서 온 건 아니거든."

"그, 그러면 이렇게 함부로 들어와서는 안 되는 것 아닙니까?"

"뭐, 글쎄."

박 신부는 다시 한번 아쉬운 듯이 문을 조금 더 세게 툭툭 두들기며 큰 소리로 말했다.

"안에 누구 계십니까?"

그러자 안에서 심술궂고 날카로운 목소리가 째지듯 울려 나왔다.

"아무도 없어!!!"

분명 소리친 사람이 있으니 아무도 없을 리는 없다. 당혹스러웠지만 안에서 사람의 목소리가 들리자 박 신부는 조심스럽게 말했다.

"저…… 여기 주인분을 만나 뵈러 왔습니다만."

"없다고!"

이제는 확실히 구별할 수 있었는데 목소리가 갈라지고 쨍쨍한 것이 노파의 목소리였다. 박 신부는 움찔했지만 물러서지 않고 말했다.

"저, 말씀드릴 것이 있습니다만. 할머님한테 말씀 좀 여쭤봐도 되겠습니까? 별건 아니고……."

"아, 볼일 없다니깐 왜 귀찮게 하고 지랄이야!"

고함과 동시에 문 바로 위쪽에서 뭔가가 휙 날아들었다. 문 앞에 서 있는 박 신부나 현암을 노리고 날린 것이지만 맞진 않았다. 날아든 그것은 마당에 떨어지자마자 요란한 소리를 내며 산산이 깨졌다. 보통 그릇처럼 보이는데 부엌에서 집어 던진 것 같았다. 그릇 조각이 튄 것도 아니고 직접 맞은 것도 아니지만 대번에 물건을 집어 던질 만큼 노파의 성질이 드세다는 점이 두 사람을 위축되게 만들었다. 현암이 슬며시 박 신부에게 말했다.

"무서운 할머니네요. 우리 그만…… 그만 가죠?"

"아냐, 아냐. 현암 군, 이런 정도로 물러나면 어찌……."

박 신부가 버텨 보려는데 안에서 문이 벌컥 젖혀지는 바람에 박 신부는 문에 맞을 뻔했다. 박 신부가 움찔하면서 피하는데 문을 열고 누군가가 나왔다. 나온 것은 목소리에서 예상한 것처럼 나이를 먹을 대로 먹어 머리는 하얗게 세고 허리도 꼬부라진 노파였다. 몹시 늙은 데다 눈빛과 이빨이 다 빠져 합죽이가 됐지만 앙다문 입술이 옴팡해 심술궂기 이를 데 없어 보였다. 동화에서 나온 마귀할멈 같아 보였다. 내로라하는 현암과 박 신부 두 사람 모두 은근히 두려움에 떨었다. 죽음의 공포 같은 것은 아니지만 '망신

당할지 모른다'는 견딜 수 없는 두려움이었다.

"거 왜 자꾸 귀찮게 하고 지랄들이여!!!! 조막만 한 것들이! 뭐 찾아 먹을 게 있다고 얼씬거려? 그리고…… 어라?"

노파가 박 신부를 향해 곱지 않은 눈빛을 쏘아 보냈다. 박 신부는 종교를 신봉하는 몸이라 자신의 전투복이라 할 수 있는 사제복을 입고 있었던 것이다.

"무슨 목사 새끼가 와서 지랄이여!!"

이러다가는 박 신부의 정체성 근본이 흔들릴 것 같아 현암이 큰 용기를 내어 말했다.

"저…… 할머님……. 이분은 목사가 아니라 가톨릭 사제십니다. 신부님……."

"신부우? 이 망할 것들이 늙은이를 희롱해! 내가 새색시처럼 보이냐?"

이제 보니 귀까지 먹은 것 같았다. 현암은 더욱 당황했다.

"아, 아니. 저희는 그런 말씀을 드리려 한 게 아니……."

"이 우라질 것들이 늙은이 혼자 산다고 얕보는 거여?"

노파가 외치면서 짚고 있던 지팡이를 협박하듯 휘둘러 보이자 박 신부와 현암은 아차 싶어서 뒤로 물러섰다. 물론 그런 지팡이질에 맞을 현암은 아니지만 한없이 무서웠다. 거의 울상이 돼서 다시 한번 말했다.

"신부님! 그냥 가요!"

하지만 박 신부는 피하기는 했으나 경험자(?)답게 물러서지 않고 자못 당당히 버티며 물었다.

"할머님, 요즘 이상한 일 겪지 않으셨어요?"

"에라이, 약 팔러 왔냐. 어린놈의 새끼가!"

박 신부의 나이가 결코 적지 않은데도 노파는 서슴없이 막말과 욕을 해 대며 지팡이를 휘둘렀다. 물론 박 신부도 맞지는 않았지만 노파의 퍼런 서슬에 주눅 든 것 같았다. 하지만 박 신부는 그래도 물러서지 않았다.

"할머님. 저희 정말로 뭐 팔거나 요구하러 온 것 아닙니다."

"난…… 난 교회 같은데 안 나가!!!!"

뒤에서 현암이 말했다.

"저…… 교회가 아니라 성당……."

그러자 이번에는 박 신부가 현암의 말을 반박했다.

"가톨릭에서는 성당도 교회라고 하네. 교회라고 굳이 구분 지어 말하는 것은 개신교 사람들……."

지팡이에도 맞아 주지 않자 노파는 노인 특유의 필살기를 사용했다.

"어이구, 이…… 이놈들이 완전히 불한당들이여……! 늙으면 죽어야지!"

"저, 할머님. 고정하시고 제발 이야기를 좀……."

"늙은이 혼자 사는 집에 허락도 없이 들어와서 이 무슨 행패야, 행패가! 응?"

노파가 지팡이를 휘둘러 대는데, 보는 현암은 기가 막혔다. 이쪽은 좋은 말로 묻고만 있는데 행패를 부리는 것은 노파가 아니던가? 현암은 속으로 절규했다.

'인내심, 인내심 하시더니 이런 걸 말하신 건가? 아이구야, 내가 미쳐.'

그런데 노파가 지팡이를 휘두르는데도 박 신부는 슬쩍 현암에게 말했다.

"현암 군, 잠시 부탁하네."

"예?!"

현암이 너무도 놀라서 눈을 치떴다. 차라리 지옥의 악마나 거대한 괴물과 혼자 맞서라고 했으면 지금보다는 나을 것 같았다. 그러나 박 신부는 한술 더 떠서 슬쩍 현암을 밀어 노파의 앞에 던져 놓고는 집 뒤쪽으로 돌아갔다. 현암은 어이가 없어서 멍하게 서 있는데 노파는 계속 악을 쓰며 지팡이를 휘둘러 댔다.

"아이고, 이놈들아. 이놈들 보게나. 아이고, 늙은이 잡네."

"할머니, 지금 저희가 아니라 할머님이 우릴 잡는…… 어이쿠."

노파가 휘두른 지팡이 끝에 맞을 뻔한 현암은 쩔쩔맸다. 한마디로 미칠 지경이었다.

판자촌을 뒤로하고 비탈길을 내려오는 현암의 볼은 통통 부어 있었다. 맞아서 그런 것은 아니다. 제아무리 노파가 지팡이를 휘둘러 댔어도, 현암 정도 되는 사람이 그것에 맞을 일은 없다. 불만스러워서 그런 것이다.

"신부님……."

"응? 왜 그러나, 현암 군."

"다…… 된 겁니까?"

"응…… 글쎄, 다 됐다기보다는……."

"일 다 못 보셨습니까?"

"내일 한 번 더 와야지."

차분하게 말하려 애쓰던 현암은 입을 딱 벌렸다.

"예?! 또 온다고요?"

"음, 글쎄. 그래야 할 것 같은데?"

"신부님, 도대체 뭐 하셨어요?"

현암이 불만스럽게 말하자 박 신부는 어깨를 으쓱해 보이며 말했다.

"그냥 집 안을 한 번 둘러봤네. 직접 들어가면 할머니가 더 싫어하실 것 같아서, 뒤뜰 창문으로 집 안에 뭐가 있나 둘러본 정도?"

"저를 그 지팡이 앞에 던져 놓으시고요?"

"원, 자네가 그런 정도에 맞을 사람은 아니잖나. 공력이 있잖나, 공력."

박 신부가 빙긋이 웃으며 말하자 현암의 속이 부글부글 끓었다.

"저, 얼마나 힘들었는지 아십니까?"

"어, 알지, 알아. 수고했어. 현암 군."

그러나 여전히 볼이 부은 현암은 박 신부에게 말했다.

"이게 제 첫 퇴마행이었나요?"

"응? 그…… 그런가? 흠. 그렇다면 그런 셈이지."

현암은 고개를 숙이며 말했다.

"첫 퇴마행에서 참패했네요."

"참패라니?"

"할머니에게도 졌는데요. 아주 참패, 완패죠. 절대로 이길 수가 없잖아요."

"할머님이 상대도 아니었는데 꼭 졌다고 말할 건…… 아니, 애당초 승부라고 말하는 게 이상하잖나. 자네가 앤가?"

무슨 말인지 못 알아들을 현암은 아니지만 기분이 너무도 침울했다.

"퇴마행이라. 마를 물리친다고 했는데, 제가 오늘 뭘 물리쳤죠?"

현암이 은근히 비꼬듯 말하자 박 신부는 딱 잘라 말했다.

"심마(心魔)."

"심마요?"

"그래. 간단히 말해서 자네의 망상을 깨뜨렸지 않는가."

심마란 마음속에 있는 번민, 번뇌, 마귀를 의미한다. 그런 뜻을 모를 리 없는 현암이 멈칫하자 박 신부가 계속 말했다.

"퇴마행이라고 하면 뭔가 거창하고 큰 것을 상대할 줄 알았지? 은근히 기대도 했지 않은가?"

"솔직히 그렇긴 합니다만."

"그래서 실망했나?"

"뭐, 꼭 그렇다기보다는…… 무슨 말씀이신지 압니다. 그래도,

그래도 이건 너무……."

박 신부는 한숨을 내쉬었다.

"퇴마행이 특별한 건 아닐세. 백 번을 뒤지면 아흔아홉 번은 이래. 정말 연관이 있는 걸 찾아낸다는 건 하늘의 별 따기지. 그러니 망상이라는 심마를 물리친 것으로 첫 퇴마행의 위안을 삼게. 그러면 되지 않겠나."

박 신부는 좋게 풀어 이야기했지만 그래도 만족할 수 없었다.

"신부님, 그런데 어쩝니까. 신부님의 뜻, 잘 알겠는데도 자꾸 왜 제 귀에는 신부님의 핑계로 들릴까요?"

"으흠."

박 신부는 조금 무안한지 헛기침만 하며 고개를 돌렸다. 현암은 기회를 잡았다 생각하며 말했다.

"그래도 내일 가야 합니까?"

그러나 박 신부는 딱 잘라 말했다.

"가야 돼!"

현암이 실망에 빠져 물먹은 빨래처럼 방으로 돌아오자 심심했는지 현암의 방에서 기다리던 준후가 현암을 빤히 올려다보며 말했다.

"현암 형, 어땠어요?"

현암은 육체보다는 정신적인 피로가 심해 자리에 털썩 누우며 말했다.

"말 시키지 마라."

무슨 일이 있었는지 알 길 없는 준후는 눈을 빛내며 현암에게 달라붙어 재잘댔다.

"현암 형! 다음번엔 나도 같이 가면 안 돼요?"

현암은 피곤한 듯 말했다.

"준후야……."

"왜요?"

"넌 그냥 집에 있어. 정말 너를 위해서 하는 말이다."

현암은 진심으로 말한 것인데 준후가 오해했다.

"그렇게 지칠 만큼 힘든 상대였으면서! 나도 도울 수 있다고요!"

현암은 어이가 없어서 피식 웃었다. 그렇다고 망신스러운 경험을 언급하기도 싫어서 평상시의 솔직함을 잠시 마음 깊이 밀어 넣고 적당히 둘러댔다.

"상대할 만했다. 어른들은 그렇게 약하지 않단다."

그러자 준후는 더욱 불만스러운 듯 말했다.

"나 혼자 심심하단 말이에요."

"심심하다고 나가는 게 아니야. 퇴마행이니까."

말은 엄숙하게 했지만 현암 스스로도 실소가 나올 지경이었다.

'그럼 너한테 할머니 지팡이 상대를 시킬까? 에휴. 이런 꼬마까지 끌어들이느니 내가 당하는 게 낫지.'

"나도 잘할 수 있다고요. 원래 이런 일……."

"퇴마."

현암이 정정해 주자 준후는 금방 바꿔 말했다.

"아, 그랬죠. 퇴마. 이런 퇴마 일에 대해서는 자신 있다고요. 다들 나 보고 신동이라고 했거든요?"

현암은 눈을 감고 돌아누우며 대수롭지 않게 대답했다.

"아, 그렇지. 너 신동이지, 맞아."

"그럼요."

"주술 말고라도 준후 너는 머리도 좋아. 그렇지?"

"네. 뭐 좀 부끄럽지만 그건 사실……."

준후는 얼굴까지 붉히는데 현암은 쌀쌀맞게 말했다.

"그러니 공부나 해."

준후는 단번에 토라졌다.

"흥! 학교도 안 보내 주면서!"

준후가 화를 내자 현암은 천천히 말했다.

"조금 더 세상에 적응하고 나면 학교 보내지 말라고 해도 보낼 거다. 그러니 기다리고…… 세상 공부나 하라니깐? 하, 오늘 정말 피곤하네. 왜 이렇게 피곤한지 모르겠어."

현암은 정말 슬픈 기분으로 한 말인데 준후는 또 오해했다. 호기심이 드는 모양이었다.

"현암 형. 뭐 굉장한 것과 만났어요?"

현암은 부끄러워 이불 속에 얼굴을 묻으며 중얼거렸다.

"응, 아주 굉장했어. 너무 무시무시해서 견디기도 힘들더라. 그러니 그만해라. 나 피곤하다."

현암은 속으로 ―박 신부 눈에만 송아지만 했던― 개 한 마리와 지팡이를 휘두르던 할머니를 생각하며 웃었다.

두 번째 방문

"그 집에 또 가는 겁니까? 송아지만 한 개가 있는데도요?"

비탈길을 터덜터덜 올라가며 현암이 내키지 않는다는 듯 물었다. 오늘은 주차할 공간이 없어서 아예 비탈길 아래에 차를 대야만 했다. 그러니 긴 언덕길을 걸어 올라갈 수밖에 없었다. 그래서 이런저런 이야기를 더 나누게 된 셈이다.

현암의 말에 박 신부가 대답했다.

"그…… 그 개 송아지만 하지는 않더군. 내가 잘못 봤네. 그러니 더 트집 잡지 말고."

"어휴. 트집 잡는 건 아닙니다. 그런데 정말 그 집에서 뭔가 느껴지신 겁니까?"

박 신부는 힐끗 현암을 돌아보며 말했다.

"자네는 아직 그렇게 영감이 발달하지 못한 것 같군."

"예, 뭐. 사실은 거의 없다시피 하죠."

현암은 왼손 소매를 걷어서 거기에 차고 있던 월향검을 살짝 보이며 말했다.

"이걸 눈가에 대면 월향이 힘을 빌려주는지 살짝은 보입니다만 제 혼자 힘으로는 특별히 그런 것을 볼 수는 없습니다. 제가 양의 지체라 상단전에 공력이 안 들어가서 그런 걸 테죠."

"그러면 그동안 몇 번 만난 상대들은 어떻게 느꼈지?"

"옛날에 도혜 선사님이 주신 부적이 있었죠. 해동밀교에서 만든 것입니다. 한데 그건 이미 다 써 버렸어요."

박 신부는 고개를 끄덕이면서도 현암의 왼손에 채워져 있는 월향을 영 편치 않은 눈으로 바라보며 말했다.

"자네, 그 칼…… 항상 차고 다녔었나?"

"예. 지난번 해동밀교엔 싸우러 갔던 게 아니라서 그냥 갔었지만요."

"그건 좀……."

"왜 그러시는데요?"

"그 칼에 한 여인의 영혼이 들었다고 하지 않았던가?"

"예, 맞습니다."

"그런데 그걸 상대에게 휘두르는 건 좀…… 좀 그렇지 않을까?"

박 신부가 조심스레 말했으나 현암은 월향에 있어서는 날카로운 반응을 보였다.

"신부님, 귀신 붙은 칼이라고 싫어하시는 거죠? 아무래도 신부님이 믿는 바와는 상치되는 면이 있으니……."

"아니, 아니. 나는 그런 것을 따지는 사람은 아닐세. 하지만 말이야. 그 칼의 경우에는 조금 더 생각을 해 봐야……."

현암은 말했다.

"글쎄요. 저도 어떻게 해서라도 승천이든 성불이든 그게 아니면 천국으로라도 보내 주고 싶은데 그게 안 됩니다. 방법도 모르겠고. 저주가 붙어서 절대 안 풀린다고 하더군요."

"그런가?"

"예."

"물론 그렇다고 해도 그걸 무기로서 휘두르는 건……. 어떻게 보면 여자의 몸을 무기로 쓰는 것 아닌가? 그게 아무래도……."

"여자가 아니라 칼입니다. 이미 월향은 여자라기보다는 칼이라고요. 그리고 분명……."

현암은 말끝을 흐리다가 말했다.

"월향 스스로가 어떤 일에 쓰였으면 하고 바라는 것 같습니다. 말이 통하는 것은 아닙니다만 확실히 그런 느낌이 들어요. 심심해서 그러는 건지, 절 돕고 싶어서 그러는 건지, 뭐라도 해 보려는 의지가 있는 건지는 알 수 없습니다만 어쨌든……."

현암이 한참이나 말하자 박 신부는 한숨을 쉬며 끼어들었다.

"내가 진정 그 칼을 미워한다고 믿지는 않겠지? 다만 그건 위력도 강한 만큼 남의 눈에 띄기도 쉬워."

"그건…… 그렇군요."

"더 뭐라고는 않겠네만 사용해야 한다면 조심해서 사용하게."

박 신부가 말하자 현암은 고개를 끄덕였다.

"예."

그리고 두 사람은 잠시 말없이 비탈길만 올라갔다. 조금 더 걸

다가 현암이 문득 생각났는지 물었다.

"그런데 왜 영력을 느끼는 것에 관해 물으셨죠?"

"그거야 자네가 왜 자꾸 그 집을 찾아가는지 물어보니까 그런 거 아닌가?"

"그럼 다시 묻겠습니다. 왜 그 집을 자꾸 찾아가시는데요?"

"영력이 느껴지니까."

"그 집에서요? 겉보기에는 아무것도 없던데요. 할머니 성격이 괴팍하시지만 이상할 정도는…… 아, 이상은 하지만 그런 면으로 이상한 것 같지는 않고요……."

"글쎄. 그러니 나도 그게 궁금하단 말이야. 분명히 뭔가가 느껴지는데 이거다 할 게 없으니. 아주 미약하고 드러내지 않으려고 애쓰는 것 같지만 분명히 느낌이 오긴 해. 특별한……."

박 신부가 뭔가 더 말하려다가 마는 것을 현암도 느꼈지만 대수롭지 않게 말했다.

"그게 어느 정도입니까? 표현하시기 어렵겠지만 설명을……."

"그러니까 뭐랄까."

박 신부는 판자촌 주변을 둘러보며 말했다.

"보통 사람은 느끼지 못하겠지만 말일세, 내겐 확실히 느껴진다네. 영적인 기운이라는 것은 아주 약간이지만 어디에나 퍼져 있어. 이 주변에도 아예 느껴지지 않는 집은 별로 없을 정도지."

"얼마나 강한 느낌이냐가 문제겠지요."

"그렇지. 그러니까 예를 든다면……."

박 신부는 손을 들어 손가락 반 마디 정도의 틈을 만들어 보이며 말했다.

"일반적으로 퍼져 있는 영력의 수준이 이 정도라고 한다면."

그러더니 박 신부는 손가락을 조금 들어 올려서 손가락 마디 삼분의 이 정도의 틈을 만들어 보였다.

"그 집에서는 이 정도가 느껴지더란 말이지."

현암은 어이가 없었다.

"그렇게 큰 차이도 아니지 않습니까?"

"현암 군, 하지만 이게 중요해. 평균적으로는 별문제 없다고도 할 수 있지. 하지만 약간이라도 평균보다 높으면 조사해 봐야 제대로 알 수 있다네. 작은 차이니까 별것 아닐 수도 있지만 경우에 따라서는 결정적인 계기가 될지 누가 아는가. 그러니 세밀히 살펴봐야지."

"그렇기는 합니다만······."

"어렵고 지루한 일이야. 무슨 영장을 가지고 수색하는 것도 아니고 남의 집 문을 부술 수도 없잖은가. 그러니 뭔가 핑계를 대서라도 방문해야 하지 않겠나?"

수긍은 했지만 현암은 한숨을 쉬었다.

"벌써 두 번째인 걸요. 할머니도 오늘은 문을 잠그셨을 것 같은데요?"

"그러니 걱정일세."

현암이 눈을 빛냈다.

"제게 생각이 하나 있습니다만……."

"음?"

"잘하면 그 집에 들어가서 살펴볼 수 있을 것 같아요. 단, 이번에는 신부님이 할머니를 맡아 주셔야 됩니다. 살펴보는 건 제가 하죠."

"그래야 되나?"

"신부님이 둘러보셨지만 찾아낸 것이 없잖아요."

"그렇긴 했네."

"그러니 오늘 다시 찾아보신다고 새로운 것을 찾을 거라 장담할 수는 없잖습니까. 오늘은 제가 한번 둘러보겠습니다."

"그렇다면 좋네."

"알겠습니다. 그러면 제가 문은 어떻게든지 열 테니까 신부님은 할머니를 붙잡고 계세요. 성당에 나오라고 설득하시든, 또는 예수님을 믿으라고 하시든. 신부님 마음입니다."

"이보게, 현암 군. 난 신앙을 남에게 강요할 생각은 없네."

"그렇게라도 붙들어 두셔야죠. 그리고 그 편이 훨씬 자연스러울 것 같고요."

박 신부는 약간 얼굴을 굳혔다.

"자네, 어제 일을 마음에 두고 있었군. 오늘은 나보고 당해 보라는 말인가?"

"아닙니다. 절대로요!"

"흠……."

"이거 말고 다른 방법이 있다면 하셔도 좋습니다. 다만 오늘은 제가 둘러보는 편이 아무래도 나을 것 같아서요. 제 시력 좋은 거 이제는 아시죠?"

현암이 천연덕스럽게 받아넘기자 박 신부는 안경을 고쳐 쓰며 할 수 없다는 듯 말했다.

"어쩔 수 없군. 하지만 기억해 두겠네, 현암 군."

"어휴, 무섭습니다. 기억하지 마세요, 하하."

현암은 슬쩍 받아치며 걸음을 옮겼다.

예상대로 철문은 잠겨 있었지만 해결법은 간단했다. 오른손으로 담장을 잡고 공력을 조금만 넣어도 수월하게 담을 뛰어넘을 수 있다. 그냥 들어가 개를 침묵시키고, 자물쇠를 연 다음 다시 담을 넘어 나오면 그만이다. 그러고는 당당히 문을 두드리고 들어가는 것이다. 여기까지는 잘됐지만 역시나 할머니는 어제보다 더 길고 굵은 지팡이를 들고 뛰어나왔다.

"야, 이 목사 놈아. 나는 그런 거 안 믿어. 내가 이래 봬도 전에는 신내림을 받은 적도 있다고! 내가 교회 같은 데 나갈 것 같아?"

할머니가 악다구니를 쓰고 박 신부가 그 앞에서 쩔쩔매는 사이, 현암은 어제 박 신부가 돌아갔던 뒤뜰로 들어가서 집 안을 유심히 살펴보았다.

현암의 시력은 남보다 월등할 정도로 높기 때문에 흐린 창문 너머로 보아도 안을 똑똑하게 살펴볼 수 있었다. 혹시나 싶어서 월향검을 눈가에 갖다 대고 영의 자취가 없나 찾아보기도 했다. 몇 분에 불과했지만 그런 기운은 조금도 느껴지지 않았다. 현암은 단출하고 초라한 집의 방 내부도 창 너머로나마 샅샅이 훑어보았지만 조금도 수상한 것은 없었다. 다만 한 가지 특이한 게 있다면 전화국에서 지급된 단말기가 마루에 하나 있다는 것 정도였다. 허리가 굽은 할머니에게 어울리지 않는 물건이라고는 그 단말기 하나였으나 할머니라고 PC 통신을 하지 말라는 법도 없고, 어차피 전화국에 신청만 하면 나오는 단말기가 특이한 단서가 될 리는 없었다─본문의 배경이 되는 1993년에서는 전화국에서 PC 통신을 신청하면 기본적인 채팅과 PC 통신 기능이 갖추어진 단말기를 무료로 임대해 주곤 했다─.

결국 허탕을 친 현암이 뒤뜰에서 나오자 할머니에게 들들 볶이고 있던 박 신부는 기대에 가득 찬 눈빛을 현암에게 보냈다. 그러나 현암은 씁쓸한 표정으로 고개를 설레설레 저었다. 박 신부는 풀이 죽어서 버티던 것을 멈추고 노파에게 밀려 나듯 의식적으로 뒷걸음질을 쳤다. 그리고 두 사람이 밖으로 쫓겨나자마자 문이 거칠게 닫혔다.

"에이, 육시럴 놈들! 썩을 놈들! 또 오기만 하면 경찰에 신고할 거여!"

뜰을 지키고 있던 개는 현암이 나갈 때까지 개집 구석에 틀어박혀 깽 소리 한번 내지 못했다.

집 밖으로 쫓겨나자마자 박 신부는 현암에게 물었다.

"찾아낸 게…… 없나?"

"글쎄요. 제 눈에도 특별난 건 보이지 않던걸요. 다만……."

"다만, 뭐?"

"방 안에 통신 단말기가 있더군요."

"단말기?"

"예, PC 통신을 하면 전화국에서 빌려주는 기계 말입니다."

"그게 무슨 의미지?"

박 신부는 자못 심각했지만 현암은 대수롭지 않다는 듯 답했다.

"저 할머니가 PC 통신을 한다는 의미죠."

박 신부는 김이 빠진 듯 말했다.

"연세와 어울리진 않지만 그게 특이한 점이 된다고 생각하나?"

"저도 그렇게 생각은 안 합니다."

"그럼, 뭐?"

"그러니 별거 없다고요."

"하지만 아까 '다만'이라 하지 않았나?"

그러자 현암은 말했다.

"네. 그랬죠. 그런데. 이제는 제가 조금 더 조사하고 싶네요."

현암은 미련을 버리지 못한 듯 대문 한쪽 옆에 있는 우편함을 바라보았다. 우편함의 입구가 좁아서 손을 집어넣진 못할 것 같았다. 박 신부는 현암이 우편함을 쳐다보는 것을 보다가 고개를 저으며 말했다.

"나도 뒤져 볼까 했었지만 남의 우편물을 함부로 보는 것도 그렇고, 손이 들어가지 않으니 안 될 것 같아."

현암은 살짝 웃으며 말했다.

"두고 보십시오."

현암은 오른 손바닥을 활짝 펴고 우편함에서 조금 떨어진 곳에 위치시킨 후 태극기공 중의 '흡' 자 결을 발했다. 보통 사람은 꿈도 못 꿀 일이지만 워낙에 현암의 공력이 막대한지라 아주 약간의 힘만 사용했는데도 우편함 안에 있던 우편물들이 우르르 쏟아져 현암의 손에 달라붙었다. 그것을 본 박 신부의 눈이 커졌다.

"오, 신기하군, 마술인가?"

"마술이 아니라 공력 운용입니다. '흡' 자 결이라고, 공력을 빨아들이는 힘으로 전환하는 거죠. 별거 아닙니다."

"자네는 별거 아니라고 말하지만 정말 신기한걸."

"원 신부님도…… 저는 신부님 오라가 더 신기……."

"아 됐네, 됐어. 그건 그만두고……."

박 신부는 현암의 손에 붙어 있는 우편물들을 바라보며 말했다.

"남의 우편물을 이렇게 함부로 보는 건 죄가 분명하지만……."

박 신부는 급히 성호를 그었다.

"주여, 용서하소서……."

박 신부는 씩 웃으며 말을 이어 갔다.

"뭐, 할 수 없지. 이 정도는 주님께서도 용서해 주실 테지……."

현암은 그런 박 신부가 순진해 보여서 살짝 웃었다.

"훔쳐 가는 것도 뜯어보는 것도 아니고, 살짝 겉봉만 보겠다는 건데요, 뭘."

현암은 우편물을 한 통씩 들여다보았다. 박 신부는 기대감을 가지고 말했다.

"누군가에게 편지가 왔다면 아는 사람들 주소와 이름이라도 볼 수 있을 텐데. 혹시 그중에 뭔가 관련된 사람이 있을지도."

현암은 실망스럽다는 듯 고개를 저었다.

"불행하게도 없는 것 같네요. 전부 고지서 아니면, 관공서에서 발송된 간행물, 광고 우편물 같은 거예요."

현암이 말하자 박 신부는 낙심한 표정이 됐다. 그런데 현암이 고지서 한 장을 자세히 보더니 고개를 갸웃했다.

"그런데 한 장은 좀 이상하네요."

"뭐가 이상한가, 현암 군?"

현암이 박 신부에게 보여 준 것은 전화 요금 고지서였다. 현암은 거기에 적힌 숫자를 손가락으로 가리키며 말했다.

"여기요……."

박 신부가 보니 고지서에는 '223,740원'이라는 글자가 보였다.

"전화 요금이 좀 많이 나왔군."

"예, 그렇죠."

현암은 다시 아래 칸의 세부 사항 항목을 가리켜 보였다. 그곳은 시외 통화, 국제 전화 요금 등을 세분화해 표기하는 칸이었는데 다른 항목은 모두 '0'이었다.

"그러니까 일반 전화만 이십이만 원어치 한 셈이라고? 그렇게 할 수가 있나? 이상해 보이는데?"

"그렇게 드문 일은 아닙니다."

"어떻게 이렇게 되나?"

"PC 통신이 일반 전화 회선을 사용하기 때문에 통신을 오래 하면 이렇게 됩니다.[1] 이 정도 요금이 나오는 경우도 드물지는 않다더군요. 물론 보통 집에서 혼나고 말지만요."

박 신부는 현암을 보며 말했다.

"그렇다면 이게 뜻하는 게 뭘까?"

현암은 맥없이 실소를 흘리며 말했다.

"할머님이 PC 통신을 거의 매일, 그것도 오래 하신다는 거죠. 그것 말고는 특별한 게 없네요."

"글쎄. 할머니가 PC 통신을 이렇게 오래 한다는 건 확실히 좀 드문 일이긴 하지. 그런데 그렇다 해도……."

박 신부는 실망스럽다는 듯 말했다.

"이건 영적인 일과는 아무 관계가 없잖아!"

현암이 넌지시 말했다.

"퇴마행에서는 인내심을 가져야 한다고 말씀하셨……."

---

[1] 당시 PC 통신은 일반 전화 회선을 이용했기 때문에 PC 통신을 하면 일반 전화 요금이 부과됐다. 따라서 오랫동안 PC 통신을 하는 경우 상당한 액수의 전화비 청구서를 받는 일이 흔했다.

"아아, 제발 그만두게. 현암 군."

"농담이었습니다. 신부님. 기분 상하진 않으셨지요?"

"괜찮네. 그런데, 그러면 무슨 다른 수가 없겠나?"

현암은 머리를 긁적이며 말했다.

"우리가 이렇게 집을 뒤져 봐야 아무것도 찾을 수 없고, 할머님도 아무 말도 해 주시지 않으니."

현암이 고개를 갸웃하고 말했다.

"차라리 PC 통신에 들어가서 할머님이 뭐 하시는지 보는 건 어떨까요?"

"난 해 본 적이 없어서 말인데. 거기 들어가서 어떻게 할머님을 찾는다는 거야?"

"그거야 간단하죠. 아이디를 검색하면 어디 있는지 알 수 있고, 공개된 대화방 같은 데 있으면 말도 걸 수 있죠. 우린 이미 할머니한테 찍힌 셈이니 이 편이 접근하기에 편할지 모릅니다."

"아, 그런가? 그것참 좋은 방법이군. 그런데 아이디는 어떻게 알고?"

그러자 현암도 막막해졌다.

"그건…… 그건…… 저도 모르겠네요."

"후우. 그러면 아무 소용이 없지 않은가?"

"그러게 말입니다."

현암도 낙담했는지 전화 고지서와 다른 우편물들을 도로 우편함에 넣고는 어깨를 늘어뜨렸다. 그래도 현암은 포기하지 않겠다는 듯 말했다.

"하지만 적어도 우리가 직접 할머님과 대화하는 것보다 PC 통신을 통해서 말을 붙이는 게 쉬울 겁니다. 어떻게 됐든 아이디 하나만 알아내면 되니까요."

"그런데 그 아이디를 어떻게 아느냔 말이야. 고양이 목에 방울 달기 아닌가."

"알아낼 방법이 있을 겁니다."

"저 할머님은 도저히 말이 통하지 않을 것 같고, 우린 이미 얼굴도 알려졌는데……."

현암의 머리에 하나 떠오르는 게 있었다.

"한데 말입니다. 신부님……."

"뭔가, 현암 군?"

"제가 뭔가 떠오르는 게 하나 더 있습니다만."

"오, 그래? 자네가 이렇게 꾀주머니일 줄은 몰랐네. 어서 말해 보게."

"글쎄요. 꾀주머니는 아닌데요. 그냥 궁하니까 그런 건데……. 글쎄, 그게……."

현암이 머리를 긁적거리는 것을 보고 박 신부는 기대에 찬 눈으로 안경을 치켜올렸다.

현암이 생각해 낸 방법이라는 것은 간단했지만 가능성이 높았다. 다름 아닌 준후를 이용하는 것이다. 현암과 박 신부는 할머니에게 얼굴이 팔려 있으니 얼굴을 모르는 준후를 보낸다. 더군다나 할머니라면 응당 똘똘하고 귀엽게 생긴 준후를 좋아할 것이라는 심리적인 전술도 포함된 작전이었다. 그런데 문제는 다른 곳에서 나왔다.

"아이디라는 게 뭐죠?"

준후가 물었다.

"그러니까 말이다. 음, PC 통신이라는 것을 하려면 먼저 통신 사이트에 접속이라는 것을 해야 하거든? 그때 만드는 일종의 이름인데……."

"사이트는 뭐고 접속은 뭔데요?"

"아, 그러니까 사이트라는 건 통신선으로 여러 사람을 연결해서 네트워크를 구성하는……."

"네트워크는 또 뭔데요?"

"아……."

현암이 깊은 한숨을 내쉬었다. 준후에게 이런저런 제반 요소들을 설명하는 것이 어쩌면 할머니에게서 아이디를 알아내기보다 더 어렵지 않을까 싶었다. 더구나 준후가 호기심을 가지고 앞서 나가며 꼬치꼬치 캐묻자 설명해 주는 현암은 너무 힘들었다. 지친 나머지 잠시 쉬려고 나온 현암은 거실에 앉아 신문을 보던 박 신부에게 반쯤 농담 삼아 물었다.

"신부님……."

"왜 그러나?"

"신부님의 능력 중에 남의 마음을 읽는 건 없습니까?"

박 신부는 말도 안 된다는 듯 신문을 넘기며 웃었다.

"그런 능력 있으면 벌써 썼네. 난 자네야말로 그런 능력 없나 생각해 보았네만."

"힘쓰는 일이라면 몰라도 그런 쪽으로는…… 혹시 준후는 안 될까요?"

"글쎄, 준후라고 해도 꼭 안다는 법은 없지. 내가 알기론 그건 주술의 영역을 넘어서네. 초능력이라 할 수 있고 선천적인 거니 아무리 준후라도 무리 아닐까?"

"초능력요?"

"음. 그런 사람들도 있지. 내가 아는 사람 중에도 염동력이라는 걸 가진 이가 있고."

"와. 놀랍네요."

"이봐. 난 자네가 더 놀라워."

"전 되레 신부님이나 준후가…… 흠흠. 그만하겠습니다."

"앞으로는 이런 소모적인 반복은 그만하세."

"예예."

"하지만 아쉽게도 내가 아는 사람 중에 그런 투시력을 가진 사람은 없어."

"그렇겠지요. 하하. 그런 게 흔할 리가 없겠죠?"

"당연하지. 지금 우리 세 사람이 모인 것만 해도 벌써 일반적인 밀도는 훨씬 초과했어. 더 이상은 확률적으로 무리 같네."

"그런 게 있으면 편하겠지만……."

"헛된 망상하지 말고 그냥 우리가 할 수 있는 바대로 노력하는 게 최고일세. 원래 계획대로나 하게."

박 신부는 딱 잘라 말했다.

현암이 하루 종일 땀을 뻘뻘 흘리며 노력한 덕에 준후도 준비가 된 것 같았다. 임무라고 하기엔 별것도 아닌 일이지만 그래도 준후는 심심하지 않을 것 같다고 좋아했다.

그날 밤 준후는 막 잠자리에 들려는 현암을 쫓아와 말했다.

"현암 형! 저도 이제 참여하는 거죠? 퇴마사가 된 거죠?"

"어, 그건 아냐."

"나도 돕잖아요!"

"어휴. 넌 다만…… 그러니까…… 뭐랄까…… 아주 한정적으로 이번 일에 대해서만 도움을 주는 거야."

"그러면 다음번부터는 또 나만 빼놓고 가는 거예요?"

"아마도. 넌 공부하래도."

"공부는 충분히 했거든요? 혼자 집에 있으면 얼마나 심심한 줄 알아요?"

준후가 다시 불평했는데 이것은 쉽게 무시할 수 없는 일이었다. 현암은 다소 난감해하며 말했다.

"하지만 어쩌겠니. 우리 일이 이런걸."

"글쎄요. 그런데 제가 보기에는 내가 해도 아무 상관없는 일 같은데."

"어이, 그렇지 않아! 위험하다니까!"

"할머니 만나서 이야기 끄집어내는 게 위험하다고요? 제가 더 잘할 수 있다고 말한 건 현암 형 아니었어요?"

"어? 이번 일 말한 거였어? 이건 이번에만 해당하는 아주 특수한 경우고, 그러니까……."

준후는 어떻게 들었는지 박 신부가 현암에게 했던 말도 꼬투리 삼아 따지고 들었다.

"위험한 일은 백 번에 한 번 정도고 나머지 아흔아홉 번은 보통 이런 식의 별 볼 일 없는 일이라면서요? 그런데 왜 나는 못 하게 해요? 내가 가진 능력이 박 신부님이나 현암 형보다 낫다고는 할 수 없지만 그래도 여러 가지 방면에 다양한……."

"준후야, 넌 아직 어리잖아."

"현암 형."

"왜."

"지금 신부님하고 현암 형이 하는 건 확실히 선행 맞죠? 착한 일이라고 할 수 있겠죠?"

"적어도 나쁜 일은 아니겠지."

"그럼 나이 어리면 착한 일 하면 안 되는 건가요?"

준후가 똑바로 쳐다보며 말하자 현암은 할 말이 없어졌다. 그래서 다른 말로 얼버무렸다.

"하지만 말이야. 어린애들을 위험한 일에 나서게 해서는 안 되는 거야. 이건 어른들 일……."

그러나 준후는 또 따지고 들었다.

"일반적인 경우는 그렇죠, 아이들은 보통 어른보다 약하니까요. 그러니 보호를 하는 거겠죠?"

"그, 그렇다고 할 수도……."

"그런데 현암 형, 내가 정말 약하다고 생각해요?"

현암은 말문이 막혔다.

"내 손에서 불이며 전기며 나온다고 내가 무섭다고 한 사람이 누구였죠?"

"그…… 그래도 말이지……. 그건 내가 그냥 한 말이고. 이런 일 하다 보면 꼭 주술 말고라도 여러 가지 힘든 일이 생길 수도 있어. 엄청난 인내심이나 그런 것이 요구될 수도……."

"나 혼자 가겠다는 게 아니잖아요. 같이 가서 어떻게든 도움을 주고 싶을 뿐이라고요. 나도 퇴마사의 일원이 됐고 생일잔치도 같이 했잖아요. 그런데 집구석에 혼자 내버려두고 두 사람만 돌아다니면 정말 나는, 나는……."

준후가 울먹거리자 현암은 답답해졌다. 현암이 다가와서 준후의 어깨를 톡톡 두들겨 주며 말했다.

"준후야, 네가 무슨 마음인지 알아. 네가 착한 것도 알고, 하지만 말이지. 이것만은 알아 두렴. 우린 결코 널 잡아 두거나 괴롭히려고 이러는 게 아니란다. 정말 네 생각을 하기 때문에 그러는 거야. 네가 조금 더 크고 세상 경험이 많아지면 얼마든지 나서게 할 수 있어. 그렇지만 그때까지는 적어도……."

"분명 내가 필요해질 때가 올 거예요. 당장 내일만 해도 내가 필요하다고 하지 않았나요?"

"준후야, 그것은…… 다만……."

"위험한 일에는 안 나서면 되잖아요. 하지만 나도 도움이 되고 싶다고요. 정말 이렇게 기다리기만 하는 것은……."

"그러면 너도 수련을 하렴. 너도 분명 힘을 그냥 얻게 된 건 아닐 테고, 필경 고된 수련을 해서 얻어진 힘일 텐데 그것들을 묵혀두면 점점 무뎌지지 않겠니? 너는 말이야, 장래가 있어. 아이가 보호받아야 하는 이유는 아이가 약하다는 데에도 있지만 그보다는 장래를 기대해서 그러는 거야. 그러니까 준후야, 너는 지금 가진 엄청난 능력에 만족하지 말고 조금 더 능력을 쌓으렴. 그래서 나중에 어른이 되면 우리를 능가하는 더 멋진 일을 해. 그러면 되는 거야."

현암이 애써서 진심으로 말하자 준후는 간신히 수그러지는 것 같았다. 아직도 불만스러운 모양이었지만 현암의 진심을 담은 말을 반박하지는 않았다. 비정상적으로 말재주가 좋은 녀석이라 반박을 하려면 할 수도 있었을 테지만 현암의 따뜻한 마음이 담긴 말을 반박하고 싶지 않은 것인지도 몰랐다. 그렇게 그날 밤은 무사히 넘어갔다.

세 번째와 네 번째 방문

현암이 생각한 작전은 간단하면서도 가능성이 높았다. 계획은 이러했다.

1. 근처 문구점에서 공 하나를 사 온 뒤 그것을 할머니의 집 앞 마당에 던져 넣는다.
2. '공을 찾으러 왔으니 들여보내 주세요' 하며 준후가 집 안으로 들어간다.
3. 집 안으로 들어간 준후는 할머니의 말상대를 하며 친근감을 쌓는다.
4. 어느 정도 신뢰가 생기면 '할머니하고 자주 이야기하고 싶은데요'라고 하면서 PC 통신에 대한 이야기를 꺼낸다.
5. 할머니는 귀여운 준후의 청을 못 이겨, 또는 준후와 통신으로 이야기하고 싶어져서 자신의 PC 통신 아이디를 가르쳐 주게 된다.

그렇게 성공으로 이어지게 된다는 계획을 듣고 나자 박 신부는 말했다.
"그런데 할머니께서 상처받지는 않을까?"
"저도 조금 꺼려지는 면은 있습니다만…… 준후가 자주 말 상대해 드리면 되죠, 뭘."

그러면서 한숨을 쉬었다.

"아이한테 스파이 짓이나 시키고. 제 자신이 참…… 이것도 퇴마사가 가져야 하는 인내심입니까?"

박 신부는 헛기침하며 말했다.

"스파이 짓이라니. 누구에게 해를 끼치는 것도 아닌데. 이나마 생각한 게 대견하네. 자네, 아주 순발력이 대단한데? 몸만 좋은 줄 알았더니 머리도 좋아. 문무겸전이야."

"이전에는 몸만 쓸 줄 아는 바보로 짐작했었다는 것처럼 들립니다만……."

"이런, 내가 그런 생각을 할 리가 있나! 이 사람아."

"저도 농담이었습니다."

조금 치졸했지만 그래도 성공 확률이 높은 작전이라 생각했기 때문에 세 사람은 판자촌 꼭대기까지 함께 올라갔다. 비록 조금 쑥스러웠지만 현암은 나름대로 열심히 하려고 잊지 않고 문구점에서 축구공까지 하나 사 와 손에 든 채였다. 그런데 비탈길을 올라가다가 준후가 말했다.

"현암 형, 축구는 넓은 데서 발로 공을 차는 거라면서요?"

"그렇게 내가 말했지. 뭐, 많이 부족한 설명이지만 일단 그것만 알아도 충분……."

"그런데 이런 언덕길 꼭대기에서 축구공이 날아온다면 뭔가 이상하게 여기시지 않을까요?"

현암은 아차 싶었다. 그러고 보니 여기는 올라가는 것만도 벅찬

비탈길이었다. 좁은 골목이라고 축구를 하지 말란 법은 없지만 적어도 이런 비탈길에서는 축구를 할 수 없다. 박 신부도 그 점을 깨달았는지 현암에게 말했다.

"계획에 허점이 있었군."

그러나 현암은 곧 고집스럽게 말했다.

"그러면 배구공으로 바꿔 오죠. 아, 배구도 곤란한가. 그럼 아무렇게나 던져도 되는 고무공으로 바꾸죠. 그러면 문제없을 겁니다."

창피하다고 말했었지만 은근히 계획에 자부심이 있었는지, 아니면 성실해서인지 현암은 근처 문구점을 찾아 새빨간 싸구려 색깔이 도는 고무공을 사 왔다. 완벽하게 한다고 고무공을 땅바닥에 몇 번 문질러서 오래 쓴 것처럼 흠집까지 내는 치밀함을 보였다. 마침내 그렇게 할머니의 집 앞에 도달하자 현암은 담장 너머로 고무공을 던질 준비를 했다.

"준후야. 내가 공을 던지면 열 정도 센 다음에 들어가는 거다."

"네, 현암 형."

"열이야, 열. 우리가 혹시라도 할머니 눈에 띌지 모르니 떨어져 있을 시간이 필요하다."

"네, 현암 형."

다짐을 받고 난 다음 현암이 마침내 고무공을 할머니의 집 안으로 던졌다. 그런데 불행한 일이 벌어졌다. 안에서 쨍그랑하고 유리 깨지는 소리가 들린 것이다. 박 신부가 한숨을 푹 쉬었다.

"현암 군, 거 어째……."

"아니, 저라고 보이지 않는 곳을 조준할 순 없습니다. 이건 순전히 운으로……."

박 신부의 어깨가 축 처졌다.

"그냥 가세……."

"그…… 그래야겠죠?"

"내일, 아니 다음에 다시 오자고. 어이쿠. 서두르세."

결국 세 사람은 도망치듯 비탈길을 내려와 할머니의 집에서 멀어질 수밖에 없었다.

그날은 그렇게 실패하고 다시 하루를 건너뛴 다음, 즉 다음다음 날이 돼서야 마침내 현암의 작전은 빛을 보았다. 유리창을 깨지 않도록 조심스레 현암이 공을 던져 넣은 후 마침내 준후가 집 안으로 들어가는 데 성공한 것이다.

"잘될까?"

"잘될 거예요. 준후는 똑똑하니까."

현암과 박 신부는 조마조마한 심정으로 바깥에서 기다렸는데 한참 시간이 지나도 준후는 나오지 않았다. 그것을 보고 박 신부는 불안해했으나 현암은 단정 지어 말했다.

"준후가 오래 머물수록 성공했을 가능성이 높아지는 거죠. 할머니와 이야기하느라 시간이 가는 것일 테니까요."

"그렇겠지?"

"예, 조급하게 생각하실 것 없습니다. 느긋하게 기다리시죠."

"그럴까?"

박 신부와 현암이 느긋하게 기다리는데 시간은 더 흘러서 거의 두 시간이 된 후에야 준후는 할머니의 집을 나왔다. 손에는 공을 들고 있었다. 기다리느라 지친 두 사람은 기뻐서 다가갔고 현암이 급히 물었다.

"준후야. 할머니 아이디는 알아냈니?"

"네."

준후가 고개를 끄덕이며 말하자 현암은 뿌듯해했다.

"그래, 그런데 왜 이렇게 오래 걸렸니? 할머니하고 이야기 많이 나누었어?"

"네? 전 말 몇 마디도 못 했는데요?"

"응? 아니 그러면 왜 이리 오래 걸렸는데?"

준후는 짧게 말했다.

"벌섰어요."

현암의 얼굴이 조금 해쓱해지는데 준후는 태연하게 설명했다.

"요즘 왜 이렇게 공 날리는 놈들이 많냐고, 그제 유리창을 깬 것도 네가 틀림없다고 벌섰어요. 내내 잔소리 듣느라 저는 거의 입도 못 떼 봤고요. 그러다가 이제야 보내 주신 거예요."

"그랬냐?"

"그랬어요."

"미안하다, 준후야. 그래도 할머니의 아이디를 알아낸 것은 대화를 통해서……."

"나올 때 물어봤는데, 절대 안 가르쳐 주려고 하던데요."

"응? 그럼 어떻게 알았어?"

"어? 그거요? 단말기라는 거 앞에 쓰여 있던 것 같은데요. 영어인지 뭔지로 돼 있어서 그냥 모양으로 외워 왔어요. 이렇게 돼요."

준후는 손바닥에 아이디를 나타내는 알파벳을 그림으로 그려 보였다. 조금 획이 꼬부라지긴 했지만 읽을 수 있는 정도였다. 박 신부는 준후가 현암의 작전 때문에 두 시간이나 벌을 선 것이 안쓰러워 현암을 조금 질책하는 눈초리로 쳐다보았다.

"현암 군. 자네 시력이 엄청나게 좋은 걸로 알고 있는데 전엔 왜 못 봤지?"

"그…… 그게 제가 뒤뜰 쪽에서만 살펴서요. 단말기 앞에 아이디가 붙어 있을 줄은……. 준후는 앞마당에서 벌서다가 본 걸 테고요. 눈이 아무리 좋아도 물건을 뚫고 볼 수는 없는……."

변명을 늘어놓다가 현암은 은근히 고개를 돌렸다.

"뭐. 어쨌든 결과는 좋지 않습니까?"

준후는 밝게 말했다.

"제가 도움이 된 것 같아서 기뻐요."

현암은 준후가 고마워서 말했다.

"그래! 참 잘했다! 장준후, 넌 참 좋은 녀석이야!"

현암이 다가가서 덥석 들어 올리려 하자 준후는 질색하며 박 신부에게로 도망쳤다.

"잘했다면서 왜 괴롭히려고 해요?"

"어? 준후야. 괴롭히려는 게 아니라 그냥 네가 이뻐서……."

박 신부가 조금 딱딱한 말투로 딱 잘랐다.

"준후가 싫다면 하지 말게."

현암은 마음에 작은 상처를 입었다. 그래서 말없이 바로 전화국에 달려가 단말기를 신청해 받아 왔다. 그리고 혼자서 저녁 늦게까지 통신 단말기의 자판만 두드렸다. 현암이 상처를 입은 것 같아 박 신부가 뒤에 앉아 내내 기다렸다. 내색하지 않고 일에 집중하던 현암은 어느새 통신 화면 속을 헤매고 있었다.

세상에서 고립되는 병

현암이 마침내 한숨을 쉬며 박 신부를 돌아보았다. 통신에 대해서 전혀 모르고 또 기계에 대해 약간의 공포심을 가지고 있기에 말없이 지켜보던 박 신부가 물었다.

"뭔가 알아냈나?"

"예, 알아냈다고 하면 알아냈다고 할 수도 있고 아니라면 아닌 건데."

"뭐 특이한 점이라도……?"

"있죠, 왜 할머니가 준후에게 절대로 아이디를 안 가르쳐 주려고 했는지 알 것 같습니다."

"무슨 소리인가?"

박 신부가 다가가서 보니 현암은 화면에 떠오른 할머니가 작성한 글들을 몇 개 골라서 보여 주었다. 그것을 하나하나 보고 있던 박 신부의 얼굴이 조금씩 찌푸려졌다.

"이 할머니, 왜 이러시는건가?"

"세상에 대한 불만이 많나 보죠."

할머니가 작성한 글들은 거의 다 욕이나 무분별적인 비난과 원색적인 표현 일색이었다. 상당히 많은 곳에 글을 남기고는 있는데 주제가 뭐든, 동호회든 자유 게시판이든 여기저기 돌아다니며 갖가지 불만과 욕설과 비난을 쏟아 놓고 있었다. 표현도 다양하지 않고 주제 의식도 없어 보였지만 뭔가의 불만과 비난으로 모든 글이 점철돼 있다는 것은 한결같았다.

현암도 푸념했다.

"뭐. 사실 이런 사람들 꽤 됩니다. 이것도 그리 큰 특징은 아니에요."

"정말인가? 허…… 어찌 이럴 수 있지? 아는 사람이 본다고 생각하면 이런 글을 쓸 수 있을 것 같지는 않은데……."

"익명이니까요. 자기 이름은 감춰지고 아이디만 남으니, 맘대로 하는 거죠."

"이거 참. 이렇게 공개적으로 쓰는 글은 여러 사람 앞에서 말하는 것과 다를 바가 없지 않은가."

"그렇게 보시면 그렇습니다만……."

"정말 이 사람들이 여러 사람 앞에서 이런 원색적인 욕을 할 수 있을까?"

"뭐, 그 집의 할머님 정도 되는 분이라면…… 아니, 그분도 안 되겠네요. 그리고 보니 그분이라 해도, 이런 시사, 정치 등 모든 분야에 비난을 가하시진 못할 것 같은데……."

"옛날부터 이런 부류의 사람은 항상 존재해 왔지. 사람 사는 세상이니 어쩔 수 없겠지만, 이…… 통신이란 것, 별로 좋지 않군."

"좋은 면도 많습니다."

"아냐. 과거에는 이런 의견이 이렇게 활개 치고 다닐 기회가 없었어. 가정 교육이라는 틀, 사회 윤리의 틀, 규범과 도덕의 틀에 의해서 말이야. 자기 집의 어른이나 연장자조차도 설득 못 하면서 다른 사람들 앞에서 떠들어 댈 수는 없었거든."

"그런데 그게 이걸로 가능해진 거군요. 익명성 때문에."

"더구나 소리는 한 번 떠들면 사라지지만, 글은 계속 남지 않나."

"대부분의 사람들은 이러지 않습니다. 정보의 수단으로 잘 이용하고 또……."

"그거야 당연하겠지. 그러나 이런 행동을 막을 규범이 없다는 게 문제라서 그래."

현암은 할 수 없다는 듯 양팔을 벌려 보였다.

"문제인 줄은 알지만, 뭐 어쩌겠습니까. 휴, 도대체 왜 이러는 걸까요? 보고 크게 상처받는 사람들도 있을 텐데."

"이렇게 남을 욕함으로써 자기의 괴로움을 덜어 내려고 하는 건지도 몰라. 심리적으로 따지면 이해는 가능한 일이지."

과거 의사이기도 했던 박 신부가 말하자 현암이 쳐다보았다.

"그런가요? 그럼 이런 것을 무엇이라고 하나요?"

"딱 단정 지어 말할 수는 없지만 보통 이런 것이 더 심해지면 간단히 이렇게 표현할 수 있겠지."

"어떻게요?"

"'정신병'이라고."

"네?"

"정신병이라고 했네. 표현이 거칠게 느껴진다면 '세상에서 고립되는 병'이라고나 할까?"

"아니, 사람들이 안 보이는 게시판 같은 데니까 누구를 욕하거나 할 수도 있는 것 아니겠습니까? 눈 딱 감고 안 보고 안 읽으면 그만이니 별것 아닐 수도……."

박 신부는 고개를 저었다.

"지금 자네는 이 할머니가 올린 글의 비난 대상에 대해서 걱정하는 모양인데."

"그런 뜻 아니셨습니까?"

"아닐세. 내 생각은 달라. 사실 이런 언행으로 진짜 상처를 받는 것은 대상이 되는 쪽, 욕먹는 쪽이 아니야. 욕하는 자야말로 지울 수 없는 상처를 입는 거지."

"그렇게 되나요?"

"얼핏 외면적으로 보기엔 반대의 경우만 드러나겠지만, 난 그렇지 않다고 믿네. 남에 대한 비난과 터무니없는 증오는 자기 자신의 문제에 대한 불신감과 불안함에서 오는 거야. 그리고 그것을 폭발시켜 발산함으로써 마음의 위안을 삼는 거지."

"그건 이해가 갑니다만. 그렇게 발산한다면 어쨌든 기분이라도 풀리지 않을까요?"

"기분이야 풀리겠지만, 그렇게 기분을 푸는 것을 업으로 삼으면 어떻게 되겠는가? 상처가 생긴 것이야 안된 일이네만, 문제를 직접 해결하지 않고 회피하는 방식으로 두면 덧나는 법일세. 버릇이 되면 더더욱 곤란해지고."

현암이 대답이 없자 박 신부는 다시 말했다.

"다시 한번 말하네만, 처음에는 비난받는 대상이 기분 상하겠지만, 진정 위험한 것은 그런 이유 없는 비난에 중독된 사람들이야. 사람은 누구나 모자란 점이 있고 결핍된 부분을 지니고 있네. 허나 그걸 치유해 건강해지느냐, 또는 모자란 점을 채워 앞으로 더 나아가느냐 아니냐에 따라 사람이 크게 되는가, 못 되는가가 결정되겠지."

"그건 그럴 테죠."

"사람들 스스로 마약을 거부하는 이유가 뭔가? 마약이야말로 사람에게 좋은 기분을 주는 것인데 말이야. 그러나 그렇게 쉽게 쾌감을 얻다 보면 거기에 중독돼 정상적인 생활이 어려워지고 결국은 타락하게 되기에 법으로까지 금지한 거야. 그런데 이런 행위는…… 이유도 없고 목적도 없는, 그저 비난을 위해 남을 헐뜯는 행위는 마약보다 더 문제라 생각하네. 이런 쉽고도 확실한 효과를 주는 비난으로 그런 감정을 속이게 되면, 치유의 기회, 발전의 기회를 스스로 막게 돼. 결국 자신은 아무것도 못 하면서 남만 욕하고 모든 것을 대안도 없이 비난만 하는 존재로 타락하겠지. 현암 군, 인간의 타락 중 가장 무서운 것이 뭐겠나? 욕망? 도덕? 나는 정신의 타락이라 생각하네."

"무섭네요."

"스스로는 그 사실을 모를 수 있다는 게 더 무섭지. 아마도 상태가 심해지면 당사자는 자기 합리화에 익숙해져서 자신은 항상 정당한 비판만 했다는 변명만 해 대겠지. 세상과 통하지 못하고 스스로를 세상과 단절하게 되는 거야. 힘든 일, 마음에 들지 않는 일이 조금만 생겨도 자기 합리화와 비난으로만 대응할 수 있는 인간이 대체 무엇을 할 수 있겠나? 그렇게 스스로를 세상과 격리하고 나면, 필연적인 일이지만, 그때에도 그들은 더더욱 격렬하게 세상만을 원망할 거네. 자신은 항상 옳고, 항상 옳아야만 하니까."

현암은 한숨을 쉬었다.

"너무 심하게 생각하시는 것 아닐까요?"

"글쎄. 내 분명 다른 사람 아닌 욕설이나 비난 등의 철없는 행동을 하는 본인에게 가장 큰 피해가 간다고 말했네. 자업자득이니 사회 문제까지는 안 되겠지만 확실히 쌍방에 모두 피해자는 생기겠지. 비난당한 사람은 물론 아무것에도 적응하지 못하고 인생을 망치는…… 그것도 별생각도, 큰 죄의식도 없이 행한 자기 행동에 의해서 말일세."

"말씀이 조금 어렵습니다."

"간단히 말하자면, 욕을 먹는 대상보다 욕하고 있는 당사자가 훨씬 위험하다고 봐. 욕을 하고는 있지만, 실제로는 정신이 침식당하고 좀먹어 들어가고 있는 거지. 물론 정당한 근거에 의한 비판이라면 이런 분석이 통용되는 것은 아니네만. 그리고 나는 이들의 행동을 비난하려는 것이 아냐. 이건 비난하거나 박멸할 일이 아니라…… 뭐랄까. 치료가 필요한 일이야. 정신과적인 치료 말이네."

"이런 사람들이 그걸 받아들일 리는 없을 텐데요."

"그러니 답답하지. 내가 알기로 중증 정신병 환자 중에 자신이 병자라고 인정하는 사람은 거의 없어. 사실 정신병 치료의 구 할은 치료가 아니라 설득에 있다고 알고 있네. 치료 자체는 쉬운데, 치료를 받으려 하지 않아 거의 모든 노력이 그 '인정'이란 것 하나에 쏟아진다는 거지."

"치과나 피부과에 가는 건 부끄러울 것이 없는데, 왜 정신과는 부끄러워하는지 저도 통 이해가 가지 않습니다. 아픈 걸 고쳐 건강해진다는데 왜들 그러는지요."

현암이 중얼거리자 박 신부는 말했다.

"음? 그거 신선한 걸. 세상 사람들이 다 그렇게 생각했으면 좋겠네. 실제로는 약간의 치료만 받으면 나을 수 있는 중증 환자들이 고집스레 살아가기에 사회 전체가 입는 피해가 몹시 크다고 생각해 왔어. 벌을 주자는 것도, 놀리거나 모욕을 주자는 것도 아니지만 보통 사람들은 절대 인정하지 않으려고 하지. 오히려 자네같이 생각하는 게 드문 일이야."

"그런데 이런 이야기가 꼭 필요했나요?"

현암이 말하자 박 신부는 양팔을 들어 올리며 말했다.

"내가 흥분했던 것 같군. 굳이 준후까지 부리고 단말기까지 구해 가면서 애썼는데 알아낸 것은 하나도 없는 것 같아 허탈해서 그만……."

현암도 이제는 지쳐 가는지 박 신부에게 말했다.

"그런데 신부님."

"응?"

"그 집에 이상한 기운이 제일 강했던 게 맞습니까?"

"그러게 말이야. 거참 이상한 일이지. 분명 영적인 기운이 느껴지기는 했는데."

그때 준후가 옆에서 갑자기 툭 튀어나와 두 사람 사이로 들어오며 말했다.

"영적인 기운이요?"

"음, 그래."

현암은 준후의 말은 넘기고 다시 박 신부에게 말했다.

"신부님은 그 집에서 비교적 강한 기운이 느껴지셨다는데 저는 모르겠더라고요. 아시다시피 저는 그런 기운을 전혀 느낄 수 없는 몸이니."

그러자 준후가 의아하다는 듯 눈을 동그랗게 뜨고 박 신부를 쳐다보았다.

"저도 아무것도 못 느꼈는데요?"

"음? 너도 현암 군처럼 영력을 느끼지 못하니?"

"아니에요. 제가 영감(靈感) 하나는 누구보다도 발달했다고 스승님들이 그러셨었어요. 조금이라도 뭔가 있었다면 제가 그걸 발견 못 했을 리가 없는데요. 저도 똑같이 그 집에 들어가서 두 시간 동안이나 벌까지 섰었는데요."

박 신부는 조용히 말했다.

"글쎄…… 하지만 분명히 뭔가 느껴지는 것이 있었어. 내가 말한 영력이라는 것은 사방 어디에서나 희미하게 흩어져 있는 아주 작은 그런 기운들을 말하는 거야. 그 집에서 특별히 세게 느껴지는데 그게 뭔지 모르겠다. 왜 그렇게 됐는지 어떤 존재가 그렇게 만드는 것인지 자취를 찾지 못한다는 거지."

박 신부가 설명했는데도 준후는 의아하다는 듯 말했다.

"신부님이 말씀하시는 게 저는 잘 이해가 안 되는데요."

"응? 어디가?"

"신부님, 그러니까 이래요. 신부님은 아주 미세한 영적인 기운이 느껴지는 건 당연하다고 하셨는데, 제가 아는 기준에선 그게 그렇지 않거든요. 영적인 기운이란 것은 그렇게 아무 데서나 느껴지지 않아요."

박 신부가 말했다.

"세상에 생명을 가진 생물은 누구나 조금씩 영적인 기운을 가지고 있지 않니. 그러니 그런 게 느껴지는 것도 당연하지."

준후는 고개를 저었다.

"그렇게 생각하실 수 있지만 제가 느끼는 건 좀 달라요. 일반적인 사람이 영혼을 같이 가지고 있는 것은 자연의 질서를 역행하는 것이 아니기 때문에 극히 자연스러운 일이에요. 사람의 몸에 깃들어 있는 영혼에서 영적인 느낌이라는 게 도드라질 리가 없는 거죠. 그러나 순리에서 이탈해 육신을 가지고 있지 않는데도 이 세상에 떠도는 영이나, 또는 다른 세상의 존재가 이쪽으로 넘어왔을 때…… 그렇게 불일치가 이루어졌을 때 일그러짐이 생기는 것을 저는 영적인 기운이 느껴지는 것이라 배웠어요. 그리고 실제로 그런 경험도 많이 했고요."

"그러고 보니 저도 이상한 게 있습니다."

현암이 눈을 빛내며 말했다.

"사실 할머니의 집에 갔을 때, 저도 뒤뜰에서 월향검을 들고 나름대로 영적인 투시를 행해 봤어요. 하지만 정말 아무것도 느껴지지 않았죠. 저는 신부님이 말씀하신 기운이 아주 미약한 것이라서 그런 거라 생각했는데, 준후의 말을 듣고 보니 그것도 뭔가 이상하네요. 정말로 아무것도 느껴지지 않았으니까요."

"무슨 말인가, 현암 군. 그럼 내가 잘못 보고 잘못 느낀다는 말이야?"

"아닙니다. 절대 그런 뜻은 아니고요."

현암은 잠시 생각한 다음 말했다.

"사실 영적인 기운이 어떤 거라는 게 교과서에 나오는 것은 아니지 않습니까? 각자의 경험에서 나온 산물이고. 빨간색이라고 정해져 있는 것을 여러 사람이 보더라도 각자가 느끼는 빨간색이 다른 사람이 느끼는 빨간색과 정말 똑같을 것이라 단정은 할 수 없죠. 주관적인 감정이니까요."

"그렇겠지."

박 신부가 고개를 끄덕이자 현암은 계속 설명했다.

"그러니 우리가 각각 느끼고 있는 영기나 영적인 기운이라는 것도, 어떻게 보면 똑같은 게 아닐 수 있다는 거죠. 그러니까 준후가 말하는 영기라는 것은 그런 부자연스러운, 자연의 순리에 위배되는 이질적인 존재의 감을 느끼는 것이겠지요. 그리고 제가 보는 영기는 정말로 육신을 잃고 떠도는 영혼이 아니면 보이지 않는 것 같고요. 하지만 신부님이 말씀하신 영기는……."

"나는 그냥 생명체가 본연적으로 가지고 있는 일종의 기운이라고 생각했었네만……."

"그런데 그게 이상하단 말이죠. 그런 일반적인 기운이라고 하면 그 집에서 더 강하게 기운이 느껴진다는 게 말이 되지 않잖아요. 그 집에는 할머니 한 분과 개 한 마리밖에 없으니까요."

박 신부도 이해가 되지 않는다는 듯 말했다.

"그게 이상해서 그 집을 조사하는 걸세. 그리고 말이야. 나는 실제로 내가 느끼고 있는 그 기운을 추적해서 여태까지 사람들을 해치는 악령을 여럿 잡아 봤어. 그러니 내가 특별히 잘못 보고 있다고 생각하지는 않네만."

현암이 설득하듯 말했다.

"신부님께서 약간 오해하신 것 같은데, 저는 신부님께서 잘못 보고 있다고 말씀드린 게 아닙니다. 다만 보고 있는 게 서로 다를 가능성이 있다는 거죠. 그러니까 간단하게 예를 들자면 준후가 악령의 무게를 느낀다고 치죠. 그리고 저는 악령의 겉모습을 본다고 치고요. 하지만 신부님은 악령의 속마음을 느낀다고 할까요? 이런 식으로 서로 다른 측면을 보고 느끼는 거라고 생각하면 조금 말이 되지 않을까요? 신부님이 생명의 기운 자체라고 판단하신 것도 그 어떤 절대적인 평가 기준에 있어서 그런 건 아니지 않습니까?"

그 말을 들은 박 신부는 고개를 끄덕이며 말했다.

"확실히 일리가 있네, 그렇다면 내가 느끼는 건 뭐지?"

그 말에는 현암도 준후도 대답하지 못했다. 박 신부도 궁금한 듯 말을 이었다.

"준후와 자네는 그 집에 분명히 어떤 영적인 존재는 없다고 말하는데 나는 이제껏 상대했던 영적인 존재에서 느꼈던 어떤 기운을 그 집에서 특별히 다른 곳보다 강하게 받았어. 물론 엄청나게 강한 것은 아니지만 다른 곳보다는 꽤나 강했단 말이지. 그럼 이게 대체 뭘까? 도대체 어떤 것이 있어서 영적인 존재에서 느껴지는 감정이 영적인 존재가 없는 곳에서 나타나는 걸까……?"

박 신부의 질문에는 아무도 대답하지 못했다. 현암은 날카로운 표정이 돼 깊이 생각에 잠겼고, 박 신부도 그랬다. 준후도 나름대로 열심히 머리를 굴렸다. 세 사람은 서로 마주 보고 앉아 아무 말도 없이 한참을 그렇게 생각했다. 그러다가 현암이 먼저 말했다.

"그러면 일단 신부님이 느끼는 것이 어떤 것인지 좀 더 구체적으로 확인하는 것이 맞지 않겠습니까?"

"글쎄. 아까 자네가 이야기했듯이 이건 극히 주관적인 느낌이고 누구와 비교할 수 있는 성질의 것이 아니야."

"신부님께서는 희미하게 거의 모든 곳에서 느껴진다고 하셨죠? 그 느낌이 말입니다."

"음, 그랬지."

"정말 모든 곳에서 느껴졌습니까?"

"아주 폭 넓게 퍼져 있어서 그렇게 생각했지만, 아주 미약하고 너무 넓게 퍼져서 내가 그렇게 판단했던 것 같기도 하네. 지금 돌이켜 보니……."

"짚이시는 거라도?"

"내가 속단했을 수도 있는 것 같아. 생명체…… 생명체라. 거의 모든 경우, 생명체가 있는 곳과 악령이 있는 곳에서 느껴지기에 그걸 영혼 그 자체의 기운이라 생각했네만, 그렇게 단정할 수 있는 근거는 없었어. 나 혼자 그렇게 판단했던 거지."

"그럼 생명체나 악령, 모두 동일하게 포함된 기운 자체를 읽어 내신 게 되나요? 이거 정의 내리는 것만도 어렵습니다만."

"그런 셈이 되겠지. 그렇다면 그게 꼭 영혼 자체의 기운이라고 단정할 수는 없을 것 같네."

"그렇다면 그게 뭘까요?"

단초는 잡았지만 너무 막연했다. 현암은 한 가지 떠오르는 것이 있어 박 신부에게 말했다.

"신부님."

"왜 그러나?"

"지난번 제게 처음 그 느낌에 대해 설명하실 때, 말씀하시려다가 마신 게 있었죠?"

"그랬던 것도 같군."

"무슨 말씀을 하시려 했습니까? 혹시라도······."

"뭐였더라······."

박 신부는 깊이 생각하다가 마침내 고개를 갸웃하며 한숨을 쉬었다.

"자네가 아까 주관적인 느낌이라고 할 때 생각난 게 있는데, 준후는 잘 모르겠다만 현암 군은 아마 알겠지. 내 과거에 대해서."

"네. 전에 들은 바 있습니다."

"그래, 마음 아픈 사건이었지. 미라의 일도 있었고. 당시는 깨닫지 못했지만 지금 가만히 돌이켜 보면 그때도 어떤 느낌이 있었던 것 같아. 명확하지 않았지만, 그 악령에 대한 느낌 말이야. 또 내가 처음으로 오라의 기도력을 얻었을 때도 말이지. 그때 나를 비웃고 희롱하던, 성소인 성당까지 침범해서 히죽거린 녀석이 있어. 내가 단식기도를 올릴 때 옆에서 끊임없이 떠들어 대던 놈이기도 하고. 그때 나는 성당 안에서 이상한 능력을 보여 동료 사제를 공격하고 기이한 힘을 허락 없이 사용한다 해 파문당했지."

"예, 굳이 그렇게 괴로운 기억을 반추하지 않으셔도……. 저도 들어 알고 있습니다만."

"아니, 그럴 필요가 있네. 지금 돌이켜 보니 그때부터였을 거야. 나는 그놈을 쫓고 있었던 것 같아."

"그놈이요?"

박 신부의 표정은 전에 없이 심각했다. 현암은 조심스레 말했다.

"그게 같은 녀석이었습니까? 신부님 말씀대로라면 그때 성당에서 다른 사제분의 몸에 있었던 악령은 신부님이 소멸시키지 않으셨습니까?"

"그래, 그랬어. 아니, 그랬다고 생각하는 편이 맞지. 현암 군, 나는 이런 생각이 들었어. 그때 그 녀석의 기운은 확실하게 없어졌지. 하지만 그게 정말 없어졌던 것일까? 소멸이라고 하는 것이 인간의 죽음과 같은 것은 아니야. 그리고 영혼이라는 존재는 하나가 사라졌다고 해도 다른 실체가 있을 가능성도 있는 거야. 나는 그때 분명히 그놈이 나를 계속 따라다니며 괴롭히는 것이라 생각했었지. 그놈은 없어졌지만 이후에 만난 다른 녀석들 중에는 비슷한 기운을 가진 것들이 있었다네. 평소 악령이 없는 장소에서도 희미하게나마 그런 기운이 느껴졌지. 그래서 나는 그 기운이 영혼이라면 공통으로 갖는 기운이라 생각했고. 하지만 다시 생각해 보니 그게 아니라……."

박 신부는 생각을 정리한 다음 말을 이어 갔다.

"공통된 기운이 아니라 내가 지금 생각한 대로라면……."

박 신부의 말끝이 떨렸다.

"그렇다면 정말 엄청난 존재일지도……. 내가 상대했던 것, 그리고 우리가 상대해야 할 놈은 정말 엄청난 것일지도 몰라."

현암은 박 신부가 왜 그러는지 이해할 수가 없었다.

"엄청나다니요? 신부님은 극히 미약한 기운만 느꼈다고 하시지 않았습니까? 그냥 보이지 않는 적 아니겠습니까. 두려워하실 필요까지는……."

"아니, 그게 아니야. 내가 왜 아픈 과거 이야기를 했는지 모르겠나? 내가 처음 만났던 놈, 그리고 단식기도를 올릴 때 나를 괴롭혔던 놈, 그리고 마지막으로 성소에서 공격했던 놈……. 그것들이 서로 다른 게 아니라면 뭘까? 그리고 내가 지금 느끼고 있는 아주 미약한 느낌이 만약 그놈의 잔재라고 한다면……."

"뭔지 모를 악령이 아직 살아 있다는 건가요?"

"살아 있다는 개념 자체가 뭔가 잘못된 거야. 이렇게 생각해 보게. 여러 번 모습을 드러낸 것들은 손가락처럼 지엽적인 일부분이라고 생각을 해 보잔 말이야. 만약 그렇다면 내가 성당에서 소멸시킨 것은 거대한 놈의 손가락 끝일 뿐이고, 실제로는……."

현암은 망연한 눈길로 자신들이 앉아 있는 마룻바닥을 내려다보았다.

"신부님의 느낌이 사실이라면, 그놈은 이 땅 전체에 퍼져 있는 겁니까?"

"아니, 이건 내가 생각해도 너무 말이 안 돼."

"그렇다면 여태까지 신부님이 쫓으신 건 뭐고요?"

"그러니까 나는 결국…… 물론 나는 여러 악령을 쫓았고, 해결했네. 근데 지금 와서 돌이켜 보면 내가 정말 악령을 추적했을까 하는 의문이 들어. 악령을 추적한 게 아니라 나를 괴롭혔던 어떤 존재의 그림자, 그 느낌을 쫓아왔던 것은 아닐까? 여태까지 벌어진 모든 일들조차 그 느낌만을 쫓아왔던 것이 아닐까……."

"그러면 신부님이 상대하고 쫓은 것이 엄청나게 거대한 존재라는 건가요? 신부님은 어디에서나 가는 곳마다 이런 희미한 느낌을 받으셨을 거 아니에요?"

"그래. 만약 그렇다면 이건 지금 우리나라 전체에 촉수를 내리고 있는 엄청나게 거대한 존재일 수도 있는 거야."

박 신부의 목소리가 살짝 떨리고 있었다.

증오를 먹는 자

"그런 악령이라면 제가 못 느꼈을 리 없어요."

준후가 항변하자 박 신부는 고개를 저었다.

"그놈이 몸을 숨겼는지도 모르지. 준후 너는 섭리를 어긴 일그러진 영혼의 기운만 느낀다고 했잖니."

"그렇다면 그놈이 그런 존재가 아니라는 말씀이세요?"

"모르겠어. 이렇게 거대한 존재라면, 이건 내가 생각했던 그냥 악령 차원이 아닐지도 몰라. 만약 자연의 질서조차 거스를 수 있는 신이라면? 지옥 그 자체라면?"

박 신부가 암담한 생각에 자신도 모르게 이마를 감싸 쥐었고 준후도 낯빛이 질렸다. 현암도 두려웠지만 그래도 필사적으로 생각하려 애썼다. 만약 박 신부의 추측이 사실이라면 이건 상대할 수 있는 존재가 아니다. 그러나 오히려 준후는 철모르는 듯 눈을 크게 뜨며 말했다.

"상대가 악신이나 지옥 그 자체라고 해도 저는 싸울 거예요."

"준후야. 너는 나서면 안 돼. 이건 정말 심각한 일이다."

그러면서 현암은 박 신부에게 말했다.

"신부님이 걱정하시는 게 뭔지 저도 알 것 같습니다. 그리고 저…… 저도 솔직히 떨리네요. 하지만 아직 확신할 수는 없습니다."

"그래, 아직 속단할 수는 없지. 어떻게든 놈의 흔적을 찾아야…… 아니, 그러나 이건 뭐 찾고 말고 할 것도 없는데……."

"무슨 말씀이십니까?"

"아냐. 아무래도 내가 지나치게 생각한 것 같아. 만약 놈이 그렇게 강대한 존재라면 수십 년 동안 나를 그냥 놔두었을 리가 없지 않나? 그게 사실이라면 나는……."

박 신부는 허탈하게 웃으며 말했다.

"그놈의 몸뚱이 위에 앉아서 여태까지 살아온 셈인데."

거기까지 말하는 순간 갑자기 현암이 여태까지 두들기고 있던 단말기 화면이 퍽 소리를 내며 폭발했다. 그리고 거기서 깨어져 나온 날카로운 유리 조각들이 세 사람을 덮쳐 왔다. 현암은 순간적으로 공력을 올려 오른팔을 보호하면서 팔로 준후와 박 신부를 감싸려고 했다. 준후는 이런 경우에 대처할 수 있는 술법을 수십 가지나 알고 있었지만 갑자기 벌어진 일에 너무도 놀라 주춤하기만 할 뿐 대처하지 못했다.

그때 박 신부의 몸에서 연녹색의 오라가 둥글게 피어올라 세 사람을 거대한 빛의 막 안에 가두듯 퍼져 나갔다. 쏟아져 들어오던 유리 조각들은 박 신부의 오라에 걸려 파스슥 소리를 내며 허공에서 사라져 갔다. 박 신부는 분명히 들었다. '우우훗' 하고 사라지는 웃음소리. 느낌이 아닌 소리였다. 박 신부로서는 절대 잊을 수 없는, 차갑고도 이죽거리는 듯한 음성…….

"들었나?"

박 신부가 말했으나 현암은 고개를 저었다. 사실 현암은 기습보다 박 신부의 오라가 이렇게 넓게 퍼져 나가는 것을 보고 더 놀랐다.

"저는 전혀…….."

그러자 깜짝 놀란 듯 얼굴이 새하얘진 준후가 떨면서 말했다.

"전 들었어요!"

"뭐라고? 준후야, 정말이니?"

"네, 들었어요. 분명히 비웃는 소리였죠? 신부님을요."

"후……."

박 신부는 몸을 일으켰다. 그러자 현암도 다시 정신을 차리고는 뒤를 따르려 했다.

"확인하고 말고 할 것도 없군."

준후도 두려운 듯 울먹였다.

"분명히 놈은 신부님을 노리고 있었어요. 그쪽이 우리를 지켜보고 있었나 봐요."

어지간해서는 악령이 나타났다고 놀라거나 겁먹을 준후가 아니다. 그러나 방금 들은 대화대로라면 무서운 일이었다. 온 나라에 퍼져 있다는, 어쩌면 지상 전체에 퍼져 있을지도 모르는 거대한 존재. 더구나 그놈은 항상 그들을 지켜보고 있었고, 그럼에도 누구도 깨닫지 못했다. 두렵지 않을 수 없었다.

준후는 두려워 떨었지만 박 신부는 숙연하게 몸을 일으켰다.

"그대가 심연을 들여다볼 때 심연 또한 그대를 들여다보리니……. 이런 말 아나, 현암 군?"

"니체군요."

"그래. 똑같이 놈도 나를 바라보고 있었어. 내가 놈이라는 걸 알아챈 순간 비로소 움직인 거야. 한때 성직에 몸을 담았던 사람으로 개인적인 복수심을 입에 올릴 수는 없겠지만, 그래도 나는……."

박 신부가 쓴웃음을 지었지만 눈에서는 불꽃이 튀는 듯했다. 그러자 현암은 착 가라앉은 긴장된 표정으로 조용히 말했다.

"신부님. 전 같이 갑니다."

"놈이 노리는 건 나야."

"상관없습니다. 제가 노리는 건 그놈이니까요."

현암이 말하자 박 신부는 고개를 끄덕였다.

"알겠네."

현암이 몸을 일으키자 준후도 화가 나서 외쳤다.

"저도 함께 갈 거예요!"

그러자 항상 인자한 태도를 잃지 않던 박 신부가 갑자기 뒤로 돌며 날카롭고도 엄한 음성으로 말했다.

"안 돼!"

놀란 준후는 그 자리에 굳은 듯 덜컥 멈춰 버렸다. 두 사람은 목표도 없이 무작정 집 밖으로 나섰다. 집을 나서자 현암이 말했다.

"어디로 갈까요?"

"아무 데나."

박 신부는 쓴웃음을 지었다.

"어디로 가든 상관없지 않겠나. 그놈은 어디에나 있는데……."

그때까지도 현암은 냉정을 잃지 않고 있었다. 그럴듯해 보이지만 몇 가지 요소가 들어맞지 않았다. 문득 떠오른 생각에 현암이 입을 열었다.

"신부님?"

"왜 그러나? 현암 군."

"혹시나 해서 드리는 말씀입니다만 그놈의 느낌을 조금 더 구체적으로 감지할 수는 없겠습니까? 우리 중에서 놈의 느낌을 알 수 있는 건 신부님밖에 없잖아요."

"이미 느끼고 있네. 방금 말했잖나. 이제는 놈이 틀림없다는 것도 확인했고, 내가 발 딛는 땅 전체, 아니 우리나라 전체에 퍼져 있을 만큼 거대한 놈이라는 것도."

"그게 말입니다."

현암은 거기서 날카롭게 박 신부의 말을 끊었다.

"신부님은 분명 기운이 아주 미약하다고 말씀하셨어요. 그렇게 약하다면 넓은 곳에 퍼져 있더라도 실제 밀도가 낮을 터이니 하나로 합쳐도 그렇게까지 무서운 대상은 아닐 수 있지 않을까요? 또 그렇게 넓게 퍼져 있어야만 하는 이유가 있을지도 모르고요."

"무슨 말인가? 현암 군."

"저도 확신하는 건 아닙니다만…… 아까 공격을 보고 느꼈습니다. 그놈이 정말 우리나라를 뒤덮을 정도로 큰 놈이고 더구나 항상 신부님을 들여다보고 관찰하고 있었다면 정말 그 정도 수준의 공격으로 끝냈을까요? 정말 우리가 생각하는 거대한 적이라면 이 산을 송두리째 엎어 버릴 수도 있지 않았을까요?"

현암이 말하는 것이 무엇인지 박 신부도 짐작이 가기 시작했다.

"그러니까 현암 군. 자네 말은 상대가 넓게 퍼져 있기는 하되 그렇게까지 두려운 존재는 아닐 수도 있단 말인가?"

"두려운 존재가 아닌 정도가 아니라 어찌 보면 놈의 약점인지도 모릅니다. 단말기를 터뜨린 놈의 공격이 그렇게 위협적이었습니까? 신부님께서 옛날에 파문당하실 때, 옛 기억을 떠올리게 해서 죄송합니다만 그때에도 놈은 별 힘을 쓰지 못했다면서요? 또 놈이 여태까지 보고 있었다고는 해도 특별히 강한 기운을 느끼게 하지는 못했잖아요."

"그건 그렇지."

"그리고 저는 내내 마음에 걸렸어요. 할머님의 집 말입니다."

"할머님의 집이 왜?"

"우리가 알고 있는 그 기운이 신부님이 알고 있는 그놈의 기운이라 치더라도, 왜 유독 할머니의 집에서만 강하게 느껴졌는지는 아직 설명되지 않았습니다. 세상에 원인 없는 결과라는 것은 없어요. 그러니……."

그 순간 박 신부가 눈을 크게 떴다.

"단말기!"

"네?"

"단말기 말이야! 기억하나, 현암 군? 그 할머니의 집에도 단말기가 있었어. 전화 요금! 전화 요금 고지서 기억 안 나나?"

"당연히 기억납니다. 그런데 그게 무슨……?"

"그리고 우리 집에도 단말기가 있었잖나."

"물론 있었죠. 그걸 통해서 놈이 공격을……."

그제야 현암도 느낌이 왔다.

"신부님. 그렇다면 놈이 이용하는 건……?"

"나도 이게 말이 되는 생각인지는 모르겠지만, 만약 놈이 단말기를 통해서 힘을 연결하고 뭔가 소통하고 있다면……?"

현암이 고개를 저었다.

"그놈은 악령인데…… 악령이 기계를 이용한다고요?"

박 신부는 눈을 빛내며 말했다.

"물론 악령이 기계를 만들지는 못 하겠지. 하지만 사람이 이용하는 것은 악령도 모두 이용한다네. 방금도 놈은 단말기를 폭발시켜서 우리를 공격했어. 악령이 물리력을 써서 돌이나 물체를 움직일 수 있고, 땅속이나 나뭇가지 속으로도 돌아다닐 수 있다면, 단말기를 움직이거나 단말기 회선을 이용하지 말라는 법은 없잖은가? 상상 속에서 주술이나 악령은 무조건 고대의 것이고, 배경도 고대가 되는 경우가 많으니 머릿속 상상으로 현대적 문명의 이기와 조합을 떠올리기는 쉽지 않겠지. 그러나 그건 실제로는 아무 상관없어!"

현암의 머릿속에서 비로소 윤곽이 잡혀가기 시작했다. 원인 없는 결과는 없다. 아무것도 없던 할머니의 집, 그리고 단말기, 넓게 퍼진 전화망…….

"놈의 기운이 그렇게 널리 퍼져 있는 이유는 단말기를 연결하는 전화선이 넓게 퍼져 있기 때문일까요?"

"그렇게 볼 수 있겠군. 분명 단말기야. 그렇지 않으면 놈이 하필 오늘에야 나에게 나타난 것도 해석이 돼. 단말기를 집에 들여놓은 것이 오늘이니까!"

"할머니의 집에서 놈의 기운이 조금 더 강하게 느껴진 것도 설명이 되겠군요. 그 집에도 단말기가 있었으니까요. 허나 대체 왜 그 집에서만 기운이…… 그놈이 나타나지도 않았었는데…….."

그때 박 신부가 큰 소리로 외쳤다.

"증오!"

"증오요?"

"그래, 증오. 현암 군, 자네 악령이 힘을 얻는 게 무엇을 통해서 인지 아나?"

"그…… 글쎄요."

"증오심, 미움, 그런 악을 통해서야. 정확하게 말해서는 그 악을 통해서 발산되는 에너지를 얻거든. 꼭 이런 경우만 있는 것은 아니지만 대부분 음의 존재들은 비슷한 음의 에너지를 좋아하지. 그래서 악마가 인간을 타락시킨다는 이야기도 나오고 악령이 사람을 홀려서 악행을 하게 만든다는 전설도 이루어진 건지 몰라."

"그런데 단말기가 무슨……."

"잊었나, 현암 군. 통신에 접속해 할머니가 쓴 글을 본 게 자네잖아."

"그렇다면……."

현암의 머릿속에서 마지막 퍼즐이 맞추어졌다. PC 통신을 좋아하는 할머니는 엄청난 욕쟁이에 남을 비난하는 것을 좋아하는 사람이었다. 분명 아까 박 신부도 말했다. 이유 없이 남을 비난하고 헐뜯는 일은 비난을 당하는 당사자보다도 비난을 행하는 사람의 정신을 좀먹어 들어간다고. 그렇다면 이유 없는 비난과 악의의 행동에 의해서 악령이 힘을 모으고 있었던 것은 아닐까? 악령이 문명의 이기를 사용한다는 것을 현암은 도무지 믿을 수 없었지만 그렇게 말하면 설명이 된다. 그렇다면 박 신부가 느끼는 영적인 기운이 전국 방방곡곡에 뻗어 있다는 것도 충분히 납득할 수 있다.

박 신부가 이를 갈았다.

"놈은 증오를 먹는 거였어. 내가 느낀 것도 영기가 아니라 바로 그런 증오의 감정일 뿐이었어. 이유 없고 무분별한 증오심······. 아, 나는 그게 영의 기운이라 생각했었는데 수련을 다시 해야겠군."

현암은 말은 하지 않았지만 속으로 생각했다. 박 신부가 영을 느낀 것보다, 그런 감정의 흐름을 잡아낸다는 게 더욱 놀라웠다. 아예 이건 상상조차도 해 보지 못한 경지였다. 영기를 느끼는 것도 놀랍지만 이런 추상적 흐름을 잡아낼 정도라면, 어쩌면 박 신부는 자신은 물론 준후보다도 훨씬 높은 경지에 올라 있는 것은 아닐지······.

허나 박 신부는 현암이 무슨 생각을 하는지 모른 채 분노로 떨고 있었다.

"그리고 그렇게······ 그렇게 증오와 악의로 똘똘 뭉친 놈이기에 그런 짓을······."

놈은 비난의 에너지, 음의 에너지라고 환산되는 증오와 비난의 감정을 단말기와 통신망을 통해 끌어모으고 있었을 것이다. 그리고 퇴마사들이 단말기를 들여오자 그것을 통해 박 신부가 여전히 자신을 추적하는 중임을 깨달았다. 그래서 능력을 발휘해 겁을 주려 했고 그런 시도는 성공할 뻔했다. 조금 전까지만 해도 준후조차 덜덜 떨지 않았던가? 겁을 주어 자신을 추적하는 것을 단념하게 할 생각이었을지도 모른다. 그래서 굳이 공격을 가한 것이리라. 그러나 교활하기 짝이 없는 '그놈'도 실수한 것이 있다. 현암과 박 신부가 두려움 없이 나서서 오히려 더 적극적으로 자기를 찾을 줄은, 그리고 이렇게 빨리 진실에 접근할 줄은 몰랐던 것이다.

"신부님."

현암이 말했다.

"그럼 우리가 할 일은 당연합니다. 하나뿐입니다. 신부님이 애써 주셔야겠습니다."

"당연하지. 내가 뭘 하면 되겠는가. 우선 놈을 찾아야 되는데."

"방향을 잡으세요."

"방향?"

"놈의 흔적을 느낄 수 있는 사람은 신부님뿐입니다. 그 이유가 어떻게 됐든 간에요. 만약 놈이 단말기를 통해 사람들이 터뜨리는 증오와 악의를 흡수하고 있다면 분명 어디론가 그게 전달될 거 아닙니까. 그 증오와 악의의 흔적을 신부님이 느끼시는 거라면 방향성도 느끼실 수 있을 거 아니에요?"

"그래, 그 감정들이 모이는 방향을 찾아 추적하면 놈을 잡을 수 있겠군."

"맞습니다. 그러니 어서요."

"글쎄, 잘될지 모르겠지만 해 보겠네."

박 신부는 그 자리에서 눈을 감고 정신을 집중하기 시작했다. 그런데 그 순간, 박 신부의 집 한쪽에서 요란한 소리가 들리며 굉장한 불꽃들이 쏟아져 나왔다. 그제야 두 사람은 준후를 집 안에 남겨 두고 나왔다는 것을 기억해 냈다. 그리고 망가졌지만 집 안에는 단말기도 있었다. 놈이 박 신부만 노리고 있을 거라는 건 너무 안이한 생각이었다.

"준후야!"

현암이 외치면서 집 쪽으로 달려갔다. 박 신부도 급히 몸을 일으켰는데, 현암은 다급한 나머지 아예 허리를 굽히더니 오른팔에 공력을 있는 대로 끌어모아 땅을 후려쳤다. 현암이 지금까지 익힌 태극기공 중 최강의 술수인 '폭' 자 결을 발휘한 것이다. 저 멀리 집에서 터진 폭음에 조금도 뒤지지 않는 굉음이 울리고 땅이 움푹 팼다. 반동을 받은 현암의 몸은 새처럼 허공을 훌쩍 뛰어넘어 단숨에 박 신부의 집 담장 너머로 떨어져 내렸다. 단순하고, 무식하기 짝이 없으며 위험했지만 가장 효율적인 방법이었다. 박 신부는 현암의 무지무지한 공력에 기가 질렸지만 곧 있는 힘을 다해 집 쪽으로 달려가려 했다.

그러다가 흠칫 걸음을 멈추었다. 방금 집에서 터져 나온 불덩어리들이 움직이고 있었다. 처음에는 어떤 폭발에 의해 터져 나온 불덩어리인 줄 알았는데, 마치 살아 있는 것처럼 방향을 바꾸는 것을 보니 그게 아니었다. 그리고 수백 개에 달하는 불덩어리들은 새 떼처럼 박 신부 쪽을 향해 모여들었다.

'그놈이?'

박 신부는 오라를 순식간에 끌어올려 방어 태세를 갖추었지만, 불꽃들에게서 적의는 느껴지지 않았다. 그러다가 불덩어리들은 박 신부의 머리 위에 한데 모여들었다. 횃불만큼 크고 밝은 불덩어리 수백 개가 반딧불 무리처럼 허공을 빙빙 돌며 하나로 합쳐지는 광경은 아름답기까지 했다. 하지만 불덩어리들이 한데 내리꽂히거나 움직인다면 통째로 집을 날려 버리거나 태워 버릴 수 있을 것 같았다. 그럼에도 불구하고 불덩어리는 박 신부의 머리 위를 빙빙 돌기만 할 뿐, 공격하지 않았다.

박 신부가 자세히 올려다보니 불덩어리들의 중심에는 네모난 종이 같은 것들이 있었다. 어지럽게 움직이는 데다 불빛에 숨어 자세히 보이지는 않았지만 언뜻 보기에는 노란 바탕에 붉은 무늬가 그려진, 준후가 주로 사용하는 부적들 같았다.

박 신부는 자신도 모르게 중얼거렸다.

"그럼 저게…… 악령이 아니고 준후가 불러낸 건가?"

박 신부가 멍하니 중얼거리는데 저만치에서 현암이 준후를 업고 달려오는 것이 보였다. 박 신부는 놀라서 외쳤다.

"준후야! 괜찮니?"

현암의 어깨 위로 준후가 얼굴을 내밀며 외쳤다.

"신부님! 쫓으세요!"

현암도 외쳤다.

"놈입니다! 놈이 준후를 덮치려다가 한 방 먹었어요! 도망치고 있으니 이 기회에 잡아야 합니다!"

"놈이 어디 있는데?"

그러자 준후가 아예 현암의 어깨를 짚고 일어서다시피 하며 소리쳤다.

"저걸 따라가세요!"

말하면서 준후가 양손으로 수인을 맺자 현암이 얼른 준후의 몸을 잡아 받쳤다. 준후가 우아하고도 아름답게 기묘한 손동작을 하자, 박 신부의 머리 위를 맴돌던 불덩이들이 한데 모여 커다란 불덩이를 이루었다가 다시 겹겹이 겹치면서 조그마한, 그러나 굉장히 밝게 백열하는 불꽃으로 변했다. 희고 눈부신 불덩이는 쏜살같이 어느 방향을 향해 날아갔다. 부적으로 만들어진 불덩이가 방향을 인도하는 것임을 깨닫고 박 신부는 뒤를 따랐다. 현암도 도우려고 왼팔을 들어 월향검을 날리려 했으나 준후가 말렸다.

"현암 형. 잠깐요."

"왜?"

"저건…… 신부님께 맡기는 게 좋을 것 같아요."

현암은 준후의 말이 옳은 것 같았지만 그래도 박 신부가 걱정스러웠다.

"하지만 신부님이……."

준후는 다시 고개를 저었다.

"저놈, 정말 별거 아니더라고요. 단말기에서 튀어나왔을 땐 저도 긴장했는데……. 정말 문제없어요, 장담한다니까요. 아, 아까워."

준후가 입맛을 다시자 현암은 왼팔을 도로 내리며 물었다.

"뭐가 아까워?"

"아, 아까 우리나라 전체에 퍼져 있느니 신이니 지옥이니 해서 겁먹었다고요! 그래서 부적을 사…… 삼백 장이나……. 으으……

가진 거 다 날렸는데……."

"그래. 굉장하더구나."

준후는 버럭 성질을 냈다.

"그게 아니라고요! 부적 한 장으로 될 놈인데 가진 걸 다 날렸으니…… 부적 하나 만드는 게 얼마나 힘든 줄 아세요?"

"아주 여유 있는 소리를 하는구나."

"그게 아니라 정말…… 영력으로 따지면 저건 정말 별것 아닌 놈이라고요. 장난으로도 잡겠다. 그런데 삼백 장이나……."

준후가 여전히 툴툴거리자 현암은 말했다.

"그래. 증오라는 건 얼핏 강해 보이지만, 실제는 아주 약해 빠진 거지. 더구나 목적도 분별도 없는 증오는."

"무슨 소리예요?"

준후가 묻자 현암은 훗 웃으며 말했다.

"그런데 준후야. 너, 언제까지 업혀 있을 거야? 다친 데도 없으면서."

"누가 업히고 싶어 업혔나. 다짜고짜 업었으면서……."

준후가 투덜대며 내리자 현암은 비로소 그 자리에 주저앉아 아픈 듯 얼굴을 찡그렸다.

"야야. 정말 공연히 다친 건 나다. 이렇게 날아서 떨어지면 아무리 나라도 온전할 것 같아?"

"하긴, 많이 아파요?"

"나 죽으면 네 탓이다."

"원 참. 세상에 그렇게 무식하게 몸 굴리는 법이 어디 있어요? 거참. 사람의 힘으로 그런 게 정말 가능할 줄은······."

"유도 미사일 같은 불덩어리 부적을 삼백 장씩 날리는 건 사람 같고?"

"아, 부적 이야기하지 말라니까요! 생각할수록 아까워서 눈물 날 것 같은데······."

그때 저편에서 부적의 불꽃이 아름답게 펑 터지며 사그라지는 것이 보였다. 준후가 말했다.

"끝났네요."

"그래. 신부님 마음이 풀리셨어야 하는데······."

생각하던 현암은 다른 생각을 했다.

'그놈이 정말 소멸됐을까? 아니, 애당초 신부님은 증오심을 쫓은 거였고 놈은 증오를 먹고 크는 괴물이었으니 처음부터 악령이 아니었는지도······.'

그 편이 말이 되는 것 같았다. 정말 악령이었으면 월향을 통한 자신의 투시나 준후의 감지에 걸리지 않았을까? 놈이 박 신부의 상상대로 증오심을 먹고 커지는 존재라면 그것은 악령이 아니라 증오심 자체가 아닐까? 많은 인간들의 이유 없고 분별없는 증오심과 악의가 뭉쳐서 생긴, 악령도 영혼도 아니라 할 수 있는 어떤 다른······.

'그러면 그게 바로 기적이게? 인간이 만들어 낸 최초의 다른 생명? 허허, 그게 증오 덩어리라면 참······ 서글프겠지.'

그러나 그렇다면, 그 존재는 인간이 존속하는 한 사라지지 않을지도 모른다. 인간들이 남을 증오하고 헐뜯는 한, 끝없이 태어나 인간을 해치게 되는 것은 아닐지. 통신의 접속자가 많아지고 단말기 숫자도 늘어나게 되는 날이 오면 어쩌면 지금의 미약한 존재가 아닌, 더 강대한 존재가 돼 그를 창조해 낸 인간들에게 되돌아올지도…… 보이지 않는 적이 돼서. 그래서 인간의 증오로 인간을 해치는 악의의 화신이 돼서…….

생각하던 현암은 웃으며 고개를 저었다.

'내가 무슨 생각을 하는 거야. 통신 사용자라야 몇 명 되나, 뭐. 대부분 좋은 사람들인데, 그렇게 나쁜 인간들이 늘어날 리 있겠어? 지금 보아하니 기껏 몇백 명일 텐데. 열 배 더 늘어나도 별것 아니겠지, 백만 명 천만 명이 통신을 할 일이야 없겠지. 설마? 쓸데없는 생각하지 말자. 그런 미래의 일, 알게 뭐람.'

현암은 생각을 지워 버리고 몸을 일으켰다. 저만치에서 박 신부가 걸어오는 모습이 보였기 때문이다. 지금은 박 신부를 맞이해 이번 일, 큰 것 같았지만 실제로는 별것 없던 첫 번째 퇴마행의 뒤처리를 생각할 때였으니까…….

준후의
학교 기행

「그들이 살아가는 법」 이후,
초여름

일러두기
- '국민학교'는 현재 '초등학교'로 명칭이 바뀌었으나 작품의 시대 배경에 맞춰 '국민학교'로 표기했습니다.

학교에 가다

"학교에 가고 싶어요."

박 신부와 현암이 함께 모인 자리에서 준후가 말했다. 두 사람은 약간 당황했지만 많이 놀라지는 않았다. 이미 여러 번 들었던 말이기 때문이다. 그러나 심드렁하게 지나가는 말투로 했던 부탁과는 달리, 이번에는 피하기가 어려울 것 같았다. 준후는 새까만 눈동자가 꽉 찬 것 같은 눈을 크게 뜨고 두 사람을 절실하게 바라보았다. 아이들의 이런, 뭔가 바라는 듯한 눈빛은 어른으로서는 정말 견디기 어렵다. 강골이라고 할 수 있는 현암도 그 눈빛은 맞받아 내지 못하고 대신 옆에 있던 박 신부를 보면서 중얼댔다.

"글쎄요. 준후를 학교에 보내야 하기는 하겠죠. 하지만 그게 그렇게 쉬운 일은 아닐 것 같다는 생각이……."

박 신부도 준후의 눈빛이 부담스러웠는지 안경테를 만지작거리며 서툴게 고쳐 쓰는 시늉을 하고 있었다. 현암이 말을 걸자 박 신부도 얼른 말했다.

"그렇지. 음, 물론 준후도 학교에 가야지. 학교에 가서 배울 것도 많을 테고. 그렇기는 한데……."

그러나 준후는 딱 잘라 말했다.

"배우려고 가는 게 아니에요."

"그럼 왜?"

"아이들이 많다면서요. 내 또래 아이들 말이에요."

"음, 그래. 그렇지. 물론 그럴 거야. 하지만 말이다, 준후야. 그래도 네가 배워야 할 게 꽤 있을 것 같은데."

준후는 당당하게, 그러나 잘못 보면 건방져 보일 수 있는 투로 말했다.

"토굴에 틀어박혀서 하루 열두 시진 중에 열 시진 이상을 공부와 주술만 배워 왔어요. 이런 소리 하는 것 우습게 들리실지 모르지만 제가 모르는 게 그렇게 많을 것 같지는 않은데요."

준후는 자신 있게 말했지만, 현암은 고개를 설레설레 흔들면서 말했다.

"밀교에서 배운 것들 말이냐."

"예."

준후가 대답하자 현암은 한숨을 푹 쉬면서 말했다.

"그게 어떤 것들이었지?"

"많죠. 『천자문』 같은 건 사흘 만에 뗐고, 『소학』, 『명심보감』도 사흘밖에 안 걸렸죠. 거기에 사서삼경부터 시작해서 여러 가지 불경들을 배웠어요. 『금강경』, 『능가경』, 『법구경』, 『사십이장경』, 『반야경』, 『천수경』, 『화엄경』에…….”

"아, 아니. 불경 말고. 학교에서는 불경을 가르치지 않아.”

"그것 말고도 여러 가지 배웠죠. 모산파의 부적술도 배웠고, 화산파의 도가 기공과 심법에다가…….”

"아…… 아니, 그거 말고 말이다.”

박 신부가 조용히 말했다.

"준후야, 너 한글은 아니?”

준후는 딱 잘라 말했다.

"'언문' 말이에요? 당연히 알죠.”

박 신부는 조그맣게 한숨을 쉬었다.

"우선 그…… '언문'이라고 이야기하면 안 된단다. 한글이라고 해야지.”

"그래야 되나요?”

"그래야 된단다.”

"그…… 그렇다 해도 언…… 아니, 한글은 당연히 알죠. 그러니 별문제 없어요.”

그때 현암이 다시 끼어들어 준후에게 말했다.

"너 아까 열두 시진이라고 말했지?”

"예. 그게 왜요?”

"그건 아주 옛날에나 쓰던 표현이고, 지금은 시간이라는 단위를 써. 이십사 시간이 하루니까 한 시진이 두 시간씩 되겠구나.”

"흠. 이제 알았어요. 하지만 알았으니 됐어요. 다음은요?"

준후는 고집스럽게 현암의 얼굴을 바라보았다. 곤란함에 표정이 다소 일그러졌지만 현암은 다시 말했다.

"너 숫자는 읽을 줄 아니?"

"저를 어떻게 생각하시는 거예요? 숫자를 왜 못 읽겠어요."

"아…… 아이구. 그러니까, 아라비아 숫자란 거 말이다."

"흥. 저를 너무 무시하시는 것 같은데, 원래 태어나면서부터 아는 사람은 없어요. 저는 누구보다도 빨리 익힐 자신이 있으니, 몇 가지를 알고 모르고는 아무 문제도 되지 않는다고 생각해요. 아라비아 숫자란 것도요."

준후가 고집스럽게 장광설을 쏟아 놓자 현암은 잠시 머뭇거리다가 벽에 걸려 있는 커다란 괘종시계의 문자판을 가리켜 보았다.

"저거 시계인 건 알지?"

"당연히 알죠. 제가 바보인 줄 알아요? 무슨 삼국 시대 사람으로 생각하시는 거예요?"

"물론 그건 아니지만…… 너 저 시계 문자판에 쓰여 있는 숫자를 읽을 수 있니?"

그 시계의 자판은 일반적인 옛날 시계들이 그렇듯이 로마자 표기로 숫자가 쓰여 있었다. 그러자 준후는 코웃음을 치며 말했다.

"흥! 제가 저걸 왜 몰라요? 위치로 보면……."

"위치 말고 숫자 말이다."

"알 수 있어요! 그게 바로 형이 말한 아라비아 숫자니까 당연히…….”

준후는 말하다 말고, 현암과 박 신부의 굳은 표정을 보고 입을 다물었다. 그러자 현암이 천천히 말했다.

"저건 로마자 표기야. 준후야, 네가 똑똑한 건 안다. 하지만 너는 보통 아이들과는 너무 다른 교육을 받았어. 그러니까 곧바로 학교에 가기보다는…… 집에서 다른 분야에 대한 공부라도 하고 시작하는 것이 어떨까?"

그러자 준후는 고집스럽게 말했다.

"전 뭘 더 배우러 학교에 가고 싶어 하는 것이 아니라고 이미 말씀드린 바 있어요. 저는 그저 다른 아이들을 만나 보고 싶을 뿐이에요."

"그래, 물론 그렇지만 그건 조금 더 준비가 돼야…….”

준후는 자기 말이 먹히지 않자 비로소 껍질을 벗어 버리고 아이 특유의 본색을 드러냈다.

"속세에 나오면 누구나 학교에 다닌다고 했는데 왜 저는 못 가게 하는 거죠? 모르는 걸 배우러 학교에 가는 거잖아요. 그런데 왜요? 왜?"

준후는 울 것 같은 표정을 지었다. 현암과 박 신부는 당혹스러워서 서로의 얼굴을 바라볼 뿐이었다.

결국 준후가 이겼다. 준후는 말로 하다가 안 되자, 결국은 아이답게 울음을 터뜨리고 떼를 썼다. 자존심 강한 준후가 이렇게 행동하는 것은 드문 일이지만, 한번 시작하면 대책이 없는 것은 다른 아이들과 마찬가지였다. 현암은 아이들이 떼쓰는 것을 근본적으로 질색하는 성격이었다. 그리고 박 신부는 과거 미라의 일 때문인지 아이와 눈물에 모두 약했다. 그 두 가지가 합해지니 박 신부도 당해 내지 못했다. 결국 패배(?)한 두 사람은 나름대로 머리를 맞대고 궁리를 했다. 어떻게 해야 준후를 무사히 학교에 다니게 할 수 있을까?

"우선 옷차림부터 바꿔야 하겠죠?"

"그렇긴 한데……."

현암의 말에 박 신부가 대답하면서 눈빛을 흐렸다. 당연히 옷이 없어서는 아니다. 박 신부는 마지못해 준후를 학교에 보내기로 승낙한 후에 곧장 아동복을 사러 나갔다. 결혼할 수 없는 사제의 입장으로 아동복을 사는 것이 한편으로는 낯설기도 하고, 흐뭇하기도 했다. 박 신부는 나름대로 공을 들여 예쁘고 귀여워 보이는 옷을 한 아름 사 왔다. 그러나 준후는 옷을 펼쳐 보자마자 인상부터 찌푸렸다.

"아니, 세상에. 이런 옷을 저더러 입으란 말이에요?"

준후가 질색한 이유는 따로 있었다. 그 옷들은 계절에 맞는 반팔에 반바지였고, 앙증맞은 무늬가 그려져 있었다. 반팔 셔츠는 붉은색이고, 바지는 푸른색이었다. 준후는 옷을 보자마자 안색까지 해쓱하게 질렸다. 표정만 보아도 옷이 마음에 들어서 그런 게 아니라는 것쯤은 짐작할 수 있었다. 박 신부의 표정은 차차 우울하게 변했고, 마침내 준후는 손가락으로 옷을 쿡쿡 찌르며 까다롭게 굴기 시작했다.

"아니, 어떻게 많은 사람 앞에서 이런 것을 입고 맨살을 드러낸단 말이에요? 그리고 이 색깔은 뭔가요. 이 무늬는 도대체……. 이렇게 천박하고 우스꽝스러운 문장이 새겨진 옷을 저보고 입으라는 거예요?"

준후가 손가락으로 옷을 찌를 때마다 자기 속이 찔리는 것 같아 박 신부는 울 것 같은 표정이 됐다. 결국 보다 못한 현암이 인상을 썼다. 인자한 부모(?)가 안 되면 엄한 형(?)이 나서야 하는 법이다.

"그거 안 입으면 학교 못 간다."

"아무리 그래도…… 이것은 정말 사람이 입을 만한……."

현암이 준후의 말을 도중에 딱 잘라 버렸다.

"다른 아이들도 다 이런 옷을 입어. 준후, 너 학교 가기 싫으면 입지 말든지."

결국 그렇게 해서 준후는 웅얼거리며 할 수 없이 박 신부가 사 온 옷을 껴입었다. 그러나 입고는 내내 뭐라고 구시렁거리며 불평이 끊이지 않았다.

'아홉 살 먹은 꼬마 놈이 무슨 아흔 살 먹은 노인네처럼 구시렁거리냐. 하긴, 원래 그런 녀석이었지.'

현암은 기가 막혔지만, 뭐라고 어떻게 할 방법도 없었다. 박 신부는 나름대로 꽤 성의를 갖고 사 온 옷이 준후에게 혹독한 평가를 받자 마음이 쓰였는지 그날은 하루 종일 안색이 어두운 채 말도 잘 꺼내지 않았다. 물론 길게 길러 댕기를 땋은 머리는 '신체발부 수지부모'라고 문자를 들이대며 기겁할 것이 분명하기에 아예 손댈 엄두도 내지 못했다. 다만 댕기를 풀고 어떻게든 묶어 조금 튀는 정도로 보이게 마무리했다.

그다음은 현암의 차례였다. 현암은 여전히 옷이 낀다, 답답하다, 천박하다며 툴툴거리는 준후를 놓고 하루 종일 몇 가지를 기억나는 대로 가르쳤다. 일단 가장 걸릴 것 같은 숫자 개념부터 가르치려 했다. 아무리 국민학생이라도 산수 시간은 있을 테니 숫자조차도 한자로 쓰거나 하면 문제가 클 것이다. 다행히 준후는 아라비아 숫자 1, 2, 3, 4 정도는 가르쳐 주자마자 그 자리에서 외워 버렸다. 현암이 혹시나 하고 몇 번 시험해 봤지만 한 번도 틀리지 않았다. 달리 신동이라고 하는 것이 아니었다. 그런데 문제는 그다음에 생겼다. 더하기와 빼기까지는 별문제가 없었다. 곱하기도 승법(乘法)이라는, 현암은 들어 본 적도 없는 어느 동양 산술서의 개념을 준후가 이해해서 그럭저럭 넘어갔다. 그런데 나누기에 대해서는 준후에게 간단히 개념을 가르쳐 주기가 힘들었다. 물론 현암이 제대로 가르쳐 주었다면 똑똑한 준후는 금방 이해했을 터였다. 그러나 현암은 누구를 가르쳐 본 기억이 없고, 준후는 너무 똑똑한 나머지 그냥 공식을 암기하기보다는 개념 설명을 원했다. 한데 나눗셈의 정의라는 것을 하루아침에 가르치기에는 현암의 말재주가 너무도 부족했다.

설명하기 어려우니 결국은 현암도 신경이 곤두서서 성질을 부리는 상황까지 이르렀다. 이쯤 되자 준후의 영민함은 오히려 방해가 됐다. 어떻게 된 녀석이, 현암이 버벅거리며 틀리게 설명한 것까지 한 대목도 빼놓지 않고 줄줄 외웠다가 나중에 따지고 드는 것이다.

"그런데 아까 설명할 때 사용하신 단어는 형이 방금 말한 뜻과 맞지 않는 것 같고, 개념적인 면에서 오류를 범하신 것 같은데요. 그건 말이죠……."

현암은 비명을 질렀다.

"아, 됐다!"

결국 현암은 나머지는 알아서 하라며 나눗셈이나 수학은 포기했다. 공대생으로서 그나마 갖고 있던 일말의 자부심이 여지없이 허물어졌다. 그렇다고 물러날 현암도 아니기에 이번에는 다른 내용을 가르치기 시작했다. 아무리 어려도, 사회에 대한 지식과 상식은 필수이기 때문이다. 이곳의 국호가 대한민국이라는 것은 준후도 알았다. 그러나 사회적인 문제들에 대한 가장 기본적인 개념도 없었다. 그런 개념은 준후에게 한 번에 가르쳐 줄 수 없었고, 가르쳐야 할 내용도 너무도 많았으며, 무엇부터 가르쳐야 하는지조차 구분할 수 없었다.

대표적인 예로 컴퓨터가 무엇인지, 게임이란 것이 무엇인지 설명하기 힘들었다. 체육 시간에 언급될 만한 농구와 야구 등 운동에 대해서도 설명하려니 막막하기만 했다. 더구나 준후는 생전 들어 보지도 못했을 영어 단어, 수많은 외래어들에 이르자 제아무리 끈질긴 현암도 항복할 수밖에 없었다. 아예 영어라는 개념 자체가 준후에게는 없었기 때문이다. 가르치는 현암조차도 영어를 대충 공부한 데다가, 대학 입시 때 이후 내팽개쳐 둔 지가 벌써 몇 년이던가.

누구에게도 뒤지지 않을 인내심을 지닌 현암도 결국 무릎을 꿇었다.

"아, 안 되겠다. 준후야. 가르쳐 줄 것에 비해 내가…… 너무 부족하다."

현암도 울 것 같은 기분이 되자 준후는 선선히, 그러나 똑 부러지게 말했다.

"괜찮아요, 현암 형. 그러니 배우러 학교에 가는 거잖아요?"

"주…… 준후야. 그러니 우리 아무래도 좀 더 시간적 여유를 가지고……."

준후의 눈꼬리가 단번에 날카로워졌다.

"안 돼요. 약속했잖아요!"

준후는 고집불통이었다. 이미 한 말도 있기 때문에 현암은 울며 겨자 먹기로 또 준후에게 항복할 수밖에 없었다. 현암은 몰래 마음속으로 빌었다. 하다 하다 궁지에 몰리니, 준후가 알았다면 펄펄 뛸 일종의 저주까지 하기에 이르렀다.

'신부님이 입학 수속하러 가셨지. 제발 안 됐으면……!'

그러나 아무리 그래도 안 되길 바라는 것은 너무한 것 같아 현암은 마음을 고쳐먹었다.

'아, 아니, 되더라도 어떻게든 시간을 좀 끈 다음에 됐으면…… 아마 신부님이 잘해 주실 거야.'

그러나 박 신부가 집으로 돌아오고 얼마 지나지 않아, 현암의 꿈은 산산조각 났다. 박 신부가 집에 들어오며 어두운 얼굴로 말했다.

"그게 말일세……."

"어떻게 됐는데요?"

"준후가 연고도 없는 아이고…… 지켜야 할 비밀도 있잖은가. 그런 것이 발각되지 않게 학교에 보내려면 아무래도 아는 사람이 있는 곳이 좋을 것 같아서 말이지……."

"그래서 어떻게 됐는데요?"

현암이 다그치자 박 신부는 고개를 숙였다.

"그, 그래서 내 동창 중 한 명이 교장으로 있는 학교를 골라 찾아가 봤는데……."

현암은 다그치듯 말했다.

"어떻게 됐는지만 말씀해 보세요. 신부님. 우린 시간이 필요합니다. 잊진 않으셨겠죠?"

박 신부는 두어 번 헛기침하고 말했다.

"그…… 당연히 잊진 않았네. 그런데 글쎄, 내일 당장 데려오라지 뭔가."

현암은 대답 대신 고개를 푹 숙이며 한숨을 쉬었다. 박 신부는 당황해 변명하듯 말했다.

"나, 나는 꼭 서두를 필요 없다고 분명히 말했는데 말이지. 그 친구가 워낙에…… 꼭 책임지고 가르쳐 보겠다고 열을 올리는 바람에……. 허허. 그 친구가 그래도 천생 교육자라서 말이야."

"정말 내일입니까? 하다못해 사흘도 미룰 수 없나요?"

현암이 축 처진 목소리로 말하자 박 신부는 무안해 고개를 돌리며 대답했다.

"흠……. 그게 내 마음대로 되는 게 아니라서 말이야. 아무리 잘 아는 사람이라도 준후의 신상 내력에 대해 다 말할 수는 없지 않나. 그러니 어쩔 수 없이……."

"어휴. 신부님. 우리 이러면 안 됩니다. 내일까지 어떻게 준후를 일반 국민학생…… 아니, 학교에 적응하도록 만든단 말씀입니까? 아무리 준후가 똑똑하다 해도 제가 능력이 안 돼요."

"나도 같이 애써 보겠네. 혼자보다는 둘이 낫겠지."

결국 둘은 밤을 꼬박 새웠지만 배우는 사람이 혼자인 이상 선생이 둘이어도 별 소용이 없었다. 그리고 아무리 신동이라 해도 준후는 아이였다. 밤이 되자 졸음을 이기지 못하고 꾸벅거리며 졸더니 결국은 곯아떨어졌다. 각오를 굳혔던 두 사람에게는 허무한 일이었다. 허나 아무리 급하고 가르쳐 줄 것이 많다 해도 두 사람 중 누구도 지쳐 잠든 아이를 깨워서 다그칠 만큼 마음이 독하지 못했다. 결국 두 사람은 마루가 꺼져라 한숨만 쉬어 대며 걱정하느라 밤을 꼬박 새웠다.

등굣길

 시간은 어김없이 지나 날은 또 밝아 왔다. 준후는 여전히 옷이 꽉 낀다, 맨살이 드러나서 낯부끄럽다며 구시렁댔지만 입놀림과는 달리 표정이 밝았다. 내색하지 않으려 하지만 들뜬 기분임이 틀림없었다. 그러니 뭐라 할 수도 없었다. 뒤에서 보고 있는 박 신부의 얼굴에는 근심만이 가득했다. 보다 못해 현암이 박 신부에게 속삭였다.

"제가 준후와 같이 가겠습니다."

박 신부는 고개를 저었다.

"자네는 너무 젊어."

"형이라고 하면 되지 않습니까?"

"처음 전학 갈 때 형이 가는 경우가 어디 있나. 남 시선을 끌기 쉽네. 그리고 자네도 젊은 사람이 아침부터 빈둥거리고 다니는 걸로 보일 거고."

"뭐, 그렇게 보라면 보라죠. 저 어차피 빈둥거리는 놈처럼 보이지 않습니까?"

"그런 뜻이 아닐세. 아무리 그래도 아빠나 엄마가 같이 가는 게 보통의 경우가 아닐까? 그러니 사제복만 입지 않으면 그래도 내가 가는 편이……"

"신부님."

"왜?"

"신부님은 할아버지처럼 보이는데요. 아버지가 아니라."

"흠흠."

박 신부는 헛기침만 했다. 현암은 재빨리 말했다. 아무래도 걱정이 돼서 견딜 수 없었다.

"준후, 아직 어립니다. 그러니 제가 가도 될 겁니다. 남들이 뭐라 하든 어떻습니까?"

"하지만 그 학교 교장과는 내가 아는 사인데, 내가 가야지, 안 그러면……."

현암이 간단한 타개책을 내놓았다.

"같이 가죠."

"우르르 몰려가는 것도 좀……."

"뭐, 맘대로들 생각하라죠. 최대한 안전하게 가야 합니다. 혹시 압니까. 누가 자리를 비워야 할 경우가 생길지……."

박 신부도 말을 듣고 보니 그럴듯해 보였다.

"그럼 그럴까?"

"그러죠."

사실 이렇게 신경 쓰는 편이 비정상일지도 모르나, 남들과는 다른 것을 너무나도 잘 아는 그들의 입장에서 보면 이런 우스꽝스러운 듯한 논의가 당연한 건지도 모른다. 결국 준후는 박 신부와 현암에게 호위받듯 둘러싸인 채 첫 등굣길에 나서게 됐다.

준후는 모든 것이 신기했다. 학교 가는 길에는 박 신부가 자신의 차를 태워 주었다. 굳이 차를 타고 가지 않아도 될 거리였지만 첫 등교고, 준후에게 뭔가 하나라도 해 주고 싶어서, 나아가서는 우르르 몰려가는 부끄러움의 시간을 조금이나마 줄여 보려는 눈물겨운 시도였다. 학교 문 앞에 도착할 즈음 준후가 눈을 동그랗게 뜨고 말했다.

"와, 아이들이 참 많아요."

학교 주변인데 등교 시간에 아이들이 많은 것은 당연했다. 그러나 준후는 저렇게 많은 숫자의 아이들을 보는 것이 처음이었다. 최대한 준후가 자연스럽게 행동하기만을 바라는 현암은 안타까우면서도 일부러 심드렁하게 말했다.

"이상한 티 내지 마라. 당연한 거다."

준후는 그 말에 현암을 잠시 노려보다가 말없이 입을 다물었.

박 신부는 걱정돼 힐끔힐끔 두 사람의 눈치만 보았지만 현암은 아예 엄해지기로 작심한 것 같았다. 아마도 준후를 걱정하는 마음에, 또 박 신부가 워낙에 온유한 성격이기 때문에 스스로 엄한 형 같은 역할을 자처하는 것일지도 모른다. 준후는 그런 현암이 당연히 마음에 들 리 없었다. 그러나 준후의 마음에 들지 않는다고 해도, 또 악역이라 해도 그런 역할이 필요하다 여겨지면 즉시 행동에 옮기는 것이 현암이다. 박 신부조차 아이의 심리에 대해서는 전혀 알지 못했다. 특히나 사내아이의 경우는 더 몰랐다. 모르면 차라리 조심스레 나서지 않는 것이 박 신부의 성격이다. 그래서 박 신부는 운전에만 집중한 채 아무 말도 하지 않았다.

준후가 다시 눈을 동그랗게 뜨고 말했다.

"현암 형."

"왜 그러냐?"

"저, 저게 여자아인가요?"

현암이 다시 돌아보니 준후는 의아하고 아주 곤욕스럽고 기이하다는 표정을 한 채 걸어가는 한 여자아이를 창 너머로 바라보고 있었다. 현암이 보기에는 머리를 양 갈래로 땋은 것 말고는 하나도 특별할 것 없는 보통 여자아이였다.

'준후라고 해도 여자애에 대한 호기심은 있는 건가? 역시……'

현암이 생각하는데 준후는 일그러진 표정으로 말했다.

"저 머리 꼴 좀 보라지. 여자라는 건 역시……"

현암의 눈이 저절로 커졌다. 이건 분명 이상한, 그리고 신경 써야 할 반응이었다. 현암은 급히 준후를 돌아보며 말했다.

"준후야, 너 여자에 대해서 모르는 것은 아닐 텐데……"

그러자 준후는 건방진 미소를 띠며 말했다.

"형은 내가 그 정도로 바보인 줄 알아요? 을련 호법님도 계셨고…… 아무리 절에서 지냈어도 여자가 뭔지는 안다고요."

"그래? 그럼 다행이구나. 근데 뭐가 신기했지?"

"여자애는 처음이거든요."

"그래? 그러면 네 생각에는 여자란 뭐니?"

준후는 지체 없이 말했다.

"요물요."

"주, 주, 준후야. 그건……."

준후는 조금도 망설이지 않고 더욱 기세 좋게 말했다.

"여자라는 것은 불도의 정진을 막는 가장 큰 적이라 할 수 있죠. 여자라는 존재는 반드시 기피하고 멀리해야만 될 요물 같은 존재라고 배웠어요. 그리고 스님들 말씀을 들으니 그중에서도 최악은 여자아이며 세상에서 가장 까다롭고 다루기 힘든, 반드시 멀리하고 경계해야만 하는 존재라더군요."

"후…… 준후야……."

현암은 '그건 덜 된 스님들 이야기고!' 하고 고함이라도 지르며 울고 싶었으나 준후는 오히려 그런 현암을 달래려는 듯 말했다.

"에이, 걱정 마세요. 여자애라는 것들이 아무리 그래도 저를 어떻게 하지는 못할 테니까요. 아무리 무섭고 교활한 존재라도 전 겁나지 않……."

현암은 얼굴빛이 퍼렇게 돼서 박 신부에게 슬쩍 말했다.

"신부님. 지금이라도 차를 돌려서……."

현암에 못지않을 정도로 허옇게 질린 박 신부도 말했다.

"그, 그럴까, 그럼?"

그러자 준후의 얼굴이 질렸다.

"아, 아니에요! 농담한 거예요! 제가 왜 모르겠어요! 여자애들도 나와 같은…… 그러니까 친해질 가능성도 조금은 있는, 가련하게 여겨 보살펴 주어야 할 그런 존재라는 걸 저도 알……."

조금은 나아졌지만 현암은 한숨을 쉬며 말했다.

"어서 차 돌립시다, 신부님."

준후는 또 펄쩍 뛰었다.

"아, 잘…… 잘못했어요. 현암 형! 신부님! 그게 아닌 거죠? 여자애들도 그냥 나와 똑같은, 그러니까 그렇게 생각하란 거죠! 알았으니 제발……."

현암은 그제야 안도의 한숨을 내쉬며 무거워지는 이마를 손으로 감쌌다.

"준후야?"

"네?"

"지금 네가 한 말, 절대 잊지 마라. 그렇게 생각하는 게 아니라, 실제로 그렇게 해야 해."

"예, 예."

준후는 학교 앞까지 와서 행여 돌아갈까 봐 겁나는 듯 고개만 끄덕였다.

"그런데 현암 형……."

"왜?"

"다른 아이들도 주술 쓰나요? 드물어도 그런 애가 있다면, 내가 가르쳐 줄 수 있는 것도 많으니 쉽게 친해질 수 있……."

대답 대신 현암이 앓는 듯한 소리로 탄식하자 준후는 쩔쩔매며 말했다.

"저, 여자애라고 해도 차별 없이 가르쳐 줄게요. 오행술이나 부적술이라도……. 그러면 되는 건가요?"

건디다 못해 과묵한 박 신부가 입을 열었다.

"준후야."

"예?"

박 신부는 전에 없이 노골적으로 말했다.

"학교 가기 싫으냐?"

"아…… 아, 아뇨."

조수석에 있던 현암은 뒤돌아보며 엄하게 말했다.

"네가 뭘 이상하게 생각한 건지, 스스로 생각해 보렴. 더 뭐라 할 수도 없다."

"예?"

"우선 가장 중요한 것 딱 한 가지만 말하겠다. 들어 줄래?"

"네네."

"네가 보통 아이들과 여러 면에서 많이 다르다는 건 너도 알고 있겠지."

"네."

"음, 그래. 그러니 어지간하면, 아니, 어떤 일이 있어도 그냥 말을 아껴라."

"예?"

"입 다물고 있으라고!"

현암은 조금 언성을 높였다가 미안한 마음에 언성을 낮추었다.

"아마 이해되지 않는 것도 많을 거고, 이해받지 못할 수도 있다. 허나 웬만해서는 그에 대해서 뭐라고 말하지 마. 일단은 참아라.

무조건 참아. 궁금해도 참고, 의심스러워도 참고, 그리고 어떤 일이 있어도 네가 지닌 능력 같은 건 눈곱만큼이라도 보여선 안 돼. 물론 알겠지?"

"그, 그 정도는 저도 알아요. 형."

준후는 다소 불만스러운 듯 말했다. 짧은 시간이나마 현암이 몇 번이나 신신당부하는 동안 박 신부는 내내 아무 말도 없이 운전만 하다가 이윽고 운동장 한편 구석에 차를 세웠다.

"들어가세."

박 신부가 몹시 피곤한 것처럼 말하자 현암은 준후를 데리고 차에서 내렸다.

빗나간 자기소개

"자, 오늘은 새로 온 친구가 있어요. 여러분들 모두 사이좋게 지내야 해요."

새로 배정받은 반의 담임 선생님의 목소리가 교실에 낭랑하게 울려 퍼졌다. 3학년 4반. 이제는 준후의 반이다. 준후는 조금 긴장한 표정으로 선생님을 따라 교단 위에 섰다. 사실은 많이 긴장했지만 티 내지 않으려 용을 써서 이 정도인 셈이다. 학급 안에는 삼사십 명 정도 돼 보이는 아이들이 빼곡히 앉아 한결같이 준후를 쳐다보고 있었는데, 준후는 그 눈빛들이 부담스러워서 견디기가 힘들었다. 준후는 속으로 생각했다.

'뭘 이리 쳐다보지? 병아리 떼들처럼.'

쳐다보는 게 당연한데도 속으로는 불만스럽게 투덜댔다.

"자, 여기 새로운 친구의 이름은 장준후라고 해요."

선생님이 말하자 아이들은 까르르 웃기도 하고 박수도 치고, 재잘재잘 떠들기도 하면서 시끄럽게 지껄여 댔다. 학급 중에서도 자유로운 분위기의 반이다. 허나 준후는 너무 긴장한 탓에 아이들이 티 없이 맑고 장난스럽게 떠드는 말을 한마디도 알아듣지 못했다. 아니, 알아들을 필요도 없었다.

항상 본성을 억제하고 참는 훈련만 했으며, 숭고한 의지와 질서만을 최고의 가치로 두고 살아온 준후. '학급', '학교'라는 단어에 보다 굳건한 질서와 엄숙함 같은 기대감이 자연스레 쌓였을 수밖에 없다. 그런 준후의 기대가 아이들의 '와' 소리 한 방에 와르르 허물어졌다. 말로는 배울 것이 없다고 큰소리쳤지만 그래도 속으로는 은근히 기대감을 가졌었다. 그러나 '보통의 아이'들이 이 정도로 무질서하고 혼잡하며 제멋대로일 줄은 정말 예상도 못 했던 것이다. 준후에게 악의는 느껴지지 않았지만, 아이들의 재잘거림은 소음이나 병아리 떼가 지저귀는 것처럼 들려왔다.

'의미도 없고, 자제도 모르고. 여기 온 게 잘한 일일까?'

그런 생각을 하고 있는데 선생님이 재촉했다.

"준후야. 뭐 하니. 친구들에게 인사해야지? 자기소개도 하고."

선생님이 말하자 교실 곳곳에서 웃으며 소리치는 아이들이 몇 있었다.

"자기소개해야 해!"

"노래 한 곡 해 봐!"

"장기 자랑!"

준후는 기가 막혀서 눈을 약간 치켜떴다.

'도대체 사람과의 첫 대면을 뭐라고 생각하는 거지? 생각 없는 어린애 같으니라고.'

자기와 똑같은 나이임에도 불구하고, 준후는 속으로 그렇게 생각했다. 그렇다고 현암의 당부를 잊은 것은 아니다. 너무 자기식으로 소개하는 것은 확실히 그럴 것 같고……. 그렇다고 똑같이 저렇게 생각 없는 애들을 흉내 내기도 싫었다. 이윽고 준후는 꼿꼿이 선 채 최대한 담담하게 미소를 띠며 이야기했다.

"장준후다. 앞으로 잘해 보자."

준후 나름대로는 그들을 친구 대접해 준다고 한 말이었다. 낮추지도 높이지도 않고 담담하게 중용(中庸)의 도를 지켜 행하려 한 행동이다. 그러나 그건 준후 혼자 생각일 뿐이다. 중용의 도니 뭐니 설명해 줘도 모를 아이들 눈에는 그렇게 보이지 않았다. 담담한 미소는 '비웃음'으로, 꼿꼿한 허리는 '시건방짐'으로, 인사조차 하지 않고 '장준후입니다'도 아닌 '장준후다'는 '막 나가는 녀석'으로밖에 보이지 않았다. 순식간에 교실 내 분위기가 몇 도나 낮아진 것처럼 싸해졌다.

"짜아식이, 뛰는데?"

"쟤, 좀 노는 애 같지?"

"그런가 봐."

"생긴 거랑 다르네."

여기저기서 작게 속삭이는 소리가 들렸다. 그러나 청각이 남보다 예민한 준후에게는 그런 소리들도 다 들렸다. 그러나 준후는 여기서 말하는 '자식'도 아닌 '짜아식'이 뭔지도, '노는 것'이 뭔지도 알 수 없었다. 차라리 느낌만 믿었다면 좋지 않은 분위기임을 알 수 있었을 텐데, 좋은 머리 때문에 워낙 어휘에 민감하다 보니 진의를 파악하기 전까지는 단정 내리지 않는 게 버릇이 돼서 오해가 생기고, 그 골은 깊어져만 갔다.

눈치가 없거나 생각이 모자라서가 아니라 너무 지나쳐서 오히려 문제가 된 셈이다. 상대의 의도를 정확히 판단할 수 없었기에 준후는 아이들의 비아냥거림 속에서도 그냥 뻣뻣하게 서 있을 뿐이었다. 어쩌면 뭔가 묘해지는 분위기가 은근히 두려워서, 기가 질린 속마음을 들키지 않으려고 힘을 주어 서 있는 것인지도 몰랐다. 허나 반대로 아이들에게는 더 악영향을 주었다. 아이들에게는 '뻗댄다'로만 보인 것이다.

결국은 당황한 선생님이 준후에게 말했다.

"그, 그게 아니라. 좀 더 부드럽게 소개를······."

선생님은 준후를 타이르려 했으나 준후는 고개만 살짝 돌린 채 선생님의 얼굴을 빤히 바라보며 미동도 없었다. 물론 준후는 그

준후의 학교 기행

냥 존경하는 스승님의 말씀에 최대한 경의를 표하며 집중하기 위해 눈을 크게 뜨고 똑바로 본 것이다. 허나 일단 선입견을 품게 된 선생님에게 그 행동은 '선생님에게도 눈을 똑바로 뜨고 대드는 아이'로밖에 비춰지지 않았다. 가뜩이나 요즘 애들이 드세고 다루기 어려워진다는 고민을 해 오던 마음 약한 여선생님에게는 충격적으로 받아들여졌다. 그건 아이들에게도 마찬가지였다.

"세상에, 눈 똑바로 뜨고 선생님 쳐다보는 것 좀 봐. 전학 온 첫날부터."

"이야, 대단하지? 짱 되려나 봐."

"휴…… 생긴 건 그렇지 않은데."

"원래 저런 애들이 빗나가면 더 무서운 거야."

"무섭다."

'어서 말씀해 주세요. 가르침을 내려 주세요.'

준후는 거의 식은땀까지 흘리며 선생님의 말을 들으려 애썼다. 다만 입을 열지는 못했다. 뭔가 분위기가 이상하니 현암이 신신당부한 대로 아예 입을 열지 말아야겠다고 생각했을 뿐이다. 나름 최선을 다했지만, 어디까지나 '나름'이었을 뿐이다. 노력과 결과가 반드시 일치하는 것은 아니다.

"고개 돌려."

선생님이 큰마음 먹고 엄하게 말하자 준후는 즉시 선생님 '말씀'대로 고개를 돌렸다. 그러나 동작이 하도 빨라 이 행동조차도 선생님에게는 작은 굴욕감을 안겼다.

"됐으니 저 뒤에 있는 빈자리에 가서 앉아, 장준후."

선생님도 아까보다는 훨씬 가라앉은 목소리로 준후에게 말했다. 준후는 조금 힘들었지만, 설마 고개 돌린 것 하나로 말씀이 끝났는지 의심스러워졌다. 준후는 주변을 둘러보았다. 학급 내의 아이들은 아까의 활기차게 재잘대던 모습은 어디 갔는지 모두 입을 다물고 조용히 자기만 바라보고 있었다. 이상함과 불편한 분위기가 느껴졌다. 허나 준후는 이해하지 못했고, 자신에게 뭔가 부족함이 있어 이렇게 된 것이라고 오해했다.

'자기소개를 하라고 했는데, 내가 너무 가만히 있었나?'

준후는 칠판 앞으로 가서 분필을 집어 들고 칠판에 장준후라는 자기 이름 세 글자를 한자로 썼다. 보는 아이들이 깜짝 놀랄 정도로 손이 빨랐고, 글자도 아이들이 흔히 그러듯 대충 그린 듯한 한자가 아니라 서예가가 뽑아 놓은 것처럼 당당하고도 멀쩡한 필체였다. 그러나 한 번 싸해진 다음이라 아무도 그것을 보고 감탄하지 않았다. 오히려 아이들 몇이 더 수군거렸다.

"뭐지, 저거? 잘난 척하니, 쟤?"

"세상에. 완전히 제멋대로야."

선생님조차 기가 막혀서 가만히 있었는데 준후는 세 글자를 쓰면서 다시 한번, 준후로서는 최대한 용기를 쥐어 짜내 말했다.

"나 장준후다. 잘 부탁한다."

준후는 부끄러웠지만 그 말까지 하고 나서야 쪼르르 달려가 선

선생님이 말한 자리에 앉았다. 분위기가 이상했지만 자기는 잘못이 없었다. 당부대로 입을 함부로 놀리지도 않았고 주술이나 그런 것을 보이지도 않았으며, 선생님의 말대로 행동했으니까. 그러나 불행히도 그런 것은 준후 혼자 생각이었고, 생각이 너무 깊어서 도리어 이상하게 됐다는 것은 깨닫지 못했다.

준후는 애써 최대한 스스럼없는 태도로 앉아 있으려 했지만 보고 있는 선생님이나 아이들은 그렇지 못했다. 선생님은 어떻게 해야 저 애의 기를 꺾어 고분고분하게 만들 수 있을지 걱정했고, 드센 아이들은 준후와 자기 중 누가 더 셀까 견주기 시작했다. 그리고 마음 약한 아이들은 불안에 빠졌다. 준후가 자리에 앉자마자 그 옆에 앉아 있던 여자아이는 울상이 됐다.

준후는 내색하지 않고 속으로 생각했다.

'내가 그렇게 못났나? 울고 싶을 정도로?'

무서워서 그랬다고는 생각조차 할 수 없으니 나온 결론이 그것뿐이었다. 준후가 속으로 한숨을 쉬는데, 여자아이는 준후에게서 조금이라도 떨어져 앉으려는 듯 의자를 삐걱대며 끌었다.

'그 정도로 내가 못생겼나?'

은근히 마음에 상처를 입은 준후는 흘낏 옆으로 눈을 돌려보았다. 원래 수줍음도 많고 눈치 빠른 준후였지만 그것은 어디까지나 어른들 사이에 있을 때 한해서다. 어른들만으로 꽉 차 있는 해동밀교 안에서 준후는 자신의 위치를 찾는 법을 익혔고, 박 신부와 현암도 따지고 보면 윗사람들이었기에 자리를 찾을 수 있었다. 그러나 자기와 같은 나이의 아이들 안에서는 어떻게 해야 좋은지 알 수 없었다.

보통 아이였다면 그냥 마음대로 했을 테고 오히려 별 탈이 없었을지도 모른다. 하지만 엄격한 규율과 수련 속에서 살아온 준후는 뭔가 합리적으로 파악하거나 방법을 찾으려고 애썼는데, 그게 더 악영향을 미쳤다. 친구고, 동격이니까 밀교에서 보았던 동일 항렬 승려들 간의 관계를 비슷하게 흉내 내면 될 것이라 생각했고 그것 외에는 뭘 더 어떻게 해야 할지 몰랐다. 아무것도 모른 채 모험하는 기분이었지만 다른 방법이 없기 때문에 준후는 억지로 용기를 내고 있었다. 준후는 당당하게 행동하고 있다고 생각하는 반면 다른 아이들 눈에는 절대 그렇게 보이지 않는 것이 문제라면 문제였겠지만…….

준후가 다시 똑바로 옆에 앉은 짝을 바라보자 여자애는 울상 짓는 수준을 넘어서 정말 울 것 같은 표정이 돼 고개를 픽 돌렸다. 준후의 거리낌 없는 행동이 무서워서 그런 것이겠지만 준후의 입장에서는 자기를 피하는 것으로밖에 보이지 않았다. 준후는 속으로 생각했다.

'내가 아무리 못났어도 나에 대해 얼마나 안다고…….'

실제 준후는 못난 것이 아니라 지나칠 정도로 잘생겼다. 그런 아이가 무섭게 구니 더 무서워서 그런 것인데, 짝의 행동을 완전히 오해한 준후는 속이 상했다.

'겉으로 보이는 것만 가지고 그렇게 적개심을 드러내다니, 여자는 역시 요물······.'

속으로 화를 조금 내다가 준후는 화들짝 스스로 놀라 마음을 다 잡았다.

'아, 아니. 그런 생각하지 말랬지. 그냥 관두자. 아무 말도 말자.'

준후는 말없이 고개를 돌렸다. 선생님은 준후 때문에 싸해진 분위기를 어떻게든 수습해 보려는 듯 웃으며 수업을 진행해 갔다. 준후도 눈을 똑바로 뜨고 수업에 집중하려 애를 썼다. 다행히도 첫 시간은 도덕 시간이었다. 일상의 도덕 개념은 준후가 다른 아이들보다 몇 배는 강한 편인 데다 아는 것도 많은지라, 준후는 비교적 쉽게 첫 시간을 넘길 수 있었다. 생각했던 것보다 너무 쉬워서 의아해질 정도였지만, 준후는 나름 '쉬운 데 진리가 있는 법'이라 여기며 그 문구를 수백 번이나 다른 자의적 의미로 해독해 가며 시간을 보냈다.

수업 시간

첫 번째 시간이 끝나고 선생님이 밖으로 나갔다. 쉬는 시간 동안 아이들이 편하게 쉴 수 있게 배려한 것이다. 그러나 준후는 쉬는 시간이라는 개념조차 없었다. 여전히 수업할 때와 똑같이 꼿꼿이 앉아 있었는데, 다른 아이들은 마치 십 년은 감옥에 갇혔다가 나온 것처럼 요란스럽고 활기차게 떠들어 댔다. 준후는 다음 시간에 배울 부분의 교과서를 넘겨 보며 속으로 생각했다.

'아니, 뭘 그리 오래 앉아 있었다고 이러지. 나는 열 시진. 아니, 아니. 시간 단위로 이십 시간이랬나? 이십 시간 동안 꼼짝도 안 하고 한 달 넘게 버텨 본 적도 있는데.'

준후가 생각하며 교과서만 보고 있는데 누군가 옆에서 툭 어깨를 건드렸다. 그러나 준후는 아예 눈길조차 돌리지 않았다. 신경 쓰고 싶지 않았기 때문이다. 그런데 또다시 툭 하고 어깨에 충격이 왔다. 아까보다 훨씬 셌고, 누군가 일부러 친 것이 분명했다.

눈을 돌려 보니 제법 살집이 붙고 덩치 큰 아이가 인상을 박박 쓰며 준후를 노려보고 있었다. 그러나 준후는 조금도 무섭지 않았다. 아이가 인상을 써 봤자 그런 것 따위에 신경을 쓸 준후가 아니었다.

"야! 너!"

덩치 큰 애가 말했다.

그러자 준후는 조용히, 그러나 최대한 정중하게 대답했다.

"왜 그러시나."

준후는 밀교에서 스님들이 동년배끼리 하는 대화를 흉내 낸 것이지만 다른 아이들에게는 그 말투가 웃기면서도 신선했는지, 몇은 와하고 웃음을 터뜨렸다. 준후의 어깨를 친 덩치 큰 녀석도 어이가 없는지 웃다가 아까보다 조금 더 인상을 쓰며 말했다.

"너 뭐 하던 놈이야?"

준후는 여전히 태연하게 말했다.

"놈이라는 표현은 함부로 쓰지 않는 게 좋을 텐데. 그건 좋지 못한 표현이라고 알고 있거든."

준후는 말만 했을 뿐인데 또 주변에서 웃음소리가 터져 나왔다.

덩치 큰 녀석은 자신이 놀림을 받았다고 생각했는지 이번에는 웃지 않고 얼굴만 더 찌푸렸다. 녀석은 세 번째로 준후의 어깨를 철썩 쳤다.

"너, 지금 시비 거냐?"

그러나 준후는 여전히 태연하게 말했다.

"나는 그런 적 없어. 남의 어깨를 반복해서 치는 게 오히려 시비라고 볼 수 있지 않을까?"

준후가 고지식하게 말하자 세 번째로 주변에서 웃음소리가 터졌다. 그 말에 뭔가 모욕감과 패배감을 느꼈는지 덩치 큰 녀석은 다시 한번 인상을 쓰고 준후의 얼굴 앞에 자신의 얼굴을 바싹 들이대며 말했다.

"내가 이 반 짱 성철이다. 너, 개기냐?"

성철이 녀석은 준후를 겁준다고 한 것이지만 불행히도 준후는 '짱'이 뭔지도 몰랐고 '개긴다'는 게 무슨 뜻인지도 알지 못했다.

'장성철이 아니고 짱성철인가? 짱씨는 들어 본 적 없는데. 더구나 나를 개기라고 부르는 것 같은데, 개기라는 게 뭘까?'

준후는 고개를 살짝 들어 눈을 약간 비뚜름하게 떴다. 뭔지 모르겠다는 무언의 표정이었는데, 자존심에 상처를 입은 성철의 눈에는 그것이 도전하겠다는 표현으로밖에 보이지 않았다.

"뭐야, 인마! 너 그렇게 개기다가 작살나는 수가 있다!"

어차피 준후가 하는 말이나 행동을 성철이 이해할 수도 없고, 반대로 성철이 내뱉는 말을 준후가 이해할 수도 없었다. 뭔가 녀석이 떠들어 대는 것 같았지만 준후의 입장에서는 이해가 되질 않으니 마땅히 대꾸할 말조차 찾지 못했다.

주변 아이들 중 성철의 편인 아이들은 준후를 흘겨보기도 했고 성철의 편이 아닌 다른 아이들 몇은 금방이라도 문제가 터질 거라는 생각에 우려 섞인 눈빛을 보내며 수군거렸다. 그러나 준후는 얼떨떨할 뿐이었다.

'대체 왜들 이러는 거지. 아니, 신경 쓰지 말자. 현암 형이 얘기했듯이 내가 이해 못 하는 것도 있을지 몰라. 그러니 가만히 있어야지.'

준후는 입을 다물었다. 스스로 겸손해져야 한다고 한 행동이지만 다른 아이들의 눈에는 자리에 꼼짝도 하지 않고 앉아 있는 준후의 모습이 굉장히 이질적이었다. 준후를 보며 거만하다고 생각할 수밖에 없었다. 그러다 수업 종이 울리고 담임 선생님이 다시 들어오자 여기저기서 시끄럽게 조잘거리며 눈치를 보던 아이들은 여전히 웅성거리다가 간신히 제자리에 가서 앉았다.

준후의 눈에는 아까의 일 때문에 아이들이 더 한심스럽기 그지없어 보였다.

'또 한 번 놀랐다. 아이들이 자제할 줄도 모르고 절제를 모른다

는 것은 알았지만, 이렇게 천박한 표현만 쓰는 줄은 몰랐는데.'

무슨 뜻인지 정확히 알아듣지는 못했어도 성철이 했던 말이 욕이라는 것쯤 이제는 준후도 느낄 수 있었다. 그러나 이미 죽고 사는 것 이상의 경험을 여러 번 해 본 준후에게는 눈곱보다도 작은 일일 뿐이었다.

두 번째 시간은 사회 시간이었다. 모르는 단어도 있었지만 다행히 대부분은 준후도 이해할 수 있는 내용이었다. 국민학교 삼 학년 수업인지라 준후에게는 아무런 문제도 되지 않았다. 오히려 너무 답답하고 지루해서 한숨이 날 지경이었다. 그래도 티 내지 않으려고 애써 교과서만 들여다보며 선생님의 설명에 따라 진도를 맞추려고 해 봤지만 쉬는 시간 십 분 사이에, 그것도 성철이 시비 거는 틈 사이에 휘리릭 넘긴 교과서의 내용을 준후는 이미 암기하고 있었다.

수업 내내 준후가 말없이 책만 계속 들여다보고 있자 선생님은 이상한 기분을 느꼈다. 선생님은 아이들이 이해하기 쉽게 칠판에 분필로 글을 쓰며 설명하고 있었다. 공부에 조금이라도 관심이 있는 아이들은 당연히 칠판을 주목하게 되고, 그렇지 않은 아이들은 딴청을 부리기 마련이다. 그러나 준후는 이도 저도 아니라, 처음부터 끝까지 계속 교과서만 구멍이 뚫어질 정도로 들여다보고 있었다. 조금도 한눈을 팔지 않고 한 시간 내내 그러고 있으니 선생님의 눈에 띄지 않을 리가 없었다.

"장준후."

선생님이 말하자 준후는 대답했다.

"예."

교실은 또다시 웃음바다가 됐다. 선생님이 부르면 대답하며 자리에서 일어나거나 선생님을 마주 보는 것이 보통인데, 준후는 앉은 채로 보던 책에서 눈도 떼지 않고 심드렁하게 대답만 한 것이다. 물론 준후는 몰라서 그런 것이지만 다른 이들은 삼 학년이 그런 기본 예의도 모른다고 생각할 수 없었다.

선생님은 싸늘해진 어투로 말했다.

"선생님이 말하면 자리에서 일어나거나, 고개를 들어야지?"

선생님이 말하자 준후는 순순히 일어났다.

"예."

잘 모르는 준후도 선생님의 어조가 싸늘해지니 등에서 땀이 흐르는 중이었다.

'이상하다, 꼭 일어나야 하는 건가? 현암 형은 이런 거나 알려주지 왜 쓸데없는 것만 말해 가지고는…… 내가 잘못한 걸까? 야단맞으면 어떻게 하지. 첫날부터…….'

머리 좋은 아이답게 한 번에 수십 가지 걱정을 해 대고 있는데, 선생님은 다른 생각을 했다.

선생님은 준후가 딴짓하지 않고 집중해 주는 것에 대해 처음에는 내심 고맙게 생각했다. 하지만 지나치게, 그러니까 눈꺼풀 하나 깜짝 않고 있는 것이 차차 불쾌해졌다. 저렇게 오랫동안 집중할 수 있는 아이가 있을 리 없다 생각했다. 그렇게 생각하고 나니, 실제로는 다른 생각을 하면서 겉으로만 책을 보는 척하는 것 아닌가 의심스러워진 것이다. 결국 선생님은 준후에게 시험하듯 말했다.

"장준후."

"예."

"내가 지금 뭘 설명했지? 한번 말해 봐요."

선생님은 큰 뜻 없이 한 질문이지만, '스승'으로 받들어야 하는 사람의 명이 떨어지자 준후는 긴장했다. 반면 이상하다는 생각도 들었다.

'선생님이 설마…… 방금 설명한 '여러 나라의 전통 놀이'에 대해 말하라고 하신 건가? 아니, 아니겠지. 방금 들은 그걸 모른다고 생각하실 리는 없잖아.'

밀교에서 질문을 받아 본 적은 많다. 그러나 그곳에서는 누구도 준후를 국민학교 삼 학년으로 간주해 질문한 적이 없다. 당연히 추상적이고 심오했으며, 경우에 따라서는 평생을 바쳐도 풀 수 없는 주술적 문제에 대한 답을 준후와의 토의를 통해 알아내려 한 적도 있다.

또 주술이 의례 그렇듯이 겉으로 드러나 있지 않으며, 핵심은 겹겹이 말뜻 사이에 숨겨진 어의나 심지어는 발음이나 억양, 진언 사이의 간격이나 울림과 어조에 따라 달라질 경우도 있다. '학교'라는 신성한 곳에서 내려진 '스승'의 질문에 관한 답이 '여러 나라의 전통 놀이' 같은 것일 리는 없다고 너무 넘겨짚은 준후는 숨을 한 번 크게 들이마시고 곧 입을 열었다.

"그러니까…… 선생님께서는 이렇게 말씀하셨지요. 여러 나라의 전통 놀이는……."

그러면서 준후는 긴장한 상태에서 선생님이 했던 말을 고스란히 외워서 한 글자도 틀림없이 읊었다. 선생님도 입을 떡 벌릴 정도로 토씨 하나 틀리지 않았고, 아이들도 놀란 듯 준후를 쳐다보았다.

준후는 내용뿐만 아니라 말투와 음의 길이, 억양까지도 판에 박은 것처럼 똑같이 하려 애썼다. 물론 태생적인 문제로 인해 음색까지 같을 수는 없었지만, 준후 같은 천재가 아니라면 아무리 최대의 집중력을 발휘하더라도 흉내 낼 수 없는 경지였다. 다만 문제는, 너무 집중해 똑같이 외운 나머지 듣는 사람에게는 성대모사꾼이 남의 말투를 흉내 내는 것처럼 들린 것이다.

커다란 웃음소리가 교실을 가득 메웠다. 준후로서는 전혀 상상도 할 수 없었겠지만, 그 엄청나고 천재적인 집중력의 결과는 단순히 선생님을 고스란히 흉내 내어 놀려 먹은 '장난'으로 변해 있었다. 선생님은 기가 질려 부들부들 떨며 안색조차 변했다. 뭔가 잘못됐다는 생각에 준후는 멍하니 서서 열심히 머리를 굴렸다.

'내가, 내가 뭘 잘못했지? 난 최대한 집중해서 외웠는데……. 아, 음색? 하지만 나는 성대 구조가 달라서 그것까지는 무린데…… 그걸 못 했다고 나를 비웃는 건가? 그래서 선생님이 화나신 건가? 그럼 다들 그렇게 할 수 있단 거야? 나…… 난 바보였단

말인가?'

준후는 당황스러운 상황에 눈을 멍하니 뜨고 선생님을 바라보고 있었다. 이 때문에 선생님은 '이 건방진 전학생 녀석이 나를 놀리고 있구나'라고 생각할 수밖에 없었다. 심지어 선생님 눈에는 준후가 꼿꼿이 서 있는 모습조차 거만하게 자신을 도발하는 것으로 보였다. 선생님의 눈에서 불이 튀는 것 같았다.

"장준후!"

"예."

준후는 즉시 생각하던 것을 멈추고 말했다

"도대체 그 태도가 뭐지? 선생님이 질문하면 그렇게 하라고, 누가 가르쳤어?"

준후는 당황했다.

'이러면 안 되는 건가? 아이쿠.'

허나 준후는 하필이면 이때 ─ 쓸데없이 ─ 현암의 조언을 떠올렸다.

'네가 모르는 것도 많을 테니, 그럴 때는 무조건 입 다물어라.'

그 생각을 떠올린 준후는 입을 꼭 다물고 부를 때 말고는 대답하지 않았다. 사실 당황해 뭐라고 대답해야 좋을지도 알 수 없었다. 그러나 상황은 점점 안 좋아져만 갔다.

"장준후."

"네."

"앞으로 나와."

"네."

준후는 순순히 나갔다. 조금도 주눅 들거나 거리끼지도 않는 걸음걸이였다. 아무리 배짱 좋은 녀석이어도 선생님이 야단을 치려고 앞으로 불러냈을 때는 주춤거리며 잘못했다는 기색을 띠기 마련이다.

그러나 준후는 주춤거리지도, 울상을 하지도 않고 담담하게 걸어 나갔다. '스승'이 벌을 내리면 엄숙하게 받으며 반성할 각오를 다지고 있는 표정이었지만, 선생님의 눈에는 전혀 무서워하는 기색이 없는 것처럼 보였다. 준후 같은 태도는 보통 국민학교 삼 학년 아이 수준에서 보일 수 있는 행동이 아니다. 때문에 오해만 더 샀다.

"손바닥 내밀어."

"네."

준후는 순순히 손바닥을 내밀었다. 선생님은 준후의 손바닥을 자를 들어 몇 번 때렸는데 맞는 준후도 이것이 벌이라는 것을 모르진 않았다. 다만 뭔가 잘못했으니 그런 것이려니 하고 묵묵히 최선을 다해 받아 내려는 생각뿐이었다. 그러나 선생님에게는 준후가 체벌조차 우습게 생각한다고밖에 여겨지지 않았다. 또 오해가 깊어졌다.

처음에는 가볍게 벌을 주려던 선생님은 준후가 뻣뻣하게 서서 전혀 아프지 않다는 듯 매를 맞자 더욱 화가 치밀었다. 다섯 대, 여섯 대……. 때리는 힘이 계속 세져서 찰싹찰싹 소리가 교실 안을 가득 메웠다.

그런데도 준후의 표정은 조금도 변함이 없었고, 매를 맞는 손도 거의 석상처럼 움찔하지도 않았다. 준후 스스로는 이게 벌을 받아들이는 반성의 태도라고 생각한 것이지만, 불행하게도 다른 사람들에게는 그렇게 보이지 않았다.

"장준후!! 너…… 너!"

급기야 때리다가 자가 부러져 버렸다. 선생님은 울상이 돼서 몇 마디 중얼거리고는 급히 학생들에게 말했다.

"자습해요."

그리고 선생님은 밖으로 나갔다. 분명 눈물도 보였다. 준후는 도대체 선생님이 왜 그러는지 알 수 없어서 선생님이 벌주는 자세대로 서 있었는데 그것을 보고 몇몇 아이들은 '와!' 하기도 했고 '짱이야'라고 외치기도 했다.

'도대체 짱이 뭐지.'

준후는 멍하니 속으로 그런 생각을 하고 있는데 교실 안의 여자아이들 대부분은 마치 벌레처럼 준후를 바라봤고, 아예 두려운 눈빛으로 슬금슬금 피하기도 했다.

'도대체 왜들 그러는 거지? 내가 뭘 어쨌다고? 난 맞은 것밖에 없는데…….'

옥상에서

 준후가 곤경에 빠진 교실은 삼 층이다. 교실의 창이 면해 있는 담 아래 일 층에서 현암은 깊은 한숨을 내쉬었다. 아무래도 준후가 걱정돼서 현암은 자리를 비울 수 없었다. 더구나 박 신부는 아이들이 뛰어놀아야 할 운동장에 차를 주차해 놓은 것이 마음에 걸린다며 차를 몰고 일단 돌아갔다. 하지만 아무리 걱정돼도 수업 중인 교실 근처에 있을 수는 없었다. 때문에 머리를 써서 준후를 관찰하기 위해 택한 장소다.

 삼 층 교실에서 벌어지는 이야기를 일 층에서 엿듣는 것은 굉장히 어렵고 거의 모든 공력을 순환시켜야만 가능한 일이다. 귀를 자극하는 혈도에 별도로 공력을 집어넣을 수 없는 현암은 그나마 공력이 돌아가는 팔에만 무식할 정도로 공력을 순환시키고 있었다. 그러면 그 반작용 때문인지, 희미하게나마 혈도가 자극받아서인지 몰라도 귀가 훨씬 더 예민해지는 것이다. 물론 공력 소모가 막대했기 때문에 함부로 쓸 수 있는 방법은 아니었지만 다른 수가 없었다.

 '아, 이거 정말…… 이걸 어떻게 해야 하나.'

 교실 안에서 들려오는 소리만 가지고도 현암은 상황을 짐작할 수 있었다. 자세한 것까지는 몰라도 준후가 혼나는 것이나 매 맞는 것쯤은 알 수 있었다. 그렇다고 함부로 끼어들 수도 없는 일이고, 나서서 설명하기도 그렇다.

'전학 온 첫날부터 담임 선생님에게 저렇게…… 허…… 준후가 대단한 건가? 아니, 아니. 이게 다 오해 때문인데, 알고 보면 굉장히 착한 녀석인데 도대체 왜 이렇게…….'

현암이 안절부절못하며 으슥한 곳에서 꼼짝도 않고 계속 서 있자 의심을 사는 것은 당연지사였다. 국민학교에 성인이 드나들지 말란 법은 없지만 저렇게 담장 밑에 오래 뿌리박은 듯 서 있는 일은 거의 없다. 지나가는 선생님들이나 교직원들도 조금씩 흘낏거리며 곱지 않은 시선을 보내기 시작했다. 하지만 이 자리를 떠날 수 없었다. 제아무리 공력이 강하고 귀가 밝다 해도 엿들을 수 있는 거리에는 한계가 있으니 이 자리를 떠나면 준후의 교실 안에서 벌어지는 일을 듣지 못한다. 그렇기 때문에 자리를 떠날 수가 없는데, 사람들이 의심스러워하니 미칠 노릇이었다. 현암은 비록 어른이었지만 외모에 신경 쓰지 않는 탓에 허름한 옷차림이었고, 나이도 학부모로 보기엔 너무 젊었다. 결국 학부모나 관계자라기보다는 '지나가는 부랑자'로 보일 공산이 컸다.

교실 안에서는 준후가 아이들에게서 따가운 눈총을 받고 있고, 교실 밖에서는 현암이 어른들에게 비슷한 눈총을 받고 있는 셈이었다. 현암도 의심스러워하고 흘낏거리는 눈빛들이 거북했지만 그 보다는 준후가 걱정됐기에 억지로 참았다.

'원, 이건 싸우는 것보다 더 힘드네.'

하지만 준후의 고난은 그것으로 끝나지 않았다. 선생님은 잠시 나갔다가 들어온 뒤 ― 틀림없이 눈물을 보였을 것이다 ― 준후를 거의 무시하다시피 수업만 진행해 갔다. 이제는 준후에게 무엇을 시키지도 않았다. 그다음 시간은 산수 시간이었는데, 준후에게는 오히려 다행스러웠다. 다른 모든 과목들 중에 제일 자신 없는 것이 바로 이 요상한 ―아라비아 숫자라는― 기호로 가득한 산수 시간이었기 때문이다. 수의 개념을 모르는 바는 아니지만 각종의 기호와 도형까지 그려 가며 진행되는 수업은 준후를 갑갑하게 만들었다.

'이건 도대체 원리부터가…… 꼭 주술과 같은 느낌이 드는데. 아니, 이건 주술이 아니지. 그럴 리 없지. 하지만 아무리 봐도 뭔가가 비슷해.'

다른 수업과는 다르게 이번만은 준후도 멍하니 앉아 잡생각만 할 수밖에 없었다. 그러다가 점심시간이 되자 마침내 사달이 벌어졌다.

아래에서 초조하게 기다리고 있던 현암은 점심시간이 되자 달음질치다시피 빠른 걸음으로 준후의 교실로 올라갔다. 어떤 핑계를 대서든 준후와 만나서 뭔가 조언해 주고 싶었다.

하지만 아이들이 재잘대며 도시락을 먹고 있는 교실 안에 준후의 모습은 없었다. 분명 도시락도 만들어 주었다. 낯선 환경에서 돌아다닐 성격도 아니다. 인간의 한계를 초월한 수련 덕에 마음만 먹으면 며칠이라도 화장실조차 가지 않을 수 있는 준후가 굳이 '점심시간'이라고 정해진 시간에 이유 없이 다른 곳으로 나갔을 리가 없다. 그리고 그럴 만한 이유라는 것은……. 현암은 급히 반 학생을 하나 붙잡고 물어보았다.

"저, 여기 장준후 학생은 어디 갔지?"

"장…… 장준후요?"

아이가 멍하니 말하자 현암은 조급해져서 다시 캐물었다.

"얼굴 하얗고, 그, 왜, 오늘 전학 온 학생."

"아……!"

아이는 순간 반응을 보였으나 겁먹은 듯 고개를 돌렸다.

"모르겠는데요?"

분명 뭔가 아는 것 같았지만 다그칠 수도 없다.

'어떻게 된 거지?'

현암은 답답해서 발을 굴렀지만 그 시간, 준후는 학교 옥상에 올라가 있었다. 물론 그 반의 짱, 혹은 대빵인 성철에 의해 반강제적으로 끌려간 것이다. 하지만 이것은 성철의 입장에서의 이야기고 준후는 다만 누군가가 같이 가자고 하니 태연히 따라나섰을 뿐이다.

"하, 이거 뻗대는 거 봐라?"

성철이 너무나도 명백한 시비조로 말을 걸어오자 준후도 그제야 성철 패거리가 좋은 의도로 자신을 불러낸 것이 아님을 깨달았다. 이런 상황이 낯설어서 그렇지 준후는 결코 눈치 없는 아이가 아니다. 준후에게는 이들이 정말 터무니없을 정도로 어리석고 가련하게만 보였다.

준후는 나름대로 상황을 해석하고 조용히 말했다.

"그러니까, 지금 너희는 폭력으로 나를 겁주겠다고 하는 거니? 이런 방식으로는 어떤 문제에서도 제대로 된 해결책을 찾을 수 없다는 것을 모르겠어?"

성철 패거리가 아무리 국민학교 삼 학년이라고 해도 준후의 말뜻을 못 알아듣지는 않았다. 다만 그렇게 풀어서 이야기할 말주변과 경험이 없을 뿐이다. 그런 면에서 볼 때 준후의 말은 비록 어조도 조용하고 특별히 시비 거는 말투가 아니었지만 그들에게는 고깝게 들릴 뿐이었다.

"너 이 자식. 전학 온 첫날부터 되게 나댄다, 어?"

성철은 나름대로 있는 힘껏 인상을 쓰며 준후를 겁주려는 듯 말했지만 준후에게는 그저 딱하게 보일 뿐이었다.

'어찌 이렇게도 무지몽매할 수가 있나. 사리 분별이라는 걸 모르는 건가? 이런 식으로 하는 건……'

준후는 이런 생각을 하다가 문득 깨달았다. 자신에게는 통하지 않겠지만 이들과 같은 수준의 아이들이라면 충분히 통하리라. 분명 겁먹을 것이고, 맞는 게 무서워 울지도 모른다고 생각했다. 아이들보다 몇천 배는 무서운 존재들과 상대해 본 경험이 있는 준후로서는 이들의 협박이 가소로울 뿐이다. 하루 종일 두들겨 맞더라도 눈 하나 깜짝하지 않을 자신이 있다. 그런 육체의 고통 따위는 가볍게 흘려버릴 정도로 단련받은 준후다. 때문에 아이들이 가소롭게 보이지만 또 한편으로는 이런 방식으로밖에 문제를 해결할 줄 모르는 이 아이들이 가련하기도 했다. 정말 좋은 마음으로 준후는 자신이 가장 좋아하는 불경 이야기를 들려주려 입을 열었다.

"너희들, 석가모니께서 아난존자[1]께 설법하시기를……."

그러나 준후의 좋은 의도는 시도도 못해 보고 깨어졌다.

"아난존자? 씨발, 그게 뭐냐? 몹이냐?"

준후는 몹이 뭔지 몰랐다.

"뭐?"

"이 자식이 무슨 게임 이야기하냐?"

성철이 소리치는 순간, 준후는 이들과의 대화는 원천적으로 불가능하다는 것을 깨달았다.

'어떤 말씀도 이 아이들에게는 단순한 게임이겠구나.'

그 게임이라는 단어조차도 현암에게 들어 간신히 뭔지만 아는 것이지 해 본 일은 없다. 비슷한 또래의 아이들이었지만 준후와 이들과의 간격은 그 정도로 떨어져 있었고, 달라도 너무 달랐다.

대화라는 것도 기본 전제가 어느 정도 공유될 때 가능한 것이지, 아예 세계를 다른 방향으로 보고 있는 이들끼리 대화는 불가능하다. 물론 이들의 단순함을 이해 못할 것은 아니다. 그러나 그러기는 싫다. 이미 다 알아 버리고 깨달은 것을 억지로 뒤로 돌려 무지해질 수는 없기 때문이다.

준후는 답답함을 넘어 막막하다는 생각이 들었다.

---

1 석가모니의 제1 수제자를 뜻한다.

'아이라는 것은 이런 건가? 그렇지, 어리니까. 어리고 배워 나가는 중이니까. 그런데…….'

준후의 고개가 저절로 숙여졌다.

'그러면 나는 뭐야…….'

준후는 문득 서글퍼졌다. 자신과 세상 사이에 놓인 보이지 않는 벽이 이제는 손에 잡힐 듯 확연하게 실감 났다. 서글퍼진 준후의 귀에는 성철이 뭐라고 으르렁대는 소리도 더 이상 들리지 않았다. 준후가 고개를 숙인 채 대답이 없자 자신감이 생긴 성철은 시비조로 준후를 툭툭 건드리기 시작했다. 그러다가 마침내는 주먹까지 쥐고 준후의 얼굴을 포함한 여기저기를 때리기 시작했다. 그러나 정작 맞고 있는 준후는 아픔도 느끼지 못했다. 아니, 맞고 있다는 것을 느끼기는 했지만 이런 작은 아픔 정도는 그냥 무시해 버렸다. 아이들이 솜 주먹으로 때리는 것 정도야 준후에게는 아무것도 아니다.

준후는 가만히 생각에만 집중하고 있었다.

'현암 형이 왜 더 기다려야 한다고 했는지 이젠 알 것 같아. 나는 역시…….'

박 신부와 현암이 학교에 가는 것을 말린 이유도, 그리고 그 말이 정말 자기를 잘 알고 염려했기에 한 말이라는 것도 분명히 깨달았다. 그동안 성철의 패거리는 준후가 조금도 반항하지 않고 맞고만 있자 흥분한 듯 아예 떼로 몰려 두들겨 팼다. 물론 그들 입장에서는 두들겨 팬 것이지만 그래 봤자 아이들이다. 마음속에 은근한 두려움이 있어서인지 전력으로 때리는 것도 아니고, 또 전력으로 때린다 해도 아파할 준후도 아니다. 그러나 한 대 한 대의 손이 스치고 지나갈 때마다 준후는 마음속에서 울려 나오는 또 다른 아픔에 전율해야만 했다.

'그래, 아이들은 원래 이런 거지. 아직 모르고 철없고, 자기가 무슨 짓을 하는지도 모르고. 그런데 나는…… 도대체 나는 무엇 때문에…….'

준후가 갑자기 고개를 번쩍 쳐들었다. 깨닫지도 못했지만 이미 자기보다 덩치가 큰 몇몇에게 떠밀리고 맞은지라 준후의 몸은 벌써 바닥에 쓰러져 있었다.

그런데 꼼짝도 않고 있던 준후가 눈을 빛내며 고개를 들자 기세등등하게 때리던 성철 패거리가 오히려 흠칫하고 놀라 뒤로 주춤 물러섰다. 준후가 벌떡 자리에서 일어났다. 여태까지 태연하게 맞고만 있던 준후의 눈빛이 번뜩이자 성철 패거리는 뭔가 섬뜩함을 느꼈다. 오히려 아이이기에 더 민감하게 반응했는지도 모른다. 주술을 쓴 것도 아니고, 염력을 발휘한 것도 아니었다. 허나 치뜬 눈초리 하나만으로 모든 분위기가 변했다. 그 눈빛은 안광을 내쏘는 것도, 불이 번쩍거리는 것도 아니었지만 도저히 접근할 수 없는 분위기를 조성했다.

성철 패거리는 자신도 모르게 주춤거리며 뒤로 물러났다. 그중에 '촉새'라는 별명으로 불리던 한 아이는 놀란 나머지 비틀대며 엉덩방아를 찧기도 했다. 촉새가 넘어지는 것을 시작으로 가장 덩치가 큰 성철조차 이유 모를 두려움에 떨며 옥상 문 쪽으로 달아났다.

준후는 아이들에게 관심조차 없었다. 그 아이들이 때렸다고 감정이 생긴 것도 아니다. 그냥 지나가던 소나기를 맞은 것과 같았다. 그런 준후가 일어나 걸음을 옮긴 것은 다만 옥상 한구석에서 뭔가를 보았기 때문이다. 자기만이 볼 수 있는, 그리고 자기만이 느낄 수 있는 것……. 준후는 절망 속을 헤매다가 뭔가를 찾아낸 듯한 신선함을 느꼈다.

이름 없는 들꽃을 위해

현암은 당황스러웠다. 아이들이 준후의 행방을 알고 있다는 것은 눈치로 보아 자명했다. 하지만 아무도 준후에 대해 말해 주지 않는 것이 화가 나고 당혹스럽기도 했다. 하지만 아이들의 입장으로 보면 현암은 교실이라는 그들만의 세계에 불쑥 들어온 난입자일 뿐이었다. 현암도 교실 아래쪽에서 안의 상황을 엿들었던지라 아이들이 이러는 것도 이해는 갔다. 그래도 답답했다.

'아무리 그래도 막 전학 온 아이인데 이런 식으로 대하는 건 너무하지 않아? 아, 그런 말할 때가 아닌가? 그런데 준후는 대체 어딜 갔지?'

마음 같아서는 직접 학교 안을 쏘다니며 뒤져 보고 싶었지만 위낙에 사람들이 바글거리는 학교 안이라 마음 놓고 그럴 수도 없었다. 그런데 우물거리는 듯한 한 아이의 목소리가 들려왔다.

"저…… 전학생…… 찾으세요?"

현암이 반갑게 돌아보니 겁먹은 듯 울상이 된 여자아이가 주저주저하며 서 있었다.

"어디 갔는지 아니? 내가 말이지, 뭘 좀 전해 줄 게 있어서."

현암이 주섬주섬 변명처럼 늘어놓자 여자아이는 조심스럽게 주변을 둘러보며 말했다.

"옥상으로 갔을 거예요."

"옥상?"

"네. 성철이 패거리가…… 아, 더 말 못 해요."

현암은 그 말만으로 모든 것을 깨달았다. 성철이가 누구인지, 이 아이가 누구인지 알 수 없었으나 분명 이 작은 학급에도 나름의 질서와 체계가 있을 것이다. 비록 하나하나는 그렇게 나쁜 아이가 아닐 테지만 보다 짓궂고, 보다 장난스럽고, 때로는 남을 골리기도 좋아하는, 이를테면 악의 세력도 존재할 것이다. 그것이 성철이 패거리라는 것은 분명하다. 아이들은 눈치를 봤지만 준후가 한 기이한 행동 때문에 아무도 편을 들어 주지 않았음을 느낄 수 있었다. 한데 이 아이는 왜 갑자기 준후의 편을 들어 주는 것일까?

'이 아이의 입장에서는 꽤나 큰 용기를 낸 모양인데.'

현암은 작게 아이에게 속삭였다.

"고맙다."

그러자 아이가 제풀에 먼저 속을 털어놓았다.

"제 짝이 됐는데, 난 왠지 무서워 말도 못 하고…… 그런데 그게 미안해서요."

"그랬니?"

"빨리 가 보세요."

현암은 아이에게 미소를 지어 보였다.

"고맙구나, 정말."

두 번째 감사를 남기고 현암은 등을 돌려 교실 밖으로 나갔다. 정확히는 몰라도 무조건 계단을 오르다 보면 옥상으로 통할 것임이 분명했다. 생각 같아서는 한달음에 뛰어 올라가고 싶었지만 아이들이며 선생님들이 다니는 학교 안이다. 섣불리 공력을 드러낼 수 없음은 물론 서두르는 기미조차 보여서는 안 됐다. 짐짓 태연한 척 느릿느릿 걸어 올라갈 수밖에 없었다. 속마음은 다급해 죽을 지경이었지만 참아야 했다.

성철은 옥상 문을 빠져나오자마자 헐떡거리며 큰 몸을 계단 위에 털썩 주저앉힌 채 말했다.

"아씨. 뭐야, 저 새끼!"

그러자 뒤따라온 패거리 중 하나가 말했다.

"성철이 너 왜 튀었냐? 병신같이."

"그러는 넌?"

성철이 눈을 흘기자 눈총을 받은 아이는 아무 말 못 했다.

"아, 씨발. 모르겠다."

성철은 고개를 젓다가 거칠게 말했다.

"야, 문 잠가, 문."

다른 아이들은 난감한 표정을 지었다.

"뭐? 촉새가 남았는데."

"문 잠그면 아예 못 내려오잖아? 그건 좀……."

성철이 신경질을 냈다.

"몰라, 씨발. 빨리 잠가. 너희, 안 무섭냐?"

"무…… 무섭긴 하더라."

그러자 한 아이가 주저하며 말했다.

"그, 근데 그 준후라는 자식. 아무것도 한 건 없잖아. 이건 너무……."

성철은 반쯤 절규하듯 말했다.

"빨리 문 안 잠글 거야?"

"촉새는?"

다른 아이가 얘기했지만 성철은 고개를 저었다.

"아, 모르겠다. 설마 죽겠냐? 빨리 잠그라니까, 뭐 해!"

성철은 자기가 직접 나서서 옥상 문에 자물쇠를 걸었다. 그리고는 알량한 복수심으로 문 너머에 갇혀 버린 준후를 향해 말했다.

"씨발, 너 이 새끼. 혼 좀 나 봐라! 내가 무서워서 가는 것 같아? 내가 이겼지, 그치?"

성철이 주변 아이들을 돌아보며 말했다.

"아, 씨. 뭐라고 좀 해 봐! 내가 이겼지?"

"그, 그래."

"성철이 너 지독하다."

"그래, 씨발. 내가 짱이야. 내가 제일 지독하다고! 알았어?"

성철은 나이에 어울리지 않는 욕만 늘어놓으며 겁먹은 것처럼 옥상 계단을 구르듯 달려 내려갔다. 다른 패거리도 그 뒤를 따라갔다.

엉덩방아를 찧은 덕에 늦은 촉새는 문이 잠겨 있자 급히 소리쳤다.

"어, 어? 뭐야, 뭔데? 야, 이거 좀 열어!"

옥상 문을 부여잡고 촉새가 소리를 질렀다.

믿었던 같은 편에게 배신당했다는 기분에 서러워진 촉새는 눈물까지 흘리면서 문을 두들겨 댔다. 하지만 이미 문 저편에는 아무도 없었다.

촉새는 겁에 질린 눈으로 준후의 등을 바라보았다.

"너, 누구니?"

준후가 조용히 말했다. 그러나 촉새를 보고 한 말이 아니었다. 준후는 촉새에게서 등을 돌리고 있었고, 준후의 앞은 아무것도 없는 허공이었다. 물론 촉새가 뒤에 남아 있다는 것조차 잊고 있었지만, 준후가 허공에 대화를 나누는 것을 본 촉새는 완전히 겁에 질려 버렸다.

'저, 저놈 뭐야. 미친 거야?'

그러나 미친놈으로 치부하기에는 준후의 행동이 너무도 자연스럽고 평온했다. 그리고 슬픈 표정까지 지으며 허공을 향해 이야기하는데, 햇볕이 쨍쨍 내리쬐는 대낮의 점심시간인데도 촉새는 온몸이 떨려 오는 것을 억제할 수가 없었다.

'무, 무서워. 뭘…… 대체 뭘 보고 있는 거야?'

준후가 발견한 것은 작고 희미한 아이의 영혼이었다. 강한 영력을 품은 것도 아니고, 사람들의 일상에 영향을 끼칠 의도나 악의도 없었다. 그냥 마당 한구석에 피어난 풀포기처럼 무력하고, 아이들로 가득 차 있는 학교 내에서 아무도 발견해 주지 않는 존재였을 뿐이었다. 외로움에 떨면서 아무것도 할 수 없는.

"왜 여기 있니?"

준후가 느끼기에도 그리 특별한 영혼은 아니었다. 그저 어린 나이에 목숨을 잃은 것 같았다. 단순한 사고로 고통을 느낄 틈도 없이. 큰 미련이 남은 것도 아니다. 평범한 집에서 가족들과 잘 살아왔다. 더구나 영력조차 약해져 희미해진 상태라 자기 이름조차도 기억하지 못하고 있었다. 다만 뭔가 미련이 남아 승천하지 못했는데 그 이유가 무엇인지 스스로도 잘 모르고 있었다.

"응…… 그랬구나."

준후는 이 아이에게 남은 미련이 무엇인지 금방 느낄 수 있었다. 살아생전에도 수줍음이 많고 활달하지 못한 아이였을 것이다.

아이들과 활기차게 뛰어놀고 싶었다는 단순하고도 아이다운 미련. 그래서 학교에 남아 있었지만 정작 아이들이 거의 지나다니지 않는 옥상 구석에 웅크리고 있는 수줍음. 외로우면서도 더 외로워질 수밖에 없는 곳으로 스스로를 숨기는 모순.

"그래. 너도 외로웠구나."

준후는 누구와 차분히 이야기를 나누듯 조용히 말을 이어 갔다. 그런 준후의 앞에는 여전히 아무것도 보이지 않았다. 하지만 촉새는 분명 준후의 앞에 보이지 않는 뭔가가 있다고 생각했다. 놀려 주려고 일부러 그런다고 보기에는 준후의 행동이 너무 자연스러웠다. 촉새는 뭔지 모를 두려움에 질려 입을 막고 울기 시작했다.

준후는 촉새가 남아 있다는 것조차 몰랐다. 준후가 슬픈 미소를 띠우며 말했다.

"하지만 너, 여기 있으면 안 돼. 이제 그만 가야 하지 않겠니?"

그러자 작은 영혼이 떠나기 전 한 가지 염원을 발했다. 마지막까지도 아이들 무리 속으로 나설 용기는 내지 못했다. 다만 아이들의 자취가 없는 옥상이 아니라 아이들이 뛰어놀던 운동장 가운데로 가 보고 싶다는 것이었다.

너무도 소박하고 작은 바람에 준후는 눈시울이 뜨거워졌다.

"운동장에 가 보고 싶다고? 그럴까, 그럼?"

촉새는 준후가 몸을 돌리자 기겁하며 근처에 쌓여 있던 뜀틀 더미 뒤로 숨었다. 뜀틀 틈 사이로 보니 준후는 조용히, 그러나 여전히 허공뿐인 옆을 보면서 옥상 문을 향해 걸어오고 있었다. 촉새는 비록 숨기는 했지만, 더 무서워졌다.

문가에 도착한 준후는 문손잡이를 잡았다. 그러나 문은 이미 잠겨 있었다.

"어? 뭐야?"

준후는 문이 잠긴 것이 이상해 혼잣말을 한 것뿐인데 준후가 자신을 발견한 것으로 착각한 촉새는 이판사판이다 싶어 벌떡 일어서며 외쳤다.

"너, 너…… 뭐야?"

그제야 촉새의 존재를 눈치챈 준후는 무심코 말했다.

"내가 뭘?"

겉으로는 태연했지만 준후는 아차 싶었다.

'다 내려간 줄 알았는데, 한 명이 남아 있었네? 어쩌지?'

준후는 자기가 경솔했다는 것을 깨달았다. 당황했지만 준후는 시치미를 떼려고 최대한 천연덕스럽게 웃었다. 물론 조금도 적의 없고 진심처럼 보였지만, 촉새는 더 무서웠다. 차라리 준후가 심각하게 인상을 쓰고 겁을 주었다면 덜 무서웠을지도 모른다. 애당초 촉새가 겁을 먹은 것은 준후의 그 담담하고도 기이하게 자연스러운 태도 때문이었으니까.

"너, 너 뭐야? 누구랑 얘기한 거야! 너 대체 뭐야?"

'내가 얘와 이야기하는 걸 들었나 보네. 야단났다.'

준후도 속으로는 당황했으나 겉으로는 웃으며 말했다.

"내가 뭘? 나, 그냥 혼잣말한 건데."

"아냐! 너 분명히! 너! 너! 넌 뭐야?"

"장준후잖아. 오늘 온 전학생."

"그, 그거 말고……. 너…… 네 옆에 뭐가 있는 거야? 응?"

"아무것도 없다니까. 그런데 이 문 누가 잠근 거지?"

"몰라, 인마! 몰라! 저리 가! 꺼져!"

촉새가 겁을 먹고 고함을 지르기 시작하자 준후는 난감해졌다.

'얘를 봤나? 아니, 보일 리 없는데. 그리고 문은 왜 잠긴 거야?'

성철 패거리가 그랬다고는 미처 생각도 못 하고 준후는 사고로 문이 잠긴 것이라 생각했다. 그러고 보니 어느덧 점심시간이 끝나 예비 종소리가 들려왔다. 점심도 먹지 않았는데 시간이 무척 빨리 지난 것 같았다. 안 그래도 뭔가 자신이 실수한 것 같은데. 교실로 돌아가지 않는다면 더 큰 문제가 생길 것이다. 어쩌면 촉새도 문이 잠겼기 때문에 도망치질 못해서 더 시끄럽게 구는 것인지도 몰랐다.

준후는 이제 정말 난감해졌다. 촉새에게 능력을 들킨 셈이고, 학교에 적응하지도 못했으며, 이대로는 수업조차 빼먹게 된다. 더구나 옥상에서 만난 이 작은 영혼의 소박한 바람조차 들어줄 수 없게 된다. 그렇다고 주술을 써서 문을 부술 수도 없다. 그렇지 않아도 의심에 찬 눈으로 자신을 주시하는 아이가 있기 때문이다.

'아…… 모르겠어. 누구든 도와줘요. 누구든지 제발…….'

그런대로 평온하던 준후의 표정이 무너지듯 흐트러졌다. 최대한 인내심을 가지고 평온을 가장하며 버텨 왔지만 이젠 더 이상

버틸 수 없을 것 같았다. 그런데…….

"준후 있니?"

잠겼던 문이 벌컥 열리며 그와 동시에 익숙한 목소리가 들렸다. 현암이었다.

"혀, 현암 형……."

현암은 그저 준후가 걱정돼 올라온 것뿐이지만, 준후에게 이것은 작은 기적과도 같은 일이었다. 준후는 순간, 뭔가를 결심했다. 비록 공교로운 우연의 일치에 불과하다는 것은 준후도 안다. 그러나 이 작은 우연의 일치를 보고 준후는 내심 깨달은 것이 있었다. 준후를 믿어 주고 이해할 사람은 역시 퇴마사들밖에 없다는 것, 그리고 억지로 보통 사람 흉내를 내기보다 자신의 현실을 인정하고 주어진 길을 따라야겠다는 것…….

현암은 계단을 급하게 뛰어 올라오느라 흥분한 얼굴로 잔뜩 씩씩거리고 있었다. 준후의 헝클어진 옷매무새와 얼굴 여기저기에 맞아 생긴 붉은 자국이 보이자 현암은 눈을 부릅떴다.

"준후야! 괜찮아?"

준후는 싱긋 웃어 보였다.

"괜찮아요."

"너 말이지, 옥상으로 끌려갔다고 누가 그러던데……."

"아니, 그런 일……."

그런 일 없다고 말하려 했지만 준후 옆에는 촉새도 있었다. 현암에게 거짓을 말하고 싶지 않아 준후는 그냥 말을 돌렸다.

"별 거 아니에요."

"준후야, 너 정말 괜찮은……."

"잠시만요, 형."

준후는 말하면서 조용히 걸음을 옮겼다. 현암은 당황한 모습으로 뒤에 어쩔 줄 모르는 촉새를 보다가 준후의 뒤에 대고 말했다.

"너, 조금 있으면 종칠 거야. 교실로 들어가야지."

준후는 잠시 망설였다. 이대로 교실로 돌아가지 않으면 안 그래도 뭔가 단단히 찍힌 모양인데 더 큰 사달이 날지도 모른다. 그러나 준후는 웃으며 고개를 저었다. 그리고 준후는 현암을 보면서 이야기했다.

"형. 내 옆에 애, 안 보여?"

"뭐? 뭐가?"

현암도 움찔하며 준후의 옆을 보았다. 물론 비정상적으로 강한 시력을 가진 현암이었지만 영력을 아무 때나 발휘해서 영혼을 볼 수는 없었다. 현암은 겁먹은 채 눈치를 보고 있는 촉새를 바라보았다. 촉새는 제풀에 무서워서 다시 뜀틀 뒤로 숨었다. 현암은 그때서야 살짝 옷깃을 걷어 왼쪽 팔목 속에 숨겨 둔 월향검의 검집을 드러나게 한 다음 눈 주변에 대었다. 그러면 월향의 힘에 의해 영적인 것을 직접 눈으로 볼 수가 있었다.

그제야 현암의 눈에도 준후의 옆에 떠 있는 부옇고 아주 희미한 작은 사람의 형체가 보였다. 그것을 본 현암은 즉시 모든 것을 이해했다. 그리고 준후에게 말했다.

"그랬었니?"

준후도 간단히 대답했다.

"그래요, 현암 형."

현암은 잠시 망설였다. 준후는 교실로 돌아가야만 한다. 허나 준후의 뜻이 이런 것이라면 할 수 없다고 생각했다. 준후도 역시 마치 자신과 박 신부처럼 아무런 명예도 이득도 없는, 고통으로 가득 찬 길을 걸어가리라. 이름 없는 들꽃 같은 저런 가련한 존재들, 나아가서는 이해도 도움도 주지 않는 몰인정한 보통 사람들을 위해 모든 것을 바치게 되리라. 그러나 할 수 없었다. 그건 준후가 선택한 길이니까. 그리고 현암 스스로도 그 길을 선택한 입장이니까.

현암은 짧게 말했다.

"다녀와라. 여긴 내게 맡기고."

준후는 대답 대신 고맙다는 듯 환하게 웃으며 걸음을 옮겼다. 자잘한 일은 이제 신경 쓰이지 않았다. 현암이 나섰으니 모두 알아서 될 것 같았다. 무책임한 것도, 뒷수습을 떠넘기는 것도 아니다. 그저 편안하고 자연스럽게 기대고 싶은 심정. 현암은 충분히 그럴 수 있을 만큼 믿음직한 형이었다.

준후가 계단을 내려가자 현암은 머리를 긁적거렸다.

"휴우. 별수 없지."

현암이 고개를 돌리자 거기에는 촉새가 있었다. 울음은 그쳤지만 이젠 준후와 비슷하게 이상해 보이는 어른을 대하자 촉새는 겁에 질려 와들와들 떨고 있었다. 어떻게든 저 아이를 달래든지 어르든지 해서 입막음을 해야만 했다. 허나 현암은 난처해졌다. 수습할 방법이 한 가지밖에는 떠오르지 않았기 때문이다.

'왜 그것밖에 생각 안 나지? 어휴. 그런 건 정말 창피한……'

그러나 다른 수는 생각나지 않았다. 결국 현암은 가볍게 한숨을 쉬었다.

'이런 짓까지 해야 하나……'

조금 시간이 지나 수업 종이 울렸다. 아이들은 짧게 느껴지는 점심시간이 아쉽기만 했지만, 교실로 들어갈 수밖에 없었다. 운동장에서 뛰어놀던 아이들도, 복도에 서서 재잘거리며 수다를 떨던 아이들도, 책상을 뒤엎고 장난치던 아이들도 모두 나름대로 시끄럽지만 질서를 찾아 자기 자리로 돌아왔다. 성철 패거리들도 마찬가지였고 뒤늦게 허덕이며 눈물 자국조차 지우지 못한 채 달려온 촉새도 자리에 앉았다. 그러나 한 사람이 보이지 않았다. 오늘 전학 와서 벌써 갖가지 기행으로 미운털이 박힌 준후라는 아이만 자리에 없었다.

"얘는 어딜 갔지?"

"글쎄?"

"와, 캡이다. 정말 막 나가네?"

사정을 잘 모르는 아이들이 수군거리기 시작하자 자리에 앉은 성철은 덜덜덜 떨며 이를 악물고 있었다. 준후를 옥상에 가둔 것이 자그마한 승리라고 악동답게 믿으며 내심 겁나는 것을 견디는 중이다. 그 옆에 촉새도 현암한테 무슨 이야기를 들었는지 아예 파김치처럼 고개를 푹 숙인 채 몸을 떨고만 있다.

선생님이 다시 교실로 들어섰다. 교실로 들어온 선생님의 눈은 당연히 오늘 전학 온 준후의 자리부터 살폈다. 그리고 준후가 자리에 없자 선생님은 골치 아파 미치겠다는 듯 오만상을 찌푸렸다.

"차렷, 경례!"

반장이 인사를 하고 나자 선생님은 짜증 난다는 사실을 숨길 생각도 않고 아이들에게 말했다.

"오늘 온 전학생, 어디 갔는지 아는 사람?"

그러자 준후 옆에 앉아 있던 겁 많게 생긴 여자아이가 떨리는 목소리로 말했다.

"저, 선생님, 저기요……."

"응? 뭐라고?"

"저기…… 저기 있어요……."

여자아이가 가리켜 보인 곳은 창밖 너머였다. 선생님이 고개를 돌려보니 수업 종이 울려 텅 빈 운동장 한가운데 준후 혼자 서 있었다. 양팔을 하늘로 뻗은, 다른 사람들은 알아볼 수 없는 기이한 자세를 취한 채.

"도대체 뭐래?"

"미쳤나 봐."

"정말…… 미친 거 같아, 나 무서워."

"별꼴이네."

아이들이 수군거리자 선생님도 화가 나는 듯 교탁을 가볍게 내려쳤다.

"여러분은 신경 쓰지 말고 자, 수업 시작해요."

준후의 짝이었던 여자애가 조그맣게 말했다.

"저…… 쟤는요?"

"됐다고 말했다."

선생님은 날카롭게 말을 끊었다.

준후는 아무것도 신경 쓰지 않았다. 마음이 홀가분했다.

"이젠 좀 나아졌니?"

작은 영혼에게서 반응이 왔다. 고맙다고. 이제는 때가 됐다. 작고도 작은 소망을 달성시키기 위해 준후는 커다란 대가를 치렀다. 허나 조금도 아쉽지 않았다. 전교생의 의혹에 가득 찬 눈초리가 모두 준후를 향해 있다고 해도 상관없었다. 이제 그런 것은 신경 쓰이지 않았다. 아무도 몰랐을지도 모르고, 또 그냥 두어도 아무 해도 없고, 어차피 시간이 지나면 알아서 해결될 작은 영혼의 작은 소망일지라도 그것으로 충분했다. 자신이 배우고 느끼고 깨우쳐 나가는 것은 이런 행동을 통해서이리라. 적어도 자신에게 있어서 배움이나 만남이나 교류는 학교가 아니어도 할 수 있는 것이었다. 준후는 진언을 외우며 하늘을 향해 손을 뻗어 힘을 발했다.

아이의 영혼이 세상의 순리대로 건너가자 준후는 조용히 한숨을 쉬며 치켜올렸던 양손을 내려뜨렸다. 비록 직접 보이지는 않지만 교실의 많은 창문 너머에서 쏟아지는 의혹의 눈초리가 준후에게도 느껴졌다. 하지만 이제 그것이 부끄럽지도 겁나지도 않았다. 준후는 천천히 몸을 돌려 학교 건물 쪽으로 향하기 시작했다.

교실로 향하는 길목의 문 앞에는 현암이 팔짱을 낀 채 조용히 서 있었다. 준후가 어깨를 늘어뜨린 채 터벅거리며 교실로 올라가려고 하자 현암은 조용히 말했다.

"가고 싶지 않으면 안 가도 된다."

현암은 준후가 왜 이렇게 됐는지, 왜 이렇게 할 수밖에 없었는지 보아 알고 있었다. 어울릴 수 없는 사람들. 함께 섞여서 살아갈 수 없는 사람들. 그렇지만 그들을 위해 애쓸 수밖에 없고, 모든 오해와 짐을 짊어지면서도 버텨 나가야 하는 자신의 입장을 준후를 통해 뼈저리게 느끼고 있었다. 조금 전까지는 준후도 그랬다. 그러나 준후는 마음의 짐을 벗은 후였다.

준후는 살며시 웃으며 현암에게 조용히 말했다.

"저도 알아요. 하지만……."

"가지 않아도 된다니까?"

"하지만 오늘 수업은 마쳐야죠. 오늘만요."

숨은 뜻을 알아들은 현암은 묵묵히 말했다.

"기다릴게."

현암은 팔짱을 낀 채 조용히 서 있었다. 준후는 그렇게 교실로 돌아갔다. 선생님의 따가운 눈총과 아이들의 의혹과 경멸 혹은 의아함이 섞인 눈초리를 온몸으로 받으면서도 담담한 미소를 잃지 않고 가만히 있었다. 성철 패거리와 촉새 등은 아예 준후 쪽으로 눈도 돌리지 못하고 덜덜 떨었다. 그러나 준후는 아무런 말도 하지 않았다. 헤어지는 기분으로 마지막으로 한 번, 모든 것을 둘러보고 싶었을 뿐이라 미련도 없었다.

그렇게 썰렁하게, 간신히 수업이 끝나자 선생님은 말했다.
"장준후 학생. 교무실로 좀 내려오겠어?"
사실 선생님으로서는 별러 온 순간이다. 물론 준후도 예상했던 일이다. 선생님의 분노가 고스란히 느껴졌지만 그럼에도 어떻게든 이 이상한 아이를 일깨워 보겠다는 따뜻한 숨은 마음까지 느껴졌다.
준후는 자기도 모르게 슬며시 미소를 지었으나 대답은 하지 않았다.
"장준후 학생. 내 말이 안 들…….."
그때 현암이 불쑥 교실 안으로 들어오며 말했다.
"됐습니다. 선생님."
"네? 아…… 아니, 누구신지?"
"저, 장준후 학생 보호자 됩니다. 그러니까 형이죠."
"아, 네. 그런데 이렇게 불쑥 들어오시면……"
"죄송합니다."

"그러면 함께 교무실로 가서 말씀을……."

"그럴 필요 없습니다."

현암은 조용히 가서 준후의 손을 잡아 데리고 나왔다. 선생님은 어이가 없다는 듯 눈을 부릅뜨고 말없이 멀어지는 현암과 준후의 뒷모습을 바라보았고, 아이들도 도대체 무슨 상황인지 이해할 수 없어서 저마다 수군거렸다. 단 한 명, 촉새만이 고개를 책상에 파묻고 양손으로 머리를 감싸 쥔 채 중얼거렸다.

"저, 저 아저씨, 외계인이야……. 저 준후란 애도 외계인……."

그러자 준후가 사라져서 안도의 한숨을 내쉬던 성철이 선생님의 눈치를 보면서 작게 속삭였다.

"뭐라고? 병신아?"

"저…… 저 아저씨 외계인이라고……."

"어휴. 이 병신이……."

아무도 촉새의 말을 믿지 않았고, 촉새도 그 한마디에 입을 다물었다. 현암이 촉새에게 무엇을 했는지는 촉새밖에 모른다. 현암 스스로 생각하기에도 부끄러운 짓이기에 그것은 영원히 비밀로 남을 것이다. 물론 촉새도 결국은 모든 것을 자기가 잘못 본 것이라 생각하게 될 테고…….

박 신부는 집으로 돌아가 차를 세워 놓은 다음, 택시를 타고 다시 학교로 향해 오는 길이었다. 교장과도 안면이 있는 처지에 핑계 없이 학교 안을 어슬렁거리는 것도 그렇고, 또 현암을 붙여 놓은지라 박 신부는 조바심이 나는 것을 억지로 눌러 참고 하교 시간에 맞추어 기다렸다. 그러나 막상 다시 학교로 향하자 택시가 왜 그리 느리게 가는 것처럼 느껴지는지 답답했다. 몇 번이나 시계를 보았는데 하교 시간보다는 조금 빠르게 도착할 것 같았다. 그러나 택시에서 내렸을 때, 분명히 하교 시간보다 빨리 왔음에도 불구하고 박 신부는 손을 잡고 교문을 나서는 준후와 현암을 볼 수 있었다. 박 신부는 주변을 둘러보았다. 다른 학생들은 하나도 보이지 않았다. 수업이 끝나기도 전에 나온 것이 분명했다.

박 신부는 인상을 쓰면서 뭐라고 말하려 했으나 현암이 고개를 저어 보였다. 그것을 보고 박 신부는 하려던 말을 멈추고 입을 다물었다. 자세한 것까지야 알 수 없었지만 분위기를 보아하니 뭔가 잘되지 않았다는 것이 느껴졌다.

박 신부는 안타까웠지만 일단 준후의 표정부터 살폈다.

"준후야."

"네, 신부님."

"괜찮니?"

"네, 그럼요."

"너, 학교……."

준후는 살짝 웃어 보이며 말했다.

"이제 됐어요. 충분히 본 걸요."

"정말 괜찮니? 별일 없었어?"

현암이 헛기침하며 말했다.

"글쎄요. 뭐 별일은 없었다고 봐야죠. 그러니까, 그게……."

"됐네. 현암 군. 더 말할 필요 없어."

박 신부는 준후의 반대쪽 손을 잡았다.

"가자. 이럴 줄 알았으면 차를 놓고 올 필요 없었는데, 허허."

현암과 준후는 아무 말도 하지 않았다. 박 신부도 공연히 묻고 싶지는 않았지만 그래도 혹시나 하는 생각에 준후에게 물었다.

"준후야, 아이들은 어떻든? 내일은 어떻게 할 거니?"

"학교를 말하는 거라면, 이제는 됐어요."

박 신부도 예상 못 하던 바는 아니었지만, 준후의 목소리가 생각보다 어둡지 않아 그나마 안심이 됐다.

"그랬니? 허나 네가 가고 싶다고……."

"내가 있을 곳은 학교가 아니에요. 이제 알 것 같아요."

"준후야. 그렇지는 않아. 준비가 덜 돼서 그런 것이니, 언젠가는 반드시 학교에 가야지."

"글쎄요. 나중에…… 아주 나중에 내키면요."

준후가 시니컬하게 말하자 현암이 분위기를 추스르려 말했다.

"준후, 너. 그 소리 누가 들으면 불량 학생인 줄 알겠다."

박 신부가 그래도 조금 안타까운지 말했다.

"그래도 아이들과 사귀고 어울려 보는 것도 귀중한……."

준후는 그제야 속마음을 보이는 듯 조금 날카로운 눈매를 하고 빠르게 말했다.

"도대체 전 아이들이 그렇게 경솔하고 버르장머리 없고 제멋대로고 무지한지 몰랐어요. 정말로 걔넨 나와 어울리지 않는다고요. 나는 도저히 그런 병아리 떼 같은 무리와는 어울릴 수 없어요."

"그렇게 아이들이 마음에 들지 않던?"

준후는 빠르게 말을 이어 갔다.

"마음에 들고 들지 않고의 문제가 아니에요. 이미 저와는 너무 격차가 커서, 무엇으로도 그 차이를 좁힐 수 없을 것 같아요. 대화가 통할 것 같지도 않고, 무엇을 바라보아도 같은 관점이 될 수 없으니 친해질 수도 없을 것 같아요. 어떻게 아이들은 그렇게 무지하고 제멋대로일 수 있는 거죠?"

"준후야, 그건……."

박 신부가 달래려는데 준후가 갑자기 고개를 푹 숙였다.

"그런데…… 그렇게…… 멋대로 할 수 있는 그 바보들이…… 저는 왜 이리 부럽죠?"

현암은 깊이 한숨을 내쉬었고 박 신부도 고개를 숙였다. 오히려 준후가 두 사람을 위로하듯 고개를 들며 말했다.

"정말 약 오르고 화나지만, 그래도 괜찮아요. 그래도 저는 저만 할 수 있는 것이 있으니까요. 현암 형. 신부님. 그런 표정 짓지 마세요. 저, 언젠가 학교 갈 거예요. 꼭 다시 학교 갈 거라니까요."

밝게 말하고 있었지만 눈에서는 눈물이 뚝뚝 떨어졌다. 세 사람 모두 아무 말도 하지 못했다. 세 사람은 그렇게 그들만의 세계로 돌아갔다. 준후가 학교 생각을 다시 하게 될 때까지는 아무래도 꽤나 오랜 시간이 필요할 것 같았다.

짐 들어 주는 일

『퇴마록(세계편)』 초반,
승희 합류 후 무더운 여름

항상 궂은일을 찾아다니는 퇴마사들에게도 아늑한 주말이 될 것임이 분명한, 유난히 조용한 토요일 저녁이었다.

 언제 어느 때 달려 나가 괴이한 존재들과 대적할지, 또 그러다가 무슨 일을 당할지 알 수 없는 그들이다. 군대 간 애인 외출 나오기만 기다리듯, 전쟁터로 떠난 병사 휴가 나오기만 기다리듯 이를 악물고 버텨 낸 인고의 시간, 그 결실을 따려 승희가 손 내밀 기회가 왔다.

 저녁 시간에 퇴마사들의 아지트인 박 신부의 집을 찾아온 승희는 박 신부 앞에 버티고 앉아 뭔가를 끈덕지게 조르고 있었다. 박 신부는 인자해 보이는 미소를 짓고 있었으나, 내심 당황스러운 듯 쩔쩔매는 것 같아 보였다.

 "승희야. 내 맘대로 되는 일도 아닌데 어떻게 그렇게 말할 수 있겠니. 그러니……."

박 신부가 이야기하자 승희는 일부러 그러는 것이 빤히 보이는 울상을 지으며 계속 졸라 댔다.

"하지만 어떻게 해요. 내일 장 볼 게 너무 많은데. 저 혼자 짐을 다 들고 다니라는 말씀이세요?"

"배달시키면 되지 않을까? 왜 굳이 현암 군을 데리고 가려고?"

"그러면 신부님이 들어 주실래요?"

"그거야……."

혹시나 박 신부가 정말 나설까 봐 승희는 얼른 말했다.

"신부님은 저보다 한참 어른이시잖아요. 제가 어떻게 그런 부탁을 드리겠어요. 또 준후는 어린 데다 꼬마고요. 그러니 현암 군밖에 없지 않아요?"

"하아. 그렇지만……."

박 신부는 난감한 듯 입을 다물었다. 승희가 바라보자 박 신부는 무안한 듯 고개를 살짝 돌리며 말했다.

"그런 사적인 일까지 내가 어떻게 시키겠어? 네가 직접 이야기해 보지 그러니?"

그러자 승희는 성질을 부렸다.

"왜 안 했겠어요. 하지만 그 돌덩어리는 눈 하나 깜짝 않는다고요. 세상에, 여자가 도움을 청하는데도 그렇게 매몰차게 거절하는 인간은 그 사람밖에 없을 거예요."

"그런 매몰찬 돌덩어리는 포기하고, 짐을 줄이거나 배달시킬 방법을 찾는 게……."

"신부님!"

승희가 화난 표정으로 소리를 질렀다. 박 신부가 무슨 잘못이라도 한 것 같은 착각에 빠질 정도로 승희의 표정은 단호했다. 하는 수 없이 박 신부는 한숨을 푹 쉬며 말했다.

"정 그러면 내 한번 이야기는 해 보마. 하지만 가고 안 가고는 전적으로 현암 군의 의사에 달렸으니……."

"그러지 말고요. 신부님. 현암 군이 다른 사람 말은…… 그러니까 제 말은 귓등으로도 안 듣지만, 신부님 말씀은 잘 듣는 거 저도 안단 말이에요. 그러니까 신부님이 말씀해 주셔야 한다고요. 예? 그래 주실 거죠? 네? 네? 네?"

승희가 노골적으로 애교까지 떨자 박 신부는 설레설레 고개를 저었다. 박 신부는 사실 승희가 바라는 것이 무엇인지 어렴풋이나마 깨닫고 있었다.

승희는 친딸이나 다름없을 만큼 가까운 사이다. 박 신부의 친구이자 승희의 부친이었던 현웅 화백은 비극적인 결말을 맞았지만 승희는 구김살 없이 그들에게 다가왔다. 어릴 적부터 보아 왔던 사이이기에 더욱 스스럼이 없었을 수도 있고…….

박 신부는 생각했다.

'그러고 보니, 친구 딸들하고만 가까웠어. 미라도 그랬고. 지금은 승희가…… 승희가 없었다면 너무 적적했겠지.'

승희는 현암에게 마음이 있는 것 같았다. 현암은 박 신부가 보기에도 어디 하나 나무랄 데 없이 건실하고 굳건하기 이를 데 없는 청년이다. 그러나 그것은 어디까지나 한 명의 퇴마사, 그리고 분별력을 가진 성인이자, 능력을 지닌 사람, 성실하고 고매한 성품을 가진 인격체로서의 의미였을 뿐이다.

자신이 가진 내력과 도가의 수련에 얽매여 있는 현암은 눈곱만치도 여자에게 관심을 보이지 않았다. 그게 문제였다. 박 신부가 승희를 따뜻하게 생각하는 것 못지않게 현암도 마음속 깊이 위하고 있었다. 두 사람이 실제로 결실을 맺을 수 있다면 누구보다도 기뻐할 것이 박 신부였지만, 박 신부가 보기에 실제로 그렇게 될 가망성은 거의 없었다.

승희가 말한 대로, 이런 면에 있어서 현암은 돌덩어리나 진배없었다. 자칫 두 사람 사이가 좋아지기는커녕 오히려 불화로 갈라질 가능성도 있고, 그것은 박 신부가 제일 두려워하는 일이었다. 그럴 확률이 있는 정도가 아니라 현재대로라고 하면 미래가 확정돼 있는 것과 마찬가지였으므로, 박 신부는 애써서 승희와 현암이 지나치게 가까워지지 않도록 노력했다.

허나 승희는 그런 박 신부의 마음을 모르는 듯 혹은 알면서도 상관없다는 듯 부득부득 요구해 왔다. 승희 또한 어디에 내놔도 떨어지지 않는 미모와 성격과 재능을 갖춘 여자다. 하지만 자신에게 주어진 귀한 능력 때문에 퇴마사들 외에는 속을 터놓고 공유할 사람이 없었다.

그렇기에 승희에게 있어서 유일한 남성은 현암인데, 현암은 승희에게는, 아니 거의 어떤 여성에게도 이성으로서의 관심을 보이지 않으니 답답할 따름이었다. 아예 관심이 없는 건 아닌 듯한데 자제심이 워낙 강해 드러내지 않고 지구가 망할 때까지라도 참을 사람이다. 그런 생각으로 박 신부가 몰래 한숨을 쉬는데 승희는 여전히 졸라 댔다.

"별것도 아니잖아요. 그냥 짐 들어 주는 일인데요. 아니, 그 정도 이야기도 못 해 주신단 말이에요? 정말요? 정말 그러실 거예요?"

박 신부는 생각했다. 자신들은 보이지 않는 전쟁터에서 살고 있는 것과 다름없지 않은가. 이렇게 여유를 누릴 기회가 자주 찾아오는 것도 아니다.

승희가 어리광 아닌 어리광을 부리는 이유를 박 신부도 알 수 있었다. 게다가 다음 단계가 어떻게 진행될지 훤했다. 간청하다가 조를 것이고 급기야는 화를 내고 삐진 척하다가 마지막에는 눈물을 글썽거리면서 섭섭하다며 공격해 올 것이다. 그쯤 되면 아무리 핑계를 짜내도 소용이 없다.

박 신부는 우는 여자에게 꼼짝을 하지 못한다. 그 단계까지 볼 필요가 없다고 생각한 박 신부는 포기하고 말았다.

"알았다."

"정말요? 와, 다행이다. 정말 다행이야. 안 그랬으면 제 팔에 알통 생겼을 거라고요."

승희는 천연덕스럽게 이야기했지만, 승희의 속마음이 어디 있는지 뻔히 아는 박 신부는 그저 씁쓸한 미소만 지을 뿐이었다.

"예? 짐 들어 주는 일요?"

현암은 심드렁하게 대답했다. 박 신부는 난처한 듯 꾸물거리며 눈치를 살폈다.

"그래, 승희가 아무래도 짐이 많다고 도와줄 사람이 필요하다는데 아무리 생각해도 부탁할 사람이 자네밖에 없어서 말이네. 도와주겠는가?"

현암은 표정 변화도 없이 대답했다.

"뭐, 그렇다면 당연히 가야지요."

"음, 그래. 고맙네."

"뭘요, 그냥 짐 들어 주는 일인걸요."

"그래, 짐 들어 주는 일이지. 그러니까…… 아니, 됐다. 됐어."

현암이 정말로 눈곱만큼도 다른 생각이 없어 보이니 박 신부는 말을 잇기도 어색하고 덧붙여 말하기도 부끄러워져서 입을 다물었다. 그것을 옆에서 빤히 바라보던 준후가 말했다.

"현암 형, 짐 들어 주러 간다고?"

"그래야 할 것 같은데. 짐이 아주 많거나 무거운 모양이야."

"그런가?"

준후는 눈만 깜짝였으나 티 없이 맑은 눈망울에도 뭔가 야릇한 의혹의 눈빛이 떠올라 있었다. 차라리 이 꼬마가 목석같은 현암보다 눈치가 더 빠를지도 몰랐다.

"자자, 현암 군. 준비됐어?"

다음 날 아침 승희는 여덟 시도 채 되기 전에 박 신부의 집으로 쳐들어왔다. 물론 일요일이라고 해도 늦잠을 자는 법이 없는 현암이었지만 승희의 모습을 보고는 고개를 갸웃했다.

승희는 내심 뿌듯했다. 저 돌덩어리 같은 인간이 고개를 까딱하는 것조차 흔한 일이 아니기 때문이다. 그러나 곧바로 들려온 현암의 말은 승희의 기대를 산산이 깨뜨렸다.

"너, 오늘 장 보러 가는 거 아냐?"

"무슨 소리를 하는 거야? 쇼핑하러 갈 거야. 짐 들어 주기로 한 거 잊었어?"

"어, 잊지 않았지. 그런데 그게……."

현암은 여전히 무뚝뚝하기 짝이 없는 얼굴로 승희를 찬찬히 들여다보았다. 현암의 눈으로는 아무리 봐도 단순히 물건을 사러 나가는 복장으로 보이지 않았다. 한껏 멋을 낸 데다 여기저기 화려하게 꾸민 액세서리도 평범한 것들은 아니었다.

"물건 나르고 짐을 드는 데 그런 옷을 입으면 불편하지 않겠어? 더 편한 옷을 입고 가는 게……."

현암의 말에 부아가 치민 승희는 톡 쏘아붙였다

"짐은 현암 군이 들 거잖아!"

"그래도 물건은 내가 아니라 네가 사잖아. 그런데 왜……."

"됐어요. 어서 가기나 합시다."

"승희야."

"왜?"

"너 말이지. 너하고 나하고 아무리 그래도 나이가 몇 살이나 차이 나는지 알……."

"아, 됐네요. 아저씨! 이렇게 불러 드릴까? 현암 군이라고 불러 주면 고맙게 생각하진 못할망정……."

"그만하자."

현암이 재빨리 포기하자 승희가 눈을 흘겼다.

'저런 멋대가리 없는 돌덩어리 같으니라고……'

승희는 중얼거렸으나 뒷말은 속으로 집어삼켰다. 고지식한 현암에게 대놓고 말을 했다가는 눈을 부릅뜰 것 같아서였다. 무섭지는 않았으나 현암의 마음을 건드리는 것 자체가 승희에게는 어려운 일이었다.

어쨌든 박 신부의 당부도 있고 해서 현암은 주섬주섬 옷을 챙겨 입었다. 그리고 습관처럼 왼쪽 팔목에 월향검을 차는데 승희가 돌아보며 날카로운 눈빛을 보냈다.

"현암 군."

"승희야, 제발 현암 군이라고 부르는 건……."

"현암 구운!"

승희는 다시 한번 못을 박듯 말하며 다가와 현암이 입으려는 후줄근한 점퍼의 옷깃 부분을 톡톡 찔렀다.

"지금 말이야. 바깥 날씨가 아주 화창해. 그런데 이렇게 온몸을 칭칭 감고 나갈 거야? 덥지도 않아?"

그러나 현암은 무덤덤하게 말했다.

"난 덥고 추운 거 잘 안 가린다. 난 이게 편해."

"편하긴 뭐가 편해! 내가 불편해. 지금 봐. 내가 이렇게 공들여 빼입었는데 현암 군이 이런 차림으로 따라오면 어떨 것 같아?"

"그게 뭐, 무슨 상관인데?"

"휴, 안 어울린다는 생각 안 들어?"

승희가 쏘아붙였으나 현암은 무덤덤하게 말했다.

"짐 들어 주러 가는 건데, 뭘."

"하아."

승희가 답답해서 한숨을 내쉬며 눈을 날카롭게 떴다. 승희는 지나가는 사람이 한 번쯤 뒤돌아볼 만큼 예쁜 미모지만 눈매가 날카로워서, 눈을 치뜨면 무서워 보이기도 한다. 그렇게 눈을 치뜬 승희가 말했다.

"보는 내가 답답해서 못 견딜 것 같으니 그 옷 벗어. 반팔 옷으로 갈아입어."

"반팔?"

"왜, 반팔 싫어? 현암 군도 준후 같아? 꽁생원?"

"어, 왜 나를 가지고 그래요?"

어느새 옆에서 지켜보고 있었는지 준후가 볼멘소리를 했으나 승희는 꼬마의 말 따위는 듣지 않겠다는 듯이 현암에게 훈계하듯 말했다.

"현암 군. 이런 더운 날씨에 저렇게 누덕누덕한 걸 걸쳐 입고 백화점 돌아다녀 보세요. 도둑으로 오인받아요. 그런 추한 꼴 보이면서 다른 사람에게 부담 주고, 보는 사람 덥고 땀나게 만들며 다니고 싶으세요? 네? 현암 아저씨?"

승희가 까탈스럽게 따지자 현암은 귀찮은 듯 겉옷은 벗었으나 여전히 긴소매 옷을 갈아입을 생각은 하지 않는 것 같았다. 승희는 다시 한번 덧붙여서 말했다.

"현암 군, 내가 아까 반팔 옷으로 입으면 좋겠다고 했지? 말했어, 안 했어?"

"승희야."

현암은 곤란하다는 표정을 띠며 말했다.

"하지만 왼팔엔 월향검이 있잖아. 내가 긴팔 입는 거. 월향을 가리려고 한다는 거 아직도 모르니?"

"모르긴 내가 왜 몰라!"

승희는 꽥 소리를 질렀다. 그리고는 너무 큰 소리를 냈다고 생각했는지 금방 말투를 낮춰서 다시 말했다.

"짐 들어 주러 가는 데 꼭 차고 가야 되겠어? 짐하고 싸우러 가? 거기다가 잘못하면 금속 탐지기 같은 데 걸려. 몰라서 그래?"

그 말을 듣자 현암은 뒷머리를 긁적거리면서 고개를 끄덕였다. 현암은 조심스럽게 월향검을 팔목에서 풀더니 책상 서랍에 소중히 간직했다. 물론 뒤에서 눈꼬리를 이마 끝까지 곤두세우고 입술을 앙다물고 있는 승희의 표정은 보지 못했다.

"가자."

현암이 월향검을 수습하고 몸을 돌리자 승희의 표정은 생글생

글 웃는 원래의 얼굴로 돌아와 있었다. 어쨌든 칼에 딸려 있는 찜찜한 처녀 귀신을 떼어 내는 데 성공했으니까.

'오케이!'

승희는 속으로 생각하며 쾌재를 불렀다. 그리고 현암에게 애교 있게 웃어 보이며 말했다.

"그럼 가자! 현암 군."

그러자 현암은 또다시 멋대가리 없이 말했다.

"짐 들어 주러 가는 건데 뭘 이렇게 호들갑을."

승희의 왼쪽 눈 밑이 약간 씰룩였으나 내색하지 않고 앞장서서 걷기 시작했다. 현암은 어슬렁어슬렁 승희의 뒤를 말없이 따르다가 멈칫 서며 말했다.

"그런데 승희야."

언짢아진 승희가 대답 대신 고개만 살짝 돌리자 현암이 조금 멍한 표정으로 다시 물었다.

"그런데 반팔 옷 입어야 한다고 했잖아."

"아…… 그, 그거…… 응. 그래야지. 얼른 갈아입어. 저 앞에서 기다릴게."

"승희야."

승희가 바라보자 현암은 다시 한번 고개를 갸웃거리며 말했다.

"너 오늘 이상하다."

"뭐? 내가 뭘?"

"아니, 쇼핑하러 간다면서 차림도 좀 그렇고…… 내 옷차림에 대해서 참견하는 것도 그렇고. 야, 너 혹시…….”

승희는 잠시나마 가슴이 두근거렸다.

"무슨 좋은 일 있니? 누구 만나러 가는 거야?"

'휴…… 기대한 내가 바보지…….'

승희는 한숨을 쉬고 말했다.

"현암 아저씨. 아저씨도 밥통 같은 남자분들 중 하나세요오?"

"무…… 무슨 소리야?"

"여자가 치장하는 게 남자한테 잘 보이려고 그러는 거라 생각하세요? 바보 같은 남자분들처럼? 정신 차려, 현암 군. 여자가 치장하는 건 자기 기분에 따라 멋 내려고 하는 거야! 현암 군도 역시 바보였어?"

"흠흠…… 그렇다 쳐도 누구 만날 때 치장하는 건 사실이잖아."

승희는 언성을 높였다.

"얼른, 옷이나 갈아입어!"

원래부터 이렇게 철없는 승희는 아니다. 그러나 오늘 같은 날이 드물다는 기대 심리가 촐싹거리는 소녀처럼 만들었는지도 모른다. 아니면 승희 스스로 어리광을 부리고 싶었는지도 모른다. 어쨌든 스스로 느끼기에도 자신은 평소와 달랐고, 그것이 승희를 부끄럽게 만들었다.

승희는 성질을 내며 방문을 쾅 닫고는 밖으로 나와 발을 구르면서 속으로 외쳤다

'현암 군. 이 바보 둔탱이, 돌덩어리. 콱, 그냥…….'

그래도 오늘 같은 날이 언제 또 온다는 보장은 없었다. 부끄럽더라도, 난관이 있어도 물러날 생각은 없다.

승희가 현암을 끌고 간 곳은 백화점이었다. 현암은 아무 말 없이 묵묵히 승희의 뒤만 따라오고 있었으나, 승희는 백화점에 들어서자마자 뭐가 그렇게도 신이 나는지 쉴 새 없이 현암에게 조잘거리며 말했다.

"저거 봐, 저거 참 예쁘지? 가서 보자, 응?"

현암은 아무 말도 없이 터덜터덜 승희의 뒤를 따라 다녔다. 승희는 한참 동안 매장의 물건을 이것저것 들여다보기도 하고, 매장 점원과 이야기도 하고 간혹 깔깔거리며 웃기도 한다.

무슨 화장품이며 브랜드며, 승희가 알고 있는 기이한 지식이 그렇게 많을 줄은 몰랐다. 갖가지 외국어가 총동원된 명칭들에 무슨 재질이 어떠니 뭐라 뭐라 하는 성분이 어떠니 그래서 뭐에 좋고 뭐에 좋다는 이야기까지 쏟아져 나오는데 공대 출신인 현암은 한마디도 이해할 수 없었다. 현암에게는 복잡한 주술이나 기공 고서보다도 더 난해한 마법 연구처럼 들렸다. 현암은 혼자 속으로 생각했다.

'이거야말로 현대의 마법이네. 현대의 연금술이고 현대의 샤머니즘, 아주 기적이구만. 점원 말대로라면 화장품만 발라도 불로불사하겠다. 원 참.'

그런 식으로 일 층의 매장을 하나도 빠짐없이 돈 후에 에스컬레이터에 올라섰다. 현암도 터덜터덜 뒤를 따라 올라탔다. 이 층 매장은 약간은 다르지만 현암의 눈으로는 뭐가 다른지 구별할 수 없는 또 다른 매장들이 그득했다.

승희는 유쾌하고 자유롭게 뛰놀았다. 뛴다고 하면 화내겠지만 현암의 눈에는 정말 승희가 물 만난 고기처럼 뛰노는 것으로밖에 보이지 않았다.

현암은 지루할 뿐이었지만, 승희가 즐거우면 됐다는 생각으로 묵묵히 승희의 뒤만 쫓을 뿐이었다. 그런데 조금 더 시간이 흐르자 마음속에 의아함이 차올랐다. 평상시 승희는 조금만 오래 걸어도 숨을 헉헉대며 힘들고 지친다 말하곤 했다. 그러나 지금은 현암보다도 훨씬 더 활기차게 뛰어다니는데, 벌써 몇 시간째 이러고 있는데도 전혀 지친 기색을 보이지 않았다. 오히려 기공으로 단련된 현암의 다리가 조금씩 저려 오는 것 같은 느낌이었다.

현암은 생각했다.

'불가사의다.'

그러면서 또 다른 생각도 들었다.

'만약 백화점에서 유령이 나온다면 다른 사람을 부를 것도 없이 승희 혼자 퇴치하고도 남겠네.'

스스로 생각해 봐도 엉뚱하기 이를 데 없었지만 승희는 즐거운 듯 여기저기를 구경하며 환한 얼굴로 돌아다녔다. 그냥 그런 승희의 얼굴을 보는 것만으로도 만족스러운 현암은 여전히 터덜터덜 걸어서 승희의 뒤를 따라다녔다.

어느덧 점심때가 가까워졌다.

"아, 재밌었다."

승희가 말했다. 그 말을 들은 현암은 약간 어이가 없었다.

"승희야?"

"왜?"

승희가 한껏 기분 좋게 웃자 현암은 혹시나 기분을 건드릴까 봐 조심스럽게 말을 얼버무렸다.

"아…… 아니야, 됐어."

"아니, 뭔데? 그러지 말고 말해 봐."

"너 말이지. 음, 말해도 돼?"

"아니, 뭔데 그래?"

"너, 나를 짐 들어 달라고 불렀잖아."

"그랬지."

"근데 짐이 하나도 안 생기는걸?"

그 말을 듣자 승희는 아주 우습다는 듯 깔깔거리며 한참을 웃었다.

"아이고, 현암 군도 참. 여기는 말이야. 명품 매장이야, 명품. 이게 얼마나 비싼 줄 알아?"

현암은 애초에 관심조차 없었기에 가격표를 눈여겨본 적도 없다. 현암의 시력이면 아무리 작게 써진 글자도 읽을 수 있겠지만 볼 생각이 없었기에 보지 못한 것이다. 현암이 고개를 젓자 승희는 웃었다.

"그러니 이렇게 구경만 하는 거지, 뭐."

현암으로서는 이해가 되지 않는다.

"구경만 하는 게 뭐가 재미있지? 필요한 물건을 사는 게 즐거운 거 아닐까?"

"글쎄올시다, 현암 군. 하지만 난 즐거운걸? 나뿐만이 아니야. 여기 있는 여자들 거의 그래."

"……그런 거야?"

현암은 이해가 되지 않았다. 하지만 할 수 없었다. 짐 들어 주는 일을 하겠다고 약속을 했고, 한번 한 약속은 하늘이 무너져도 지켜야 한다고 믿는 현암이니까. 그저 터덜터덜 승희의 뒤를 따를 뿐이다.

백화점 식당가에서 간단히 점심을 마친 승희는 바야흐로 본격적으로 움직이기 시작했다. 명품 매장이 아닌 다른 매장을 돌면서 이것도 사고 저것도 사고, 오전과 똑같은 움직임이었지만 다른 면이 있었다. 이번에는 실제로 물건을 구입했다.

현암은 오전 내내 돌아다니고도 지치지 않는 승희의 체력에 경의를 표할 지경이 됐다. 그리고 현암에게 넘겨 주는 쇼핑백과 상자의 숫자는 점차 늘어 갔다. 처음에는 양손으로 몰아 쥐고 걷다가 그것으로는 부족해 급기야 양손을 모아 밑에서 받쳐 들듯이 수많은 상자와 쇼핑백들을 떠안은 채 곡예를 하듯 걸어야 했다.

사람이 아니라 크리스마스트리가 된 기분이었다. 더더욱 현암을 당혹하게 한 것은 승희가 화장실을 다녀온다고 말할 때였다.

현암은 심드렁하게 다녀오라고 했지만 승희는 날카롭게 현암을 째려보며 눈총을 주었다.

화장실 앞에서 기다려 달라는 뜻인 것 같은데, 이렇게 짐을 주렁주렁 얹은 모습으로 화장실 앞에서 기다린다는 것이 내키지는 않았다. 하지만 할 수 없이 뒤를 따라 화장실 앞에 섰다.

옆을 살짝 돌아보니 현암과 비슷한 처지의 남자들이 보였다. 그럴듯하고 훤칠한 차림이었지만 여자 화장실 앞에 서 있는 그들의 모습은 왠지 위축되고 쪼그라들어 보였다. 그러나 그중에서 제일 위축되는 것은 현암이었다. 다른 사람들도 쇼핑백이나 가방을 몇 개씩은 들고 있었지만 크리스마스트리를 방불케 할 정도로 짐을 들고 있는 것은 현암밖에 없었다.

무겁거나 힘들거나 지쳐서가 아니었다. 남들이 힐끗거리는 시선은 한없이 무덤덤해 보이는 현암에게도 그렇게 따가울 수가 없다. 하물며 화장실에 간 승희는 나오지도 않았다. 처음에는 부아가 치밀었는데, 조금 더 지나자 걱정이 되기 시작했다.

'혹시…… 무슨 일이 있는 건 아닐까…….'

그만두고 짐을 내팽개친 채 뛰어들고 싶은 욕망이 들었다. 그러다 만에 하나 아무 일 없었을 시에는 여자 화장실로 뛰어든 치한 취급이나 받을 것이다. 그래서 초조한 마음을 억누르며 억지로 서 있었다.

현암의 곁에 서서 다소 우울하거나 겸연쩍은 표정을 짓고 있던 비슷한 처지의 남자들도 하나둘씩 화장실에서 나오는 사람들과

짝을 이뤄서 떠나갔다. 몇 명은 새로 오기도 했지만 현암만큼 오래 서 있는 사람은 없었다. 새로 이 기다림의 대열에 합류한 남자 중 하나는 고개를 뻣뻣이 들고 흐뭇한 미소까지 머금고 있다.

'나는 승리자노라.'

말하지 않았지만 이렇게 선포하는 것 같아 보여 옆에 선 현암은 더 갑갑했다. 이유도 잘 모르겠지만 그냥 버티기가 힘들었다. 그러다 보니 별생각이 다 들었다. '폭' 자 결로 바닥을 뚫고 그냥 떨어지고 싶다. 그러다 지옥까지 뚫고 떨어지는 한이 있어도 그게 더 나을 것 같다. 현암은 걱정도 되고 다른 사람들 눈빛도 따갑고, 기다림에도 지쳐서 점점 속이 타들어 갔다.

'삼 분만 더 기다려 보자.'

맞은편에 저만치 보이는 시계를 좋은 시력으로 꿰뚫어 보며 현암은 속으로 생각했다. 그렇게 삼 분이 지났다. 그래도 승희는 나오지 않는다. 전에 없이 크게 마음이 무너져 스스로 했던 맹세를 깨뜨리기에 이르렀다.

'이 분만 더.'

막상 여자 화장실 안에서 승희는 볼일을 끝내고 느긋하게 벽에 반쯤 기댄 채 나름대로 시간을 죽이는 중이다.

'이 정도면 될까? 아니, 조금 더 기다려야 돼.'

승희가 바라는 것은 간단하다.

화장실에서 최대한 버틸 때까지 버티면 현암은 걱정을 할 것이다. 여기까지는 승희도 안다. 몹시 초조하고 불안할 것이다. 어쩌면 혹시 무슨 일이 생기지 않았나 걱정할지도 모른다. 그렇다고 여자 화장실에 함부로 뛰어들 수 없는 일이니 현암은 애만 바짝바짝 탈 것이다. 승희는 자기도 모르게 씩 웃었다.

'그러다가 착 나타나면 완전히 구세주처럼 보이지 않겠어? 그러면 제아무리 목석이라도 무슨 반응이 있겠지.'

오로지 그 계획 하나를 실행하기 위해서 승희는 거금을 투자했다. 짐 들어 달라는 핑계로 끌고 왔는데 짐이 없으면 쑥스러울 테니 카드 한도가 바닥을 칠 때까지 긁어 대며 이것저것 사들였다.

그렇게까지 공을 들여 세워 놨으니 제아무리 목석같은 현암이라도 자기가 튀어 나가면 반응이 있을 것이라 생각했다. 문제는 '정도'였다. 오래 기다릴수록 효과가 커질 수 있겠지만, 어느 한도를 넘어가 버리면 아예 도망쳐 버리든지 뛰어든다든지 하는 곤란한 사태가 벌어질지도 모른다.

'에이, 현암 군이 어떤 사람인데. 더 기다려야지. 좀 더 기다려도 될 거야. 그래서 안심하고 안도하는 표정을 꼭 봐야겠어. 그걸 정말 보고 싶었거든, 헤헤.'

그런 생각을 하며 승희는 안에서 자기도 지겨워 죽겠는 것을 억지로 참고 버티는 중이었다. 벌써 거의 사십 분 째다.

승희는 기대에 찬 얼굴로 밖으로 나왔다. 현암은 조금 떨어져 있었지만, 짐을 산더미처럼 쌓아 놓은 덕분에 화장실 앞의 굽이를 돌자마자 눈에 들어왔다. 승희가 다가가 최대한 애교스럽게 웃으며 말했다.

"현암 군. 오래 기다렸지?"

돌아보는 현암의 눈에는 승희가 기대했던 구세주를 보는 듯한 눈빛이 전혀 보이지 않았다. 헤어졌을 때와 똑같은 무덤덤하고 답답한 눈빛…….

"응."

하다못해 '괜찮아'라거나 '왜 이리 오래 걸렸어, 걱정했잖아'라는 말이라도 나왔으면 좋았으려만 현암은 딱 한마디만 했다.

"나왔구나."

"뭐가 나왔구나야!"

승희는 화를 벌컥 냈다. 그럼에도 현암은 무덤덤할 뿐이었다.

"어? 왜?"

"몰라! 좌우간 현암 군은……."

승희가 성질을 부리며 앞으로 터덜터덜 걸었다. 조금 전까지 시계를 보면서 초조하게 기다린 현암이다. 하지만 승희가 나오는 순간 현암은 초조한 표정을 싹 지우고 원래의 얼굴로 돌아왔다.

물론 현암의 마음도 무겁다. 하지만 내색할 수가 없다. 현암은 짐을 든 채 또 승희의 뒤를 쫓았다. 승희는 애써 생각한 계획이 수포로 돌아가자 화가 몹시 치밀어 올랐다. 현암이 뒤쫓아 오거나 말거나 성큼성큼 마구 걷고 에스컬레이터도 현암을 기다리지 않고 탔다.

짐을 잔뜩 들어서 앞이 보이지 않는 현암은 에스컬레이터를 타는 것이 몹시 불편했다. 하지만 승희의 뒤를 따르지 않을 수 없었다. 힘과 균형 감각이 뛰어나니 그렇게 아슬아슬하게 묘기처럼 쌓은 짐 덩어리를 안고도, 앞도 잘 보이지 않으면서도 쇼핑백 하나 떨어뜨리지 않았다.

물론 사람들과 부딪친 적도 없다. 누가 자세히 관찰했다면 묘기라고 할 만한 것이었지만 사람들은 저마다 볼일이 바빠, 짐을 많이 들고 가는 사람 정도는 아무도 눈길에 담아 두지 않았다.

그렇게 단박에 뛰듯이 성큼성큼 걸어간 승희가 도착한 곳은 백화점 배송 창구였다. 현암은 뒤를 쫓아 간신히 따라왔다. 배송 창구 앞에 도착하자 승희가 쌀쌀함이 가시지 않은 목소리로 말했다.

"내려놔, 현암 군."

현암은 말 잘 듣는 강아지처럼, 혹은 로봇처럼 무뚝뚝하게 짐을 바닥에 내려놓았다. 그러자 승희가 백화점 직원에게 배송을 요청했다. 백화점 직원 몇 명이 카트를 끌고 와서야 간신히 담을 만한 양이었다.

현암은 승희에게 말했다.

"배송시킬 거였어?"

그렇다면 직접 해도 될 것 아니냐는 것처럼 들려서 승희는 앙칼지게 눈을 치켜뜨며 언성을 높였다.

"그럼 내가 저걸 여기까지 들고 올 수 있을 것 같아? 현암 군이니까 들었지. 난 무거워서 들지도 못한다고!"

현암은 고개만 끄덕인 채 뭐라고 대꾸도 하지 않았다. 승희는 그게 더 답답했다. 차라리 화를 내고 따지고 든다면 오히려 지금보다는 마음이 편할 것 같은데, 이 돌덩어리 같은 인간은 고개만 까딱거릴 뿐이지 석상과 다를 바가 없었다.

'정말로……'

승희가 한숨을 내쉬었지만, 현암은 물끄러미 바라만 볼 뿐 아무 내색도 하지 않았다.

'아휴, 할 수 없지. 내가 너무 큰 기대를 했었나? 아…… 내 카드값, 그걸 어떻게 메우지?'

속으로는 울상이 됐지만 승희는 애써서 표정을 바꿨다. 여자의 변심은 빠르다.

"현암 군, 이제 됐어."

"그래? 그럼 이제 가는 거야?"

"아니, 어쨌든 여기까지 오느라고 힘이 돼 주었는데, 내가 현암 군 힘들게만 한 것 같지?"

현암이 가만히 보다가 무뚝뚝하게 말했다.

"승희, 너……"

"왜에?"

승희가 나름대로 애교를 부리며 말하는데 현암이 툭 던지듯 말했다.

"이제 그만 집에 가자는 거지?"

승희의 마음이 또 한 번 상처받았다. 하지만 내색하고 싶지 않아 억지로 눌러 참았다.

"아니, 현암 군 고생했는데. 이대로 그냥 보낼 수 있겠어? 따라와, 따라와."

"음? 나는 이만 들어가서 수련을……."

"아이, 따라와."

승희는 현암의 소맷자락을 잡으려고 했다. 여자가 남자의 손목이나 손을 덥석 잡는 것은 아무래도 쑥스러운 일이다. 친구처럼 막역한 관계일 때는 아무도 신경 쓰지 않겠지만 승희처럼 현암을 마음에 두고 있을 때는 오히려 주저해 다른 남자 손목 같으면 서슴없이 잡았을 터인데 잡지 못했다.

그래서 그 대신 애교스럽게 소매를 잡으려고 한 것인데, 생각해 보니 현암의 웃옷을 벗겨서 반팔 차림을 시킨 것이 바로 자기다. 당연히 소매가 있을 리 없다. 승희는 자기도 모르게 슬쩍하며 내밀던 손을 거두고 앞장서서 걸었다. 현암 같은 돌덩어리에게는 설명하는 것보다 그냥 움직이는 편이 편하다. 그러면 자동으로 따라온다.

역시 현암은 무덤덤한 표정으로 물끄러미 승희의 뒤를 바라보다가 터덜터덜 발을 옮겼다.

승희가 잡은 택시에 올라탄 다음에야 현암은 승희의 얼굴을 바라보았다. 어디로 가는지 말조차 하지 않았기 때문이다. 그러나 승희는 현암에게 말하는 대신 택시 기사에게 말했다.

"아저씨! 월미도 가 주세요."

그제야 석상이 간신히 입을 열었다.

"월미도? 인천이잖아."

"응! 왜?"

"아니, 왜 거기까지 가?"

"바다 보고 싶어서."

"난 짐 들어 주러 온 거니까 먼저 가면 안 될……"

"현암 군 짐 들어 준 게 고마워서 그러는 건데…… 사람 성의를 꼭 이런 식으로 무시해야 돼?"

승희가 살짝 눈을 흘기며 말하자 뭐라 대꾸할 말이 없어진 현암은 고개를 돌리고 입을 다물었다.

"그렇다면 가지, 뭐."

말로는 '가지, 뭐'라고 했지만 실제로는 '가고 싶지 않아 죽겠는데……' 하는 마음이 행동에 너무도 적극적으로 묻어 있었다. 승희는 눈썹을 곤두세워 심술궂은 표정이 될 뻔했지만 필사적으로 누그러뜨렸다.

누군가 옆에서 보고 있었다면 안쓰러울 정도의 노력이었다. 그런데 일이 꼬이려고 그러는지 하필이면 그날따라 길까지 막혔다. 어느 구간에서 사고라도 난 걸까. 정체가 상당히 심했다. 심해도 보통 심한 게 아니었다.

요금이 올라가면 좋아할 택시 기사조차도 미안한 기색을 띠며 계속 가도 괜찮겠냐고 승희에게 몇 번이고 물어보았다. 승희도 속으로는 열불이 나서 죽을 지경이지만 겉으로는 태연하게 대답했다.

"이제 와서 돌아갈 수도 없죠, 뭐. 그냥 가 주세요."

승희의 속은 바짝바짝 타들어 갔다.

'내가 이러려고 그 공을 들여서 이 돌덩어리를 끌고 나온 게 아닌데. 아, 짜증 나. 정말 도대체 왜 이러는 거야.'

옆에 앉은 현암은 묵묵히 승희의 반대편 창으로 고개를 돌린 채 석상이 된 것처럼 꼼짝도 않고 앉아 있었다. 꼼짝도 않는 정도를 넘어서서 정말 석상이 돼 버린 것이 아닐까 의심이 될 정도로, 그야말로 손톱 끝 하나 움직이지 않았다. 가끔씩 깜박이는 눈망울이 없었다면 정말 석상으로 변해 버린 것이 아닌가 할 정도였다. 석상 노릇 한번 제대로 하려는지 대화는커녕 입술도 까딱 않았다.

운전기사는 둘이 싸운 것으로 지레짐작하고 아예 입을 봉했다. 그래서 정체에 가로막힌 긴 시간 동안 택시 내부에는 침묵과 정적만 쌓이고 쌓여 갔다. 승희는 답답하고 짜증이 나서 하마터면 자기도 모르게 눈물이 터져 버릴 뻔했다. 이러려고 나온 게 아닌데. 이럴 시간 없는데…….

'아, 정말 이게 뭐야.'

하지만 승희의 답답한 속도 모르고 교통 정체는 풀리지 않았다. 누가 사고를 낸 것인지 혹은 다른 이유 때문인지 모른다. 허나 누군가의 실수로 이런 것이라면, 또 승희가 속으로 그 '누군가'에게 읊어 댄 저주가 통했다고 한다면 그 사람은 필경 편안한 종말을 맞이하지는 못하리라. 그 정도로 승희의 조바심은 심했다.

해가 저물다 못해 사방이 어두워지기 시작한 다음에야 조금씩 정체가 풀리기 시작했다. 길이 막히지 않았다면 한 시간 남짓으로 갈 거리를 벌써 네 시간째 굼벵이처럼 꿈지럭거리며 몇 센티미터 단위로 나아갔을 뿐이다. 그래도 막힌 것이 터지자 그런대로 전진해 마침내 월미도에 도착했을 때는 해가 저무는 정도가 아니라 깜깜해진 이후였다. 승희가 볼멘소리로 말했다.

"저녁노을이 좋다고 했는데. 아, 씨, 정말."

승희가 자기도 모르게 성질을 부리려고 하자 그때까지 뒤만 따라오던 현암이 조용히 달래듯 말했다.

"밤바다도 보기 좋아."

승희가 안쓰러워 보여 한 말인지, 동정으로 한 말인지 아니면 그냥 나오는 대로 한 말인지 명확하지 않았지만 '석상'의 말 한마디에 승희의 활기가 살아났다.

"그러고 보니 그렇겠네. 응, 그래. 운치 있어. 별도 보이겠지?"

그러나 현암은 아까 준 기대를 거두어 가듯 인정머리 없이 말했다.

"별 잘 안 보여. 요새는 매연 때문에……."

"현암 군. 너무해. 꼭 그렇게 말해야 돼?"

현암은 여전히 석상처럼 표정조차 변하지 않았다. 간신히 현암의 말에 기운을 얻어 어떻게든 분위기를 추스르려다가 다시 기분을 잡치게 된 승희는 이제는 화가 치밀어 올랐다. 그래서 여전히 뭐라고 이야기도 하지 않고 성큼성큼 걸어서 앞장섰다.

이미 어두워져 깜깜해졌으나 승희는 걸음을 멈추지 않았다. 그래도 바닷가라고 백사장을 찾아보려 했으나 월미도는 거의 개발이 끝난 지역이라 지리를 잘 모르는 승희가 백사장을 찾는 것은 어려웠다. 놀이공원 비슷한 것도 있다고는 들었는데 도저히 찾을 엄두가 안 났다. 다리가 너무 아파서다.

아침부터 백화점에서 무리한 다리가 이제는 아프다 못해 서서히 저려오기 시작했다. 승희는 오기로 성큼성큼 걷다가 결국 견디지 못하고 근처의 벤치에 주저앉아 버렸다.

한껏 멋을 내느라 무리하게 굽이 높은 새 하이힐을 신었더니 발꿈치도 까진 것 같고 발톱 한쪽도 콕콕 쑤시는 게 깨지기라도 한 것 같았다. 그런데도 현암은 아무 말 없이 터덜터덜 걸어와서 승희의 옆에 털썩 주저앉았다.

역시 아무 말도 하지 않고 앞만 바라본다. 불행하게도 눈앞에 바다의 풍경은 보이지 않는다. 그저 어지럽게 산재된 월미도 카페 주변의 조명들과 잘 보이지 않는 시커먼 섬 그림자만이 들어올 뿐, 기분 좋게 파도치는 바다의 수평선도 보이지 않는다. 자리를 잡아도 정말 잘못 잡았다.

"아휴."

승희는 한숨을 쉬었다. 승희가 한숨을 쉬건 말건 현암은 가만히 앉아 있었다. 답답하기 그지없다. 이제는 원망스럽다 못해 미워서 죽을 지경이다. 생각 같아서는 달려들어서 얼굴을 손톱으로 박박 긁어 놓고 싶은 충동이 든다. 그러나 당연히 그렇게 하지는 못 한다. 현암이 순순히 받아 줄 사람도 아닐 것 같고, 화가 난다고 정말 그럴 승희도 아니다.

'아, 정말. 이 돌덩어리를 어떻게 해야 할지.'

승희는 그래도 포기하기 싫어 헛된 망상까지 하기 시작했다. 지나가다가 불량배라도 집적거려 주지 않나, 그러면 설마 현암 군이 가만히 있지는 않을 거 아냐. 그렇게 해서 현암 군이 나를 구하고 나면 기분이 풀리려나. 아, 제기랄. 그렇다고 불량배가 내 마음대로 소환되는 것도 아니고.

'내가 무슨 생각을 하는 거야?'

허나 아무리 무뚝뚝한 석상이라도 단 하나, 승희가 믿어 의심치 않는 것이 있으니 불량배 따위는 백 명이 모여도 현암의 손가락 하나 당해 내지 못한다는 사실이다.

그런 것이 있기 때문에 이런 치졸한 망상조차도 태연히 즐길 수 있었다. 그런 승희의 마음을 천지신명이 읽기라도 한 듯 저만치에서 껄렁대는 소리가 들려왔다.

"어! 저게 뭐야? 오, 경치 좋은데? 아가씨 예쁘네."

이렇게 후진 표현을 정말 현실에서 쓸까 싶을 만큼 싸구려 말투였지만 승희에게는 반갑기 그지없었다. 승희는 현암이 옆에 있었기에 당연히 두려움 따위는 애당초 있지도 않았다.

어쩌면 그런 것 때문에 이 무뚝뚝한 돌덩어리를 절대 떠나고 싶지 않은 건지도 몰랐다. 물론 단순하게 힘만이 아니라 이런 무뚝뚝한 면까지 포함해서 좋게 생각하고 있는 걸지도…….

어쨌거나 하루 종일 실패만 계속하다가 간신히 찾아온 행운(?)의 기회다. 승희는 놀란 듯 현암의 옆에 바싹 몸을 붙이며 말했다.

"어머머, 어떻게 해? 불량배인가 봐."

그러나 현암은 흘끗 돌아볼 뿐 대답이 없었다. 남자들이 저쪽에서 비척거리며 다가오는데, 모두 세 명이었다. 보아하니 그런대로 차림새들이 깔끔한 것이 승희가 애당초 바랐던 불량배는 아닌 것 같았다. 다만 술이 많이 취해서 술김에 몇 마디 장난하는 것으로 보였다. 더구나 옆에 남자가 앉아 있는 것을 보자 무안한지 슬그머니 꽁무니를 빼려고 했다.

'아! 세상에 저것들. 불량배도 못 되니? 세상에 불량배가 이렇게 귀했어? 우리나라가 언제부터 이렇게 살기 좋았다고?'

승희에게는 적어도 불량배가 없는 지금 이 현실이 안타깝게 느껴졌다. 현암은 다시 고개를 똑바로 돌려 앞만 볼 뿐 뭐라고 대꾸조차 하지 않았다. 부아가 치민 승희는 자신도 모르게 남자들을 향해 빽 소리를 질렀다.

"야! 이 미친놈들아! 멀쩡히 있는 여자를 희롱하냐? 여자한테 무슨 소리야? 너희 깡패야? 양아치야?"

남자도 아니고 여자가 언성을 높여 시비를 걸자 술 취한 남자들이 기가 막힌 듯 돌아보며 힐끔거린다. 그런데 목소리가 너무 드세서 그런지 애당초 두려움을 갖지 않아서 그런지 우습게도 그쪽이 겁을 먹고 주춤거리는 것 같다.

승희는 속으로 욕했다.

'아후, 저런 바보들. 여자가 무서워?'

속으로 갖은 욕을 해 대니 겉으로 표현도 더 드세졌다. 이왕 이렇게 된 거, 승희는 아예 목청을 더 높여 버렸다. 어정쩡하게 해서 안 되면 화끈하게 자극시킬 생각이었다. 어떻게든 이 돌덩어리를 움직이게 하기 위해서.

현암은 그제야 살짝 당황한 표정을 지으며 말리려는 듯했지만, 승희는 불량배 아닌 불량배들에게 더욱 소리를 질러 대서 그들을 화나게 만들었다. 화나게 만들었다기보다는 슬며시 불량배가 되게끔 기세를 북돋아 주었다고 보는 편이 맞다.

아주 이상한 말싸움이었지만 결국은 참다 못해서 혹은 술기운에 의해서인지, 그중 하나가 반팔 차림인데도 팔을 걷어붙이는 시늉을 하며 다가왔다.

'휴…… 됐다.'

안도의 한숨을 속으로 내쉰 승희는 조바심 나는 척 현암에게 말했다.

"현암 군, 어떡해?"

현암은 묵묵히 자리에서 일어나 남자의 앞을 막아섰다.

'그래, 멋있다. 현암 군. 그래, 그렇게 하는 거야.'

현암이 앞을 막아서자 다가들던 사람은 주춤했으나 동료가 위험에 빠진 것처럼 생각되자 나머지 두 사람도 달려왔다. 세 사람이 에워쌌지만 현암은 그들을 무심한 눈길로 쳐다볼 뿐 팔조차 들어 올리지 않았다.

승희는 의아했지만 그래도 현암의 실력을 의심치는 않는지라 겁내지 않았다. 머릿수가 많은 것을 믿었는지 맨 처음 나섰던 남자가 주먹을 휘둘러 현암에게 달려들었다. 승희의 눈에조차 슬로 모션처럼 보일 정도로 느려 터진 일반인의 주먹인지라 승희는 현암이 어떻게 그것을 막을까만 흥미진진하게 지켜보고 있었다.

그러나 승희의 예상은 보기 좋게 빗나갔다. 퍽 하는 소리가 들리며 남자의 주먹은 그대로 현암의 얼굴을 후려쳤다. 현암은 고개만 조금 옆으로 돌렸을 뿐 꼼짝도 하지 않았다.

"어, 이거 뭐야? 완전 물이네?"

조금 용기를 얻은 듯 나머지 두 사람도 다가왔다. 그리고 여기저기서 거침없이 현암의 온몸을 정신없이 두들겨 패기 시작했다. 현암이 꼼짝도 않고 반항도 안 하니, 스트레스 해소용처럼 생각되는 모양이었다. 정작 그 광경을 지켜보는 승희의 얼굴은 울상이 됐다.

'현암 군, 왜…… 대체 왜?'

현암은 까딱도 하지 않고 꼿꼿이 선 채로 맞고 있었다. 보다 못해 승희는 핸드백을 꽉 쥐며 현암을 구하러 몸을 일으켰다. 그러나 남자들은 승희를 거들떠보지도 않고 때리는 데만 집중해 갔다.

승희는 억울해서 남자에게 달려들며 마음속에 깃들어 있는 애염명왕의 힘을 끌어내려고 했다.

그때였다. 꼼짝도 않고 서서 맞고 있던 현암이 승희를 향해 손을 번쩍 들어 보였다.

승희에게 손을 벌려 보인 몸짓은 그만두라는 뜻이 분명했다. 승희는 울상이 됐지만 남자들은 킥킥거리며 계속 현암을 때리고 발로 걷어차기까지 했다. 그런데도 현암은 꼼짝도 하지 않았다. 그리고 계속 승희만을 엄격한 눈빛으로 바라보며 절대 안 된다는 무언의 신호만 보내고 있었다. 승희는 계속 맞는 현암이 안쓰러워 자기도 모르게 눈물을 주르륵 흘렸다.

"뭐야, 현암 군. 뭐야, 도대체……. 바보…… 바보……."

승희가 눈물을 보이는 순간, 현암은 살짝 입술을 깨물었다. 그 순간 퍽퍽 하고 내리치던 소리가 갑자기 빡! 뚝! 하는 소리로 바뀌었다. 그와 동시에 현암을 때리던 세 사람의 남자가 주먹을 움켜쥐고 비명을 지르면서 엉덩방아를 찧었다.

"내 손!!"

"뭐, 뭐야, 이건?"

"돌덩어리를 친 것 같잖아. 어이구! 부러진 것 같아."

삽시간에 현암의 몸이 돌덩어리나 쇠뭉치처럼 변해 버려 세 사람 모두 동시에 손을 다친 것이다. 그러자 현암은 가만히 세 사람에게 다가와 얼굴을 내밀었다.

"더 하지 그래?"

"와악!"

세 사람은 현암의 태연한 태도보다도, 여태까지 그렇게 두들겨 팼는데 얼굴색 하나 변하지 않고 긁힌 상처 하나 없는 현암의 얼굴이 더 무섭게 느껴졌다. 그리고 무덤덤하지만 뭔가 무섭기 그지

없는 눈빛도. 세 사람은 엉덩방아를 찧은 채로 몸을 질질 끌며 뒤로 도망가다가 급기야는 비명을 지르면서 달음질치기 시작했다.

현암은 뒤쫓지도 않고 손 하나 까딱하지도 않은 채 묵묵히 보고 있었을 뿐이다. 갑자기 뒤에서 승희가 현암의 뒤통수를 핸드백으로 퍽 갈겼다. 현암이 깜짝 놀라 뒤돌아보니 승희는 울음을 터뜨리며 외쳤다.

"뭐야. 도대체 현암 군, 바보같이 왜 맞고 있어?! 왜!"

"하나도 안 아팠거든."

현암이 태연하게 말했지만 승희는 계속 울며 소리를 질러 댔다.

"바보, 바보!"

"승희야, 사람들에게 함부로 힘을 쓰면 안 되잖아. 사실 내가 공력을 쓴 것도 그래서는 안 되는······."

승희는 참지 못하고 주르륵 눈물을 흘렸다.

"바보, 뭐가 뭔지 하나도 모르지? 나는 현암 군이 맞는 게 싫단 말이야. 왜 그깟 것들에게 맞고 있어? 안 아프면 다야? 기분은 안 나빠? 그깟 것들이 그렇게 무시하는데, 현암 군은 자존심도 없어?"

현암은 그 말에 조금 고개를 숙였으나 천천히 말했다.

"나도 자존심은 있다."

"그럼 뭐야, 왜 바보같이 맞고만 있어? 응? 그러고도 남자야?"

현암은 고개를 살짝 저으며 말했다.

"이럴 때 세우는 자존심이 아니다."

"몰라, 난 모른다고. 내가 얼마나 놀랐는지 알아? 내 걱정은 조금도 안 해 주는 거야?"

현암은 뭐라 할 말이 없어서인지 입만 굳게 다물고 있었다. 승희는 성질을 못 이겨서 힐 굽이 부러지는 것도 상관하지 않고 쾅쾅 발을 구르며 외쳐 댔다.

"어차피 현암 군은 짐 들어 주러 온 것뿐이지? 나도 짐 덩어리나 마찬가지인 거지? 아, 정말…… 정말로…… 난, 난……."

승희는 주르륵 눈물을 흘리더니 굽이 부러진 하이힐을 신은 채 절뚝거리며 달려가 버렸다.

승희가 몸을 돌리자마자 현암의 무뚝뚝하게 굳은 얼굴이 안타까운 표정으로 일그러졌다. 현암은 손을 내밀려는 듯이 오른손을 약간 들어 올리다가 입술을 깨물며 손을 천천히 내렸다.

그사이 승희는 엉엉 울면서 저만치 보이지 않는 곳까지 달려가고 있었다. 현암의 얼굴이 슬프게 일그러지며 입에서 깊은 한숨이 새어 나왔다.

현암은 승희가 간 반대쪽으로 천천히 몸을 돌린 후 두어 발짝 옮기다가 다시 한번 한숨을 쉬고 그 자리에 쭈그려 앉았다. 콘크리트로 지어진 방파제 언덕의 끝은 바다가 보이긴 했지만 청량하지도 않았고, 풍경도 그럴듯하지 않았다.

매연 때문인지, 구름 때문인지 별빛조차 보이지 않았다. 현암은 무심코 옆에 있는 돌멩이를 하나 들고 모랫바닥에 낙서를 했다.

승희

두 글자를 쓴 현암은 옆에 기다란 작대기 두 개를 그어 등호 표시를 했다. 그리고 그 옆에 다시 몇 자를 썼다.

승희= 짐 덩어리

현암은 잠시 머뭇거리다가 다시 돌을 들어 그 밑에 썼다.

짐 들어 주고 싶다. 언제까지나…….

거기까지 쓴 현암은 고개를 숙이고 뭔가를 생각하더니, 몸을 일으켜 발로 쓱쓱 비벼 낙서를 지워 버렸다. 낙서만 지워진 게 아니라 땅이 살짝 파일 정도로 힘주어 문댔다. 그리고 손에 들었던 돌을 저 멀리 바다를 향해 힘껏 던졌다.

현암의 힘을 받은 조그마한 돌은 총알처럼 날아가 보이지 않을 정도로 멀어져 갔다. 현암은 깊은 한숨을 내쉬며 천천히 걸음을 옮겼다.

항상 무표정하고 덤덤하던 현암의 얼굴에 이렇게 깊은 수심이 드리워진 것을 승희가 봤다면, 기뻐했을지도 모르리라. 그러나 승희 앞에서 현암은 결코 그런 표정을 짓지 않았다. 아니, 그럴 수 없었다. 그래서는 안 되기 때문에…….

현암도 눈치 없는 석상은 아니다. 도리어 눈치라면 빠른 편에 속한다. 오히려 그렇기에, 승희의 마음을 알기 때문에 현암은 그렇게 할 수밖에 없었다. 그렇게 따지면 무뚝뚝한 돌덩어리라고 한 승희의 표현은 현암의 마음을 정확하기 짚은 것인지도 모른다. 현암의 마음은 그게 아니더라도, 그게 맞다.

'돌덩어리…… 그래, 난 돌덩어리일 뿐…….'

새벽녘이 돼서야 현암은 혼자 택시를 타고 집으로 돌아왔다. 수심 어린 어깨가 축 처져 있었다. 박 신부는 그때까지 책을 읽으며 현암을 기다리고 있었다.

"왜 그렇게 힘이 없나, 현암 군?"

현암은 조금 망설이다 무뚝뚝하게 대답했다.

"짐 들어 주는 일이 너무 힘들더군요. 승희는 무사히 잘 도착했을까요."

"안 그래도 승희가 전화했다네. 자기가 먼저 왔다며 자네 잘 왔는지, 그리고 미안했다고 전해 달라는군."

"아."

현암의 안색이 잠깐 밝아지는 듯하다가 곧 필사적인 노력에 의해 원래의 무표정으로 돌아왔다. 아쉽게도 박 신부는 그 짧은 순간의 변화를 알아차리지 못했다. 아니, 알아차렸다 한들 박 신부는 아무 말도 하지 않았을 것이다.

그렇게 돌아서서 자신의 방으로 가는데 준후가 쪼르르 달려와 물었다.

"형, 왜 이렇게 늦게 왔어요?"

"응. 짐 들어 주다가."

"그래요. 그런데 왜 그렇게 기운이 없어 보이죠?"

"아니, 기운이 없지는 않아……."

현암은 애써 준후에게 웃어 보였다.

"그런데 말이지, 준후야."

"네?"

"짐 들어 주는 것보다, 짐 안 들어 주는 것이 훨씬 더 어렵더라."
"네? 무슨 말 하는 거예요, 형?"
그러자 현암은 슬픈 듯한 미소를 띠며 조용히 얼버무렸다.
"넌 아직 몰라도 돼."

> # 생령 살인
>
> 『퇴마록(세계편)』, 퇴마사들의 출국 직후

"어서 오십시오."

책상에 앉아 있던 백호가 정중하면서 엄하게 말했다. 막 문을 열고 두리번거리며 들어선 남자는 건들거리는 태도로 물었다.

"당신이 백호요?"

"그렇습니다."

"이 방, 번호가 백 호실이던데……."

"그렇습니다."

"그래서 백호라 불리는 거요? 아니면……."

그러자 백호는 웃으며 입에 물고 있던 맨담배를 옆으로 능숙하게 돌리고 말했다.

"제 이름이 궁금하신가 보군요. 이름은 호우라고 합니다."

백호가 자신의 책상 위에 높인 명패를 살짝 건드려 보였다. '검사 백호우'라는 글자를 본 남자는 피식 웃었다.

"본명과 별명에 직책이 한 덩어리시네? 재미있군. 이렇게 젊은 나이에 높은 검사시고."

남자가 말하자 백호는 대답하지 않고 살짝 웃었다. 그리고 미소를 거두며 손짓으로 맞은편에 있는 의자를 가리켜 보았다. 남자는 역시 건들거리는 걸음으로 태연히 다가가 털썩 주저앉았다.

"그런데 그런 분이 나 같은 사람을 왜 찾은 겁니까?"

백호는 조용하지만 빈틈없는 시선으로 남자를 바라보며 말했다.

"박상준 씨 맞으시죠?"

"그렇소."

"보통 주기 선생이라고 불리신다고 들었습니다만."

"거 누구한테 들었소?"

상준이 눈썹을 씰룩거렸다. 지금은 평범한 옷차림이다. 아니, 어떻게 보면 보통 사람보다 조금 튀는 옷차림을 하고 있는 셈이다. 한눈에도 값비싸 보이는 황색 가죽점퍼를 입고, 신고 있는 구두나 하의 역시 돈깨나 들었을 것같이 보였다. 그러나 전반적으로는 조화가 잘되지 않고, 간판처럼 명품을 두른 것 같아 속물스럽게 느껴졌다. 보통 사람과 다른 면이 있다면 코 밑은 깨끗하게 정리하고 턱 밑에만 기른 특이한 수염뿐. 그 외에는 조금도 특이한 기색이 느껴지지 않는 평범한 얼굴이었다. 백호는 그런 감상을 드러내지 않고 조용히 말했다.

"탁 터놓고 이야기해 봅시다. 저는 잘 모르겠습니다만 십이지번이던가요? 그런 주술을 사용하실 줄 안다고 들었습니다만……."

"허허, 그런. 대체 누구한테 들었어? 나 평범한 사람이라니까?"

"이현암 씨 아시죠?"

백호의 말에 시치미를 떼던 상준은 눈썹을 일그러뜨리며 인상이 굳어졌다.

"이현암? 그 자식이 나에 대해 말했소?"

그러자 백호는 말했다.

"조금도 거리끼실 것 없습니다. 세상 사람들은 상준 씨가 무슨 일을 하는지 모르겠지만 저는 이미 알고 있습니다. 그리고 물론 그것을 섣불리 퍼뜨릴 생각 같은 건 조금도 없으니까요, 안심하시기 바랍니다."

"아니, 그래도 여긴…… 검사실 아니요? 혹시 나에게 무슨 볼일이 있다는 게……."

어딘가 모르게 꺼리는 듯한 눈빛이 느껴져 백호는 속으로 쓴웃음을 지었다. 항상 당당하고 흔들림이 없던 현암의 눈동자와는 달라도 많이 달랐다. 현암을 비롯한 퇴마사들은 일견 평범해 보이면서도 속세의 때가 묻지 않았다. 현실 세계에서 온 것 같지 않은 당당함과 떳떳한 기운이 느껴지는 데 비해 상준이라 불리는 남자는 오히려 어둠에 가까운 것처럼 보였다. 직업의 특성상 범죄자나 비슷한 사람을 수도 없이 겪어 본 백호. 오히려 상준의 이런 태도와 눈빛은 백호에게 쉽게 읽혔다.

백호는 생각했다.

'현암 씨가 추천할 정도라면 보통 사람은 아니겠지. 하물며 그

들이 없는 상태에서는 이 사람을 한번 믿어 보는 수밖에. 특히 이 사건의 경우는…….'

백호가 생각하자 상준은 답답하다는 듯 말했다.

"이리저리 돌리지 말고 빨리 말하쇼. 날 취조하겠다는 거요? 뭔가 청하는 게 있는 거요?"

상준이 말하자 백호는 다시금 쓴웃음을 지었다.

'참 단순한 사람이군. 오히려 이 편이 편할지도…….'

백호는 차분하게 상준을 바라보며 말했다.

"물론 도움을 요청하는 겁니다. 조금도 꺼리실 게 없습니다. 물론 꺼리실 바야 없으실 테지만요."

상준은 그 말에 아무 대답도 하지 못했다. 그러자 백호는 차분하게 책상 한편에 밀쳐놓은 서류철을 들어 상준에게 내밀며 말했다.

"한번 보시죠."

"이게 뭔데요?"

상준이 묻자 백호가 대답했다.

"제가 요청하려는 일에 대한 서류들입니다."

상준은 머뭇거리다가 파일을 받으며 말했다.

"현암 그 친구가 이야기했는지 모르겠는데, 나 비쌉니다."

백호는 쓴웃음을 지었다.

"나라의 일인데도 말입니까?"

"아, 그런 건 나는 모르고. 나랏일이면 당신 같은 공무원이 알아서 해야지. 왜 나 같은 사람한테 청하는 거요?"

"그럴 만한 특수한 상황이 있으니까 그런 거죠."

"어쨌든 다시 말하겠소. 난 비싸."

백호는 웃으며 고개를 끄덕였다.

"그렇게 나와 주시는 게 오히려 편합니다. 상준 씨에게 도움을 청했다는 것을 공식적으로 밝힐 수 없는 이상 이쪽도 나름대로 각오는 하고 있었으니 말이죠."

"뭐, 나랏일이라니까 비싸게 부를 건 아니고. 그래도 말이오. 나도 살아야 되잖수. 주술 익히는 게 어떤 건지 당신들은 아쇼?"

"됐으니까 파일이나 보시죠."

백호는 다소 차갑게 말했다. 상준은 내심 나름대로 불만스러워서 속으로 투덜댔다.

'또 현암, 그 자식이야? 이런 제기랄. 여기서도 현암, 저기서도 현암……. 도대체 내가 그놈하고 비교해서 뭐가 모자라는데……. 왜 다들…….'

부아가 치밀었으나 그래도 공식적으로 검사에게 일을 의뢰받는다는 것은 상준에게는 뿌듯한 일이었다. 상준은 파일을 열어 그 안에 들어 있는 서류를 훑어보기 시작했다. 제일 먼저 나온 것은 늙수그레하고 눈빛이 음흉해 보이는, 반쯤 머리가 벗겨진 초로의 남자 사진이었다. 상준은 그것을 보자마자 허! 소리를 내며, 더 볼 것도 없다는 듯 파일을 덮었다.

"이거…… 최 교주 아니오?"

백호는 상준을 다소 날카롭게 바라보며 말했다.

"아는 사람입니까?"

"글쎄, 친분이 있는 건 아니지만 이쪽에 대해 아는 사람이라면 대충 알지."

"그 사람이 어떤 능력을 지니고 있는지 아십니까? 제 말은 보통 사람들이 생각하지 않는, 그러니까 당신들이 주술 내지는 영능력이라 말하는……."

"아, 주술 그런 거 아니고 이 사람은 그냥 괴물이요."

"괴물이요?"

"그렇소. 배워서 익힌 게 아니라 그냥 타고났으니 괴물이라 할 수밖에. 왜 그런 거 있잖소. 초능력자 비슷한 거 아닐까 하고 우리 쪽에서는 생각하고 있다오. 그런데 이 사람을 왜……."

"서류를 좀 더 검토해 주시길 바랍니다만."

"아, 나 이런 거 읽는 거 싫어하니까 그냥 말로 하쇼. 이 사람 원래 좀 안 좋다고 소문나긴 했는데 어째서 검찰까지 관심을 보이는지 모르겠어서 말이오."

"이 사람에 대해 개인적으로도 좀 아십니까?"

"그냥 소문을 들은 거지 특별히 친한 것은 아니라니까. 나 이런 부류하고 어울리는 사람 아니오. 그래도 난 도가 쪽을 정통 수련한 사람이라고."

"아시는 것만 말씀해 주시면 고맙겠습니다만."

"내가 최 교주라고 하는 걸 들으면 감이 안 오슈?"

"상준 씨의 입을 통해 듣고 싶군요."

백호가 날카롭게 말하자 상준은 흥 하고 코웃음 치더니 말했다.

　　"벌써 딱 들으면 감이 오잖소. 교주잖아, 교주. 교주라고 호칭할 정도니 당연히 사이비 종파의 우두머리인데, 말 더 할 필요 있나. 무슨 교인들 등쳐 먹은 사건 조사하려고 하는 거요?"

　　"그런 문제가 아닙니다."

　　"그러면, 누가 죽었나?"

　　백호는 한숨을 쉬었다.

　　"가볍게 말씀하시는군요."

　　"아, 세상에 죽어 나가는 놈들이 한두 놈인가. 새삼스럽게······."

　　여전히 건들거리는 태도를 보이며 몇 장을 심드렁하게 넘기던 상준이 갑자기 손을 멈추고 무의식중에 내뱉었다.

　　"살인?"

　　백호는 대답하지 않았다. 상준은 눈썹을 꿈틀거리며 말했다.

　　"어, 아무리 그래도 이건 좀 지독했구먼. 죽여도 이렇게 잔인하게······ 응? 그런데 이게 뭐야? 무죄?"

　　상준이 놀란 눈으로 돌아보자 백호는 차분히 말했다.

　　"네. 벌써 몇 년 지난 사건입니다. 무죄 방면됐지요."

　　"허이구, 웃기는구먼? 사람이 죽었고, 목격자도 많은데 무죄 방면됐다고?"

　　백호는 조용히 말했다.

　　"살인하는 장면을 본 목격자도 많지만 같은 시간에 그 사람이 다른 장소에 있는 것을 본 목격자 또한 많습니다. 아랫부분에 적혀 있을 텐데요."

"아, 그런가. 허, 이것 참 골 아픈 일이었군그래."

백호는 침울하게 대답했다.

"어쩔 수 없었습니다. 증명할 수 없었으니까요. 그렇다고 이 사람이 쌍둥이였거나 다른 사람이 가장을 했다는 증거도 없습니다. 증언에 따르면 양쪽 다 본인이 틀림없었다고 하는데, 현재의 법체계에서는 어떻게 해결할 수 없었지요. 그래서 결국은……."

상준이 말을 대신 받았다.

"무죄 방면될 수밖에 없었다, 이거요?"

"맞습니다."

"그런데 이미 끝난 사건을 왜 다시 파헤치려고 하는 거요? 일사부재리의 원칙이라면 알고 있지 않소. 한 번 무죄로 끝나면 더 이상 다룰 수 없을 텐데……."

"물론 그렇습니다. 그래서 이런 방법을 동원하는 겁니다. 최 교주의 살인 자체도 문제지만 법적 처벌을 적용할 수 없도록 능력을 이용해 일을 저지른 것, 나아가서는 또 저지를지도 모른다는 것이 더 마음에 걸리는 겁니다. 그래서 어떻게든지 해결하고 싶고요."

"흠. 말은 그래도 법이 무시당한 것 같아 속 아픈 것 같은데?"

상준이 간단하게 짚어 내자 백호는 고개를 끄덕였다.

"그렇게 보셔도 무방합니다만."

그러자 상준은 엉뚱하게 말했다.

"그 담배, 그렇게 물고만 지내오?"

"아, 연기를 싫어하신다면 걱정 마십시오. 불은 붙이지 않으니까요."

그 말에 상준은 씩 웃으며 대답했다.

"그거야 알지. 책상 위에 재떨이도 라이터도 없거든. 방에 담배 태우는 냄새도 전혀 안 배어 있고."

껄렁거리는 첫인상에 비해 생각보다 상준의 눈썰미가 날카로운 것 같다 생각하며 백호는 고개를 끄덕여 보였다. 상준은 다시 말했다.

"뭔 사연이 있소?"

백호는 조금 차갑게 말했다.

"궁금하십니까? 굳이 말하고 싶지 않습니다만. 사건에 집중하시죠."

"아아, 알겠소. 더 말 안 해도 됩니다. 내가 괜한 걸 물은 것 같네. 미안하우."

"천만에요."

은근히 자신의 눈썰미를 과시한 상준은 파일로 눈을 돌리다 그것을 책상 위에 툭 던지며 말했다.

"음, 이거 소문보다 더 대단하긴 한 모양인데…… 이게 무슨 속임수나 마술 같은 트릭을 쓴 건 아니었소?"

백호는 고개를 저었다. 입 끝에 물린 담배가 계속 조금씩 까딱거렸다.

"그런 증거는 하나도 찾아내지 못했습니다. 사람이 둘로 나뉘어졌다는 것을 받아들여야 하는데, 현실적으로는 인정할 수 없는 상황이지만 논리적으로 보자면 인정해야 하는 상황인 거죠."

"알겠소. 무슨 말인지 이해가 가오."

"상준 씨는 혹시 짚이는 게 있으십니까?"

그러자 아까의 건들거리는 태도는 어디로 갔는지 상준은 자못 냉랭하고 빈틈없는 눈빛으로 말했다.

"글쎄, 이게 사실이라면 간단한 문제가 아니지. 만약 이게 주술이거나 타고난 어떤 능력이라면, 괴물이나 마찬가지라는 소리인데…… 아, 아까 내가 말한 괴물이라는 의미 말고 진짜 괴물 말이요. 문자 그대로의 의미로서 괴물 말이지."

"추측되는 게 있으십니까?"

"뭐, 아직 나도 정확하게는 모르겠소만. 이거, 소문으로 듣던 최 교주의 능력하고는 너무 차이가 있어서."

"짚이는 게 있다면 말씀해 주십시오."

"그럼 한번 자유롭게 이야기해 보겠소. 우선 사람이 둘로 나뉘어 뭘 한다는 건, 실제적으로는 불가능하오. 아무리 주술이니 뭐니 해도 무에서 유를 창조할 수는 없는 거요. 분신술은 질량 보존의 법칙에도 위배되고 생명 자체의 원리에도 어긋나지. 둘로 나뉘는 건 어떻게든 가능은 한데. 그게 나중에 도로 합쳐진다는 게 말이 안 되거든. 분신이라도 나뉘져 행동하면 생명이 되는 셈이니까. 제아무리 주술이어도 그런 대원칙까지 무시할 수는 없거든."

"그렇다면?"

"뭐, 간단히 이야기하자면 말이오. 둘 중의 하나는 허깨비였던 거지. 말인즉슨, 본인이 움직이면서 뭔가의 주술적인 능력을 이용해서 자기와 꼭 닮은 어떤 형체를 가시화했다 보는 게 맞겠지. 아마 한쪽은 무게가 없었을 거요. 하지만 흉기를 휘둘러 사람을 해치려면 질량을 가진 쪽이 움직이는 게 맞을 테니까. 직접 사람을 죽인 쪽이 최 교주 본인이고 나머지는…… 그러니까 뭐랄까, 생령(生靈)이라고 봐야 하겠군."

"생령……이요?"

백호는 생소한 단어가 나오자 상준에게 물었다. 그러자 상준은 처음과는 전혀 다른 빈틈없는 눈빛으로 백호를 보며 설명했다. 설명도 아까의 건들거리는 말투가 섞였으되 전혀 다르게 꽉 짜여 있는 느낌이었다.

"생령이라는 건, 일단 임시로 내가 붙인 말이오. 그런 용어가 쓰이기도 하지만 최 교주의 경우는 일반적인 의미에 해당되지는 않은 듯하고. 영혼의 존재에 대해서는 대충 아시겠지. 현암 일당과도 아시는 사이니까."

"퇴마사들 말이군요."

"흥, 그냥 현암 일당이지. 퇴마사는 무슨 얼어 죽을. 퇴마사가 어디 있어?"

"글쎄요. 근자에는 많이 쓰이곤 합니다만……."

"아아, 그건 됐고. 영혼이라는 건 우리가 일반적으로 생각하는 유령처럼 단순한 게 아니오. 조선 시대에는 영혼이라는 말을 쓰지 않고 혼백이라 했지. 왜 옛날 표현을 보면 혼백이 흩날리네 어찌네 하는 표현이 많지 않소."

"그렇군요, 듣고 보니."

"옛날 조선 시대 학자들. 그러니까 정도전이나 이익(李瀷) 같은 사람에 의하면 인간의 영혼은 혼과 백으로 구성돼 있다고 했소. 혼은 위로 올라가 하늘에 이르고 백은 땅에 남아 지상에서 얻었던 것들을 돌려주며 동화된다고 하지. 서양에서 말하는 영혼관보다 한 단계 발전된 이론인 셈이오. 그렇기 때문에 우리나라에서는 묘를 쓰거나 사람을 안장하는 것을 중요하게 생각했던 거지."

"그쪽이 진실이라고 믿으십니까?"

상준은 코웃음을 쳤다.

"거, 진실은 누구도 모르지. 다만 그렇게 추측할 뿐이오. 이건 진실이고 아니고의 문제가 아니라 내가 뭘 선택하는가의 문제요. 믿건 안 믿건 어떻게 보면 아무 상관이 없을 수도 있으니까."

"알 듯 모를 듯하군요."

"어쨌든 됐소. 내가 이런 이야기를 길게 한 이유는 최 교주가 만들어 낸 뭐랄까, 분신이라고 할까……. 이건 아무래도 생령 계열인 것 같소. 보통 분신이라고 하는 건……."

"전 그것도 이해가 가지 않습니다만."

상준은 말하는 도중에 백호가 끼어든 것에 대해 노골적으로 불만을 표시했다.

"아, 그러니 막 설명하려던 참이지 않소. 흔히들 말하는 분신은 영화 같은 데서 상상해 마구잡이로 보여 주지만, 실제 주술로 그런 것을 만들어 내는 것은 불가능하오. 아까 설명했잖소. 보통은 상대의 심리나 감각을 공격해서 허상이 보이게 하는 것이 대부분이고 실제로 몸을 나누는 능력은 극히 드물지. 최 교주의 경우 환각이나 그런 것이 아니었다면, 분명히 아까 말한 혼백 중 백을 이용해 자신의 뭔가를 만들어 낸 거요. 원래 자기 몸에 있는 백은 죽으면서 흩어지게 돼 있는데, 살아 있는 채로 끄집어낼 수 있는 능력이 있는 게 아닐까 나는 생각하오. 그걸 생백이라고 하긴 좀 그러니 생령이라 하는 거지."

"그러니까, 생령을 이용해 살인을 한 게 아니라 생령을 이용해 알리바이를 만들고 직접 살인을 했다는 말이군요."

"뭐, 나는 그렇게 보고 있소만."

백호는 고개를 끄덕였다. 건들거리는 모습을 봤을 때는 영 미덥지 않았는데 의외로 상준의 논리는 정연했고 지적 수준도 결코 모자람이 없어 보였다. 백호는 약간의 불신을 가졌던 처음과는 달리 상준을 믿어 보기로 작정했다.

"좋습니다. 단번에 답답했던 걸 해결해 주시니 신뢰가 가는군요."

상준은 비웃듯 대답했다.

"내 말을 믿는 거요?"

"믿지 않고는 다른 방법이 없지 않습니까."

"내가 멋대로 떠든 거라면?"

"글쎄요. 그렇다면 할 수 없겠지만 상준 씨는 그렇게 헐거운 분이 아닌 것 같습니다."

백호가 말하자 상준은 슬쩍 웃었는데 항상 자신만만하다 못해 건달 같아 보이던 상준의 얼굴에 비감이 엿보였다. 그러나 그것은 아주 짧은 순간이었고 순식간에 건들거리는 표정으로 돌아온 상준은 백호를 바라보며 말했다.

"그런데 내가 뭘 해 주길 바라는 거요?"

백호는 말했다.

"최소한 증거나 증언 확보. 조금 더 나아가서는 체포까지 해 주시길 바랍니다. 증인은⋯⋯ 이 경우에는 별로 도움이 안 되니."

"어, 체포? 나 경찰 아닌데."

"어떻게든 잡아서 데리고 와 주시면 그 후는 알아서 하겠습니다. 뭐, 상준 씨에게 직권을 부여해 드릴 수도 있으니까요."

"날 공무원으로 채용이라도 하겠다는 거요?"

"그냥 형식상으로 말씀드린 것뿐입니다."

백호는 말을 하다가 일순 멈추었다. 처음 보기와는 다르게 신뢰도 가고 믿음직스러워 보이긴 했으나 그래도 아직 단정 지을 수는 없다고 생각해서였다. 지금 백호가 구상하고 있는 것은 이러한 특수한 능력을 가진 사람들로 구성된 태스크 포스(task force) 팀을 결성하는 것이었다.

사람들에게 알려지지 않은 이런 보이지 않는 능력은 국가의 입장에서는 핵무기를 능가하는 힘이 되리라 생각했기 때문이다. 하지만 이런 구상을 처음 만난 상준에게 섣불리 말하는 것은 위험하다고 생각했다. 그래서 일단은 두고 보기로 하고, 백호는 그 선에서 말을 멈춘 것이다. 상준은 거기까지 눈치채지는 못했으나 상관없다 생각하고 말했다.

"나는 방법이 좀 거친데…… 다칠 수도 있소. 괜찮겠소?"

"체포만 할 수 있다면 어지간한 것은 상관없습니다."

"그리고 처음에 말했는데, 나는 좀 비쌉니다."

"어느 정도를 원하십니까?"

"글쎄, 이것 참. 낯부끄러워서 이야기하기도 뭐하고."

"대강이라도 말씀해 보시죠."

상준은 오른손을 쳐들어 다섯 손가락을 펴 보이며 말했다.

"오천."

백호는 후 하고 한숨을 내쉬었다.

"한번 움직여 주시는 것 치고는 너무 많군요."

"최 교주가 괴물이라는 것을 명심하시오. 더군다나 그거 아시나?"

"뭘 말입니까?"

"아까도 몇 번이나 이야기했지만, 이 사람 교주요, 교주. 이 자식 능력을 보고 죽으라면 죽을 수 있는 신도가 몇천 명은 안 되도 몇십 명, 혹은 몇백 명은 될지도 모르오. 이걸 뚫고 들어가서 최 교주를 닦달하는 데 이 정도면 헐값이라고 생각하는데?"

그러자 이번엔 백호가 담배를 빙글 돌리며 상준을 똑바로 바라보았다.

"박상준 씨, 희망 복지원. 정릉 양로원, 마리아 고아원…… 잘 아시는 이름이시겠죠?"

"내 뒷조사했소?"

"결코 악의는 아니었습니다. 뒷조사라고 할 건 아니지만, 그냥 상준 씨에 대해 궁금해서 알아본 것에 불과하니 화내지 않으셨으면 좋겠습니다. 이 단체들에 꾸준히 기부를 하고 계시더군요."

"뭐, 그냥……. 그래야 할 것 같은 생각이 들어서."

"어차피 상준 씨는 세금 신고를 하거나, 소득 신고를 하는 입장도 아니시니 저희가 알아볼 수 있는 방법은 이런 제한적인 방법밖에 없었죠. 그런데 여기 기부액으로 대강 추산해서 상준 씨가 제시할 금액을 예측했습니다만……."

백호는 말하다 말고 고개를 저어 보였다.

"생각 외로 크게 부르시네요……."

상준은 화가 섞인 어조로 말했다.

"내 나름대로 그만한 일이라고 생각해서 부른 거요. 그럼 뭐요? 그만큼 벌면 기부도 더 했어야 된다는 거요?"

상준의 어조가 다소 거칠어지자 백호는 아니라는 듯 정색했다.

"아닙니다. 그건 개인의 자유죠. 그냥 저희가 멋대로 생각한 것이니 화내지 마십시오. 알겠습니다. 조건을 받아들이겠습니다."

"거, 나랏일 하면서 쫀쫀하게 구는 거 아니요. 어차피 당신 돈도 아니고 나랏돈인데……."

"나랏돈이니까 더 확실하게 해야죠. 사실……."

백호는 한숨을 쉬며 말했다.

"이 정도면 제 이 년 치 판공비에 해당됩니다. 아니, 그것도 모자라 제가 어떻게든 털어 넣어야 할 지경이죠."

"뭐, 그거야 당신 사정이고. 백 호실까지 차지하고 있으니 어떻게 해서든 메울 수 있지 않겠소?"

검찰 조직이라는 것이 그렇게 움직이는 것은 아니……."

백호는 말하다 말고 고개를 선선히 끄덕였다.

"또 실언할 뻔했습니다. 상준 씨는 제 개인적인 부탁을 들어주시는 걸로 해 둡시다. 당연히 비밀로 해 두시고……."

"뭐, 그러겠소. 설마 백 호실까지 차지하고 있는 사람이 나중에 딴소리하진 않겠지. 나도 이 정도 되는 일이라면 목숨 걸고 하는 일이란 말이오."

백호는 의혹이 섞인 듯한 눈으로 상준을 바라보았다.

"전에 듣기로는 현암 씨와도 겨뤄 본 경험이 있다던데요? 강화도에서."

"아. 그 이야긴 하지도 마시오. 짜증 나니까. 죽을 뻔하고 돈만 날리고, 다시 말 꺼내지 마쇼. 알았소?"

백호는 그럼에도 계속 말을 이었다.

"하지만 현암 씨와 맞상대할 정도라면 사이비 종교에 빠진 일반인들은 얼마든 상대가 안 될 것 같은데요. 보통 사람은 위험할지 몰라도 상준 씨 입장에서는 양 떼 속을 누비는 것이나 마찬가지 아닐는지요?"

그러자 상준은 얼굴까지 조금 붉어진 채 버럭 화를 냈다.

"아, 내가 현암 그 자식한테 졌어. 내가 걔보다 약했다고. 적어도 그때는. 그러니 그 기준으로 보려고 하지 마쇼. 이건 위험한 일이고, 내 나라에서 하는 일이라니 특별히 맡은 것뿐이야. 당신이야말로 비밀 엄수하고 조건 절대 잊지 말라고. 알았어?"

"왜 화를 내십니까?"

백호가 차분히 말하자 상준은 조소하며 양팔을 크게 벌렸다.

"내가? 나 화 안 났소."

"상준 씨는 굉장히 냉정하고 이지적인 타입 같은데 왜 그런 모습을 숨기려 하시죠?"

"하…… 당신은 이미 안다고 하니 말하는 거지만, 세상에는 일반 사람들이 모르는 우리 같은 사람들이 분명히 있소. 주술이니 뭐니 구체적인 건 이야기하지 맙시다. 아마 당신 같은 일반인들은 나나 이쪽 계열 사람들을 이렇게 생각할 거요."

상준을 이를 악문 채 일부러 길게 발음을 끌며 말했다.

"서-언량하고 순박한 일반인들, 그런 양 떼들 속에 숨은, 그랬다가 언제 발톱을 드러낼지 모르는 늑대들. 우리가 그런 늑대라고."

백호는 아무 대답도 하지 않았으나 상준은 거칠게 말했다.

"그거 생각 자체가 틀려먹었어. 우린 양이야. 그거 알아, 당신? 우리가 양이라고. 알겠냐고? 검사 양반!"

그리고 상준은 거칠게 몸을 돌려 문밖을 나섰다. 백호는 자리에 앉은 채 꼼짝도 않고 상준이 나간 빈자리만 공허하게 쳐다보고 있을 뿐이었다.

백 호실을 나와 거친 발걸음으로 상준은 복도를 걸어갔다. 한쪽 벽은 검사와 사무관들의 방으로 죽 이어져 있고, 그 맞은편은 해당 검사의 취조실이다. 당연히 한쪽은 조용하지만 한쪽에서는 검사들이나 사무관들이 용의자를 취조하거나 자백을 받아 내느라 호통 소리와 어르는 소리들이 뒤섞여 들려왔다. 그 속을 혼자 걷고 있자니 마치 한쪽 귀는 천국, 한쪽 귀는 지옥을 향해 열어 놓은 채 걸어가는 기분이었다. 상준은 상당히 언짢은 상태였다.

백호가 뒷조사를 해서도 아니고, 그로 인해 자기의 사생활이 드러났기 때문도 아니다. 백호가 어줍지 않게 뒷조사를 한 것쯤 어쩌면 당연한 일이다. 그렇다고 양과 늑대의 비유 때문도 아닌 것 같은데…….

'아, 그런데 왜 이리 기분이 꿀꿀하지?'

어쩌면 천국과 지옥을 복도 하나를 두고 양쪽에 늘어놓은 것 같은 이 건물 자체가 애당초 마음에 들지 않아서일지도 모른다.

백 호실로 들어갈 때는 오른쪽 귀가 지옥에 면해 있었는데, 나올 때는 반대 방향으로 걷다 보니 왼쪽 귀가 지옥 쪽을 향했다.

'천국과 지옥이라……. 이런 데 있으니 콧대들이 높겠지. 흥.'

— 상준 씨는 굉장히 냉정하고 이지적인 타입 같은데 왜 그런 모습을 숨기려 하시죠?

상준은 그것 때문에 기분 나빠진 게 아닐까 생각했다. 자기 속을 훤히 드러내 보인 것 같아서?

'아, 그게 뭘. 아, 내가 왜 그랬지? 이러다 검사 나리 빽 날리는

거 아냐? 아, 씨. 그런데 왜 이렇게 기분이 나쁘냐고.'

도대체 스스로 왜 이러는지 이해가 안 돼 상준이 마음속으로 외쳤다.

'누가 양이고 누가 늑댄데. 이런 주술 나부랭이, 처음부터 이럴 줄 알았으면 절대 안 배웠어. 내 다리가 왜…… 내가 왜 그 꼴을 당하면서 이런 걸 연마했는데, 흥. 난 양이 될 거다. 제일 타락하고 제일 썩어 빠진 양이 될 거야. 그래서 양 속에 파묻혀 살 거다. 높으신 검사 양반. 그런 거 알아? 이런 기분 모르겠지?'

상준은 자기 마음속에 백호가 들어앉은 것처럼 자문자답하며 계속 발걸음을 옮겼다. 엘리베이터에 도달하자 몇 명의 사람들이 앞에 서 있는 것이 보였다. 각종 서류 종류를 든 사람들이 주변에 몇 있었는데 엘리베이터 문이 열리자 엘리베이터에 타는 대신 한쪽으로 비켜서 물러났다. 그러자 그들보다는 훨씬 젊어 보이는, 하지만 단정한 차림의 척 보기에도 검사급으로 보이는 사람이 자연스럽게 먼저 탔고, 그 후에야 다른 사람들은 엘리베이터로 걸음을 옮겼다. 법원의 관습적인 행동이었으나 상준은 그마저도 기분 나쁘게 보였다.

'흥, 높으신 양반들…….'

그러면 그럴수록 스스로 못나고 사회에 적응하지 못한다는 것을 자인(自引)하는 꼴이지만 뒤틀리는 기분은 어쩔 수 없었다. 그렇다고 당장 입을 열어 뭐라고 하거나 행동을 취할 만큼 상준은 아둔하지 않았다. 슬쩍 시선을 돌려 보니 그 검사는 무표정한 얼굴로 깊이 생각에 잠긴 눈치였다. 아마 골치 아픈 사건이라도 수임한 모양이리라. 상준은 자기도 모르게 솟구쳐 오르는 자기 비하 감정을 이기지 못하고 속으로 중얼거렸다.

'고시 공부하느라 꽤나 힘들었겠지? 물론 힘들었을 거 안다. 하지만 나에 비하겠어? 다리가 여섯 번이나 생으로 분질러지는 고통, 너희가 알아?'

상준이 전매특허로 사용하는 주술 내지는 도가의 능력은 십이지신술 말고도 힐기보법이라는 것이 있다. 순간적으로 강한 힘을 주어서 몸의 이동을 신속하게 하고, 종잡을 수 없이 달려 나가는, 일종의 보법이다.

겉으로는 유려하고 물 흐르는 듯 보이지만, 실제로는 몸에 엄청난 힘을 가하는 수법이라 자칫 위험해질 수도 있다. 그것을 단련하느라고 상준은 무려 여섯 번이나 오른쪽 다리뼈가 생으로 부러지는 고통을 겪어야 했다. 힘을 모아 정확한 순간에 강력하게 땅을 디뎌 가격하는데, 그 힘을 이기지 못하고 약했던 오른쪽 다리가 번번이 부러진 것이다. 그럴 때마다 다 붙을 때까지 끙끙 앓아야만 했고 그 고통에 허우적거려야 했다.

그럼에도 힐기보법을 배우겠다는 강한 집념이 여섯 번이나 다리를 생으로 부러뜨린 이후에야 결실을 맺었다. 지독하고 끔찍한 고통의 연속. 하지만 부러진 뼈가 아물면 더 단단하게 된다는 말처럼 결국 상준은 이겨 냈다. 처음에는 스승의 성화로, 두 번째는 혹시나 싶어 하다가, 세 번째부터는 그냥 독기가 솟아 죽을 각오로 계속 덤벼 해냈다. 물론 그가 전매특허로 삼은 십이지신술도 겉으로 보기에는 깃발을 획획 휘두를 뿐 별것 아닌 것으로 보이지만 실제로는 몸 내부에 엄청난 무리가 따르고 고통이 가해진다. 초인적인 인내력으로 사람이 낼 수 없는 힘을 끌어올리기 위해서는 당연히 그만한 대가가 필요하다. 그런 힘을 끌어내는 데는 엄청난 고통이 수반되며 그것을 초인적인 노력으로 이겨 내서 아예 느껴지지 않을 정도로 숙달하지 않으면 이런 주술은 애당초 쓸 수조차 없다. 하지만 이런 속사정을 누구에게 하소연할 수도, 말할 수도 없는 것이다.

'내가 양이야. 나는 양이 될 거야. 제일 썩었고 제일 눈에 띄지 않는 그런 양이 될 거야.'

상준은 다시 한번 속으로 되뇌었다. 십이지신술, 그리고 강화도에서 현암에게 참패한 이후 이를 갈면서 완성한 십이지신술을 한 단계 능가하는 제황사신번. 자신의 능력도 이 계열에서는 누구에게 뒤지지 않는다고 생각했는데, 현암의 무시무시하고도 가공할 만한 공력 앞에는 속절없이 무너져 버리고 말았다. 때문에 필요성을 느끼지 못해 연마하지 않고 처박아 두었던 제황사신번의 비결을 재차 고통의 시간을 겪으며 수련해 냈다. 그러나…….

'그래 봤자 이걸 어디에 써?'

현암과의 대결, 대결이 안 되면 시비라도 걸어서 싸울 때 쓰는 것 외에는 써 볼 상대도 마땅히 없다. 게다가 제아무리 제황사신번이니 힐기보법이니 해 봐야 총 한방 맞으면 똑같이 죽는다.

'나는 양이야. 양. 잊지 말자. 양으로 살자.'

엘리베이터가 멈췄다. 생각에 빠져든 탓에 검사들 무리가 내린 것도 눈치채지 못하고 있었다. 혼자서 지하 주차장에 내린 상준은 자신의 차가 있는 곳으로 걸어갔다.

멀리서 보아도 눈에 확 뜨이는 차다. 빨간색의 스포츠카. 비록 중고품이긴 하지만 국내에서 시판되지 않는 모델이다. 밀수입상에게 돈을 얹어 주고 반쯤은 협박까지 해 가면서 억지로 밀수해 오다시피 했다. 이 차는 상준의 자부심이기도 했다. 이 차를 타고 달릴 때는 기분이 상쾌하다. 주술로 얻은 돈으로 장만했지만 그것으로 이런 빨간색에 싸구려 과시용 장식까지 처바른, 눈에 띄도록 날건달 티가 풀풀 나는 차를 타는 것이야말로 자신의 근본이라고 할 수 있는 주술과 고대의 능력들을 덮어 버릴 수 있는 위장이다.

시동 키를 돌리자 기분 좋은 우르릉 소리가 났다. 8기통에 400마력이 넘는 엔진이 그르렁대는 소리는 어떤 주술의 울림보다도 아름답게 들렸다.

상준은 자기도 모르게 다시 자조적으로 말했다.

"백호, 그 망할 자식! 내가 번 돈 다 기부하라는 거냐? 응? 그럼 난 뭐 먹고살고. 나도 이런 재미라도 있어야 할 거 아냐. 쌍, 그리고 뭐? 이럴 줄 몰랐다고? 내가 그 현암 거지새끼 같은 줄 알아? 내가 그렇게 병신 같이 살 거 같냐고."

듣는 사람도 없는데 혼자 화난 말투로 중얼거리던 상준은 문득 입을 다물었다. 처음에는 본색을 감추려 일부러 건달처럼 건들거리며 살았다. 그리고 겉으로 티를 내지 않기 위해 자신이 입은 도교 계열의 도가 복장이나 십이지번 대신 이런 스포츠카와 졸부 티가 줄줄 흐르는 명품 옷으로 겉을 덮으려 했다.

  언제부터였을까. 그게 자신의 진짜 모습인지, 아니면 위장에 적응된 것인지 이제는 자신도 구분하기 힘들다. 사실 백호의 행동은 정중했고, 자신을 특별히 기분 나쁘게 한 것도 아니다. 검사실의 분위기도 몰랐던 것은 아니다. 그 정도의 뒷조사나 떠보기는 거래할 때 항상 해 오던 정도일 뿐, 아니, 다른 거래보다는 도리어 훨씬 양호했다. 그런데도 왜 이렇게 불쾌할까……. 다시 생각해 보니 그 불쾌감의 원인은 백호가 자신의 뒷조사를 하거나 권위를 보여서나 뭐 그런 종류의 이유 때문이 아니었다. 이유는 한 가지.

  '빌어먹을, 현암 새끼. 다 그 자식 때문이야.'

  스스로 못난 생각을 하고 있다고 생각해도 좋다. 진정으로 맞겨루면 누구에게도 지지 않을 거라는 믿음이 단박에 깨졌다. 현암에게 그야말로 무참하게 깨졌다. 처음 백호를 만날 때는 단순한 위장이었으나, 백호의 입에서 현암이 언급되는 순간 자신이 허물어진 것 같다. 꼭 승부에서 져서만이 아니다. 불쾌할 정도로 느껴지는 패배감. 현암에게는 그 무식한 공력 말고도 뭔가 다른 것이 있는지도 모른다.

  '도대체 뭘까. 가진 힘 써먹을 줄도 모르는 병신 같은 자식이 뭐가 있어서.'

  상준은 백호에게서 슬쩍 보인 것처럼, 그렇게 생각이 없는 사람은 아니었다. 오히려 속으로는 냉철하고 생각이 깊은 축에 속했다. 그리고 어떤 상황에서든지 주변에 맞추어 자신의 모습을 변화시킬 수 있는 카멜레온 같은 성격이기도 했다.

원인을 알았음에도 불쾌하다. '현암' 이름 두 자만으로 자신이 덮어쓰고 있던 위장막이 한꺼번에 홀딱 젖혀진 기분이다. 패배감일까, 아니면 자격지심일까. 지금 자신이 잘못 살아가고 있다는 것을 현암이라는 거울을 통해서 느꼈기 때문일까.

"아, 몰라, 제기랄!"

상준은 거칠게 내뱉으며 일부러 억세게 애마의 액셀러레이터를 힘껏 밟았다. 넘치는 엔진의 힘을 못 이겨 끼기긱 하며 급회전하는 타이어의 울림이 날카롭지만 기분 좋게 들렸다. 한데 그런 좋은 소리를 들어 봐도 기분이 안 풀린다. 그럭저럭 크게 한 건 했으니 오늘 밤은 한잔 꺾어야겠다.

"하아…… 너희 말이다. 오빠 무서운 사람이거든?"

"어머, 그래? 무섭네~ 호호호호."

술은 비싼 고급 양주다. 더군다나 비싼 집이다. 상준이 적지 않은 돈을 벌고 있지만 이런 곳은 그야말로 꽤 큰 건이 생겼을 때 아니면 들르지 않는다. 사실 도가 계열의 주술을 연마한 상준에게 술은 원래 맞지 않는다. 게다가 술을 마시면 술이 주술에 방해가 돼서 결정적일 때 위험해질 수도 있다. 미리 마셔 두지 않으면 일 끝날 때까지 마실 수 없다.

솔직히 지금도 마시지 않는 편이 컨디션을 조절하는 데는 훨씬 좋다. 그러나 상준은 견딜 수 없을 것 같은 기분이었다. 그래서 오랫동안 들르지 않았던 비싼 룸살롱에 가서 여자도 불렀다. 여자 손 빌릴 것도 없이 혼자 술을 계속 따라 마시고 취해 갔다. 여자도 별 관심 없다. 연극의 무대가 허전해질까 봐 비싼 돈 주고 갖다 놓은 소품일 뿐이니까. 자기 정체를 숨기고 돈을 벌려 위장하는 건지, 이렇게 위장하려고 숨어서 돈을 버는 건지도 이젠 잘 모르겠다. 얼큰해진 상준은 계속 자조적으로 중얼거렸다.

"근데 오빠 진짜 무서운 사람이다. 알아?"

"어~ 안다니까? 이렇게 무서운걸? 호호호호."

여자가 달라붙으려 하자 상준은 갑자기 테이블을 손바닥으로 탁 쳐서 큰 소리를 내며 말했다.

"붙지 마라!"

"엄마야. 오빠, 왜 이래?"

"이야기하자, 이야기만 들어 주면 된다. 어디서 누굴 건드리려고…… 부정 타게……."

맨 끝부분을 작게 속으로 말한다는 것이 술 탓에 입 밖으로 새어 나왔다. 여자의 표정이 단박에 샐쭉해졌다. 닳고 닳은 여자라 겉으로 표현하지는 않았지만, 분명 속으로는 온갖 욕을 하고 있을 것이다. 아무리 술에 취했더라도 상준은 분명하게 느낄 수 있다. 그리고 그것이 싫고 역겹다. 피 흘려 번 돈을 털어 욕이나 처먹고, 그러면서도 벗어나지 못하는 이 순환이 역겹다. 살아갈수록 더더욱 뭐가 뭔지 모르겠다.

"오빠, 무서운 사람이야. 그런데 오빠는 양이다. 양 알아?"

"양?"

"메~ 하는 양. 하하하. 메~ 메~."

"오빠, 이상해⋯⋯. 취했어?"

"아니. 안 취했다. 메~ 메~."

"어, 몰라. 뭐야. 무서워~."

여자는 상준이 이상한 행동을 보이자 이해하지 못하겠다는 듯 저만치 떨어져 앉았다. 물론 상준은 그래도 상관없었고 오히려 그 편이 편했다.

"그래, 나는 양이다. 메~ 메~ 메~."

상준은 계속 술을 마셨다. 술만 들이켰다.

추할 정도로 스티커가 더덕더덕 붙은 새빨간 스포츠카를 타고 달리던 사람이 택시 옆에 붙어서 그 옆을 따라 달리며 손짓했을 때까지만 해도, 택시 기사는 무슨 일인가 했다. 손짓하는 대로 창문을 열어 보니, 스포츠카에 타고 있던 사람이 큰 소리로 외쳤다.

"아저씨, 지방 갈 수 있어요?"

"네? 지방요?"

"강원도요, 강원도. 미터대로 찍을게."

"아⋯⋯ 아니, 당신 지금 차 타고 있잖소?"

"됐수, 가자고!"

상준은 그 말만 남기고 창문을 휙 올려 버렸다. 상준이 하는 대로 택시는 뒤를 따랐다. 머지않아 후미진 골목길에 차를 세운 상준은 차에서 내려 문을 잠근 뒤, 트렁크에서 낚시 가방 같은 것을 꺼내 들고 따라온 택시에 올라탔다. 그러자 택시 기사가 아까 다 못한 말을 계속했다.

"아니, 저렇게 좋은 차에 타고 계시면서 왜?"

"아, 됐고! 어서 가 주기나 하쇼. 아오, 이거 술 좀 작작 먹었어야 했는데…… 머리가 지끈거려서."

"아, 숙취 때문에 운전이 힘들어서요?"

그러자 상준은 말했다.

"아니, 그게 아니고, 내가 일 보러 가거든. 근데 차 상하면 안 되잖아. 저거 비싼 거라고."

"거 딱 봐도 비싸 보입니다만, 대체 무슨 일을 하러……."

"그냥 가슈, 난 좀 잘게."

상준은 그 말만 남기고 뒷자리가 마치 자기 안방이라도 되는 것처럼 천연덕스럽게 코까지 골며 잠들어 버렸다. 택시 기사는 기가 막혔지만 미터대로 요금을 준다 하니 사양할 이유는 없었다.

상준이 자신의 비싼 차를 놔두고 간 것은 이번 일이 힘할 것 같기 때문이다. 행여나 차에 흠집이라도 생기면 팔다리가 부러지고 상처가 나는 것보다 더 마음이 아픈 상준이었다. 그래서 일을 나갈 때는 자기 차를 타지 못했다. 아까워서 못 타는 것이다. 겉치장에 불과할지언정 비싸기도 하고 이제는 이것이 나름대로 사랑스러워 헤어 나올 수 없는 지경에 빠진 상준이다.

택시에서 내린 상준은 손에 들고 있던 기다란 낚시 가방을 품에 안아 들고 좁은 시골길을 걸어갔다. 몇 시간이나 차를 타고 왔는데도 불구하고 숙취는 아직 가시지 않았다. 사실 이렇게 서두를 필요는 없었다. 서두를 필요가 없는 게 아니라 원래는 이렇게 서두르면 절대 안 된다. 하지만 이상하게 부아가 솟구쳐 참고 기다릴 수 없었다. 원래 이렇게 술을 퍼마신 뒤면 자신이 연마한 도가의 주술들이 제 위력을 발하지 못했다. 보통 때 같으면 이럴 때 최 교주처럼 괴물 같은 자와 싸우려는 것은 절대 피했을 것이다.

허나 마음속에 꿈틀거리는 묘한 오기 같은 것이 상준을 일부러 그렇게 몰아붙였다. 컨디션이 좋지 않고 주술을 제대로 발휘할 수 없는 상황이더라도, 잘해 낼 수 있고 또한 해야만 한다고 제멋대로 압박했다. 스스로 만들어 낸 묘한 압박감을 상준은 즐기고 있는지도 모른다.

물론 믿는 바도 있었다. 현암을 이기기 위해 연마했던 비장의 승부수. 십이지번을 능가하는 제황사신번의 깃발들이 낚시 가방 안에 잘 포개진 채 들어 있었다. 백호 앞에서는 최 교주가 괴물이니 뭐니 허풍을 떨었지만 그래 봤자 생령 끌어내는 분신술 정도일 것이 분명하다. 그까짓 것들은 술 덜 깬 상태라도 한 방에 가볍게 처리할 수 있을 것 같았다.

굳이 제황사신번을 사용하는 이유도 그것을 실전에 한 번도 사용해 본 적이 없었기 때문이다. 결국 돈도 벌고 백 호 검사실의 검사님에게 연줄도 만들어 두고, 실전 테스트까지 해 보는 셈이니 상준으로서는 머리를 잘 굴린 편이다. 한동안 좁은 산길을 돌아 최 교주가 있는 곳까지 땀을 뻘뻘 흘리며 올라갔다. 가면서도 상준은 계속 구시렁대며 불평했다.

"아, 빌어먹을 최 교주 놈은 왜 이런 험한 곳에 처박혀 사냐고. 가기 힘들게."

어찌 보면 당연한 일이다. 사이비 종교도 어느 정도여야지, 열락교 정도 되는 교단이면 사람들 눈에 많이 띄는 도심에 터를 잡기가 어렵다. 이런 광신도 집단은 보통 사람이면 상상도 못 할 짓을 태연하게 해내기 때문에, 그들 스스로가 외진 곳에 처박히기 마련이다.

그런 사실을 잘 알면서도 상준은 계속 불평을 해 댔다. 숙취 때문에 띵한 상준의 생각으로는 이 모든 것이 다 현암 때문인 것 같았다. 밝을 때 산을 오르기 시작했는데 해가 거의 저문 후에야 최 교주가 둥지를 틀고 있는, 열락교라는 종교 집단의 건물이 눈에 들어왔다.

상준은 일단 거친 숨을 고르고 앉아서 쉬다가 옷부터 갈아입었다. 입고 온 옷은 이래 봬도 돈깨나 처바른 명품이다. 자신의 눈으로 봐도 어울리지 않게 졸부처럼 보이지만, 이제는 익숙해졌고 옷이 퍽 마음에 들어서 아끼고 있다. 그에게는 사랑스러운 양의 탈이자 바라 마지않는 동경의 모습이다.

상준은 '양의 껍질'을 벗고 이럴 때만 입는 특유의 도사 복장을 걸친 후 등에 깃발을 멨다. 무슨 의식적인 의미로 도가 복장을 하는 것이 아니다. 상준이 주술을 발휘할 정도로 힘든 일이나 싸움을 할 때면 상처를 입는 경우도 허다하기 때문에, 입은 옷은 찢어지고 헤져 못 쓰게 되는 일이 많다.

상준은 이것을 자신에게 길을 잘못 들게 해 묘한 꼴이 되게 만든 그 빌어먹을 사문, 도가에 대한 작은 복수라고 생각했다. 그래도 배운 은덕을 잊을 정도로 나쁜 놈이 아닌지라 대놓고 할 수는 없지만 꼭 이렇게 한바탕 뒹군 후에 도저히 수선할 수 없을 정도로 찢어진 옷을 불에 태우며 일그러진 쾌감을 느끼는 것이다.

이를 두고 보는 사람은 충실하고 근본을 잊지 않는 태도라고 멋대로 이해해 주니 더더욱 고마운 일이기도 했다. 여하튼 그렇게 싸울 준비를 마친 상준은 그나마 기분이 풀리는 것 같았다.

최 교주인지 열락교인지 뭔지 모를 잡스러운 집단 따위야 사실 백호가 꿰뚫어 본 대로 십이지번 정도만 휘둘러도 한숨에 쓸어버릴 수 있다. 숙취에 컨디션이 바닥이어도 자신 있었다. 더군다나 이번에는 조마조마하게 마음을 졸일 필요도 없었다. 검사님의 요청에 의한 일이니 행동하는 것에 조금도 거리낄 이유가 없는 것이다. 주술은 사람에게 쓰는 것이 아니라며 심각한 모습으로 받아들이던 현암의 얼굴이 떠올라 상준은 다시 기분이 나빠졌다.

'흥, 병신 같은 놈. 안 쓸 거면 대체 왜 힘들게 배웠냐고.'

이렇게 생각하며 상준은 옷자락을 펄럭이고 머리엔 도사들이 쓰던 윤건을 얹고 등에는 열여섯 개의 깃발을 공작새처럼 활짝 편 기이한 모양새를 한 채, 조금도 망설임 없이 성큼성큼 걸어서 열락교의 정문으로 다가갔다.

아무리 보아도 버려진 별장으로밖에 보이지 않는 건물로 상준이 다가서자, 문가에서 몇몇의 사내들이 우르르 튀어나왔다.
'어라? 지키고 있었네?'
상준은 음을 늦추지 않고, 마치 옛날의 도사가 환생한 듯이 늠름하고도 고풍스럽게 앞으로 걸어갔다. 그러자 멍하니 그 모습을 보고 있던 몇몇 사내들이 말했다.
"거, 누구요?"
"뭐야, 당신!"
상준은 일부로 껄껄 웃어 보이며 TV 사극에서 들은 말투로 외쳤다.
"내가 누구냐니? 이런 고얀 놈! 내가 누군지 모른단 말이냐?"
"뭐, 뭐야 저건? 저거 또라이 아냐?"
사내들이 수군거리자 상준은 짐짓 재미있어서 버럭 호통을 쳤다.
"네 이놈! 감히 옥황상제님을 못 알아보고!"
"어이, 어이! 거 좀 이상한 사람 같은데, 여기 가까이 오지 마. 가, 훠이, 가! 가까이 오면 다쳐. 응?"
사내 중 하나가 등 뒤에 감추고 있던 몽둥이를 꺼내 보이며 상준을 개 쫓듯 쫓아 버리려 했다. 누가 보아도 상준은 제정신이 아닌 사람처럼 보일 것이다. 상준 스스로도 속으로는 우스웠지만 어떻게 보면 가장 자연스럽게 접근하는 방법이라고 할 수 있었다. 반쯤 미친 척 실실거리는 표정이었으나, 상준의 눈은 빈틈없이 돌아갔다.

'저것들 봐라, 등 뒤에 뭐 하나씩 감추고 있네?'

상준은 조금 더 막 나가기로 작정했다.

"네 이놈들! 옥황상제님을 못 알아본단 말이냐?"

"어이, 어이! 저리 가라니까. 에이, 재수 없어서."

사내 중 하나는 바닥에 침까지 탁 뱉어 짓이기며 덧붙였다.

"옥황상제가 세상에 어디 있어, 이 미친놈아."

사내의 말에 상준은 눈을 부라렸다.

"옥황상제가 없다고?"

사내는 재미있다는 듯 다시 말했다.

"그래, 그런 게 어디 있어? 제발 저리 좀 가라고. 훠이 훠이."

그러자 상준은 말했다.

"그럼, 아틀란티스에서 왔다."

"뭐? 뭐라고?"

사내들 몇몇은 웃었고, 기가 막힌다는 듯 입을 딱 벌린 사람도 있었다. 그러자 상준은 때를 놓치지 않고 재빨리 말했다.

"살인마 새끼가 교주 해 먹는 열락교 같은 쓰레기 집단도 있는데, 아틀란티스가 없으란 법 있어?"

그러면서 상준은 등 뒤에 매달고 있던 깃발 중 두 개를 눈부시

게 빠른 손놀림으로 집어 들어 휘둘렀다. 하나는 백호, 하나는 주작. 상준이 그동안 심혈을 기울여 연마한 제황사신번 중 두 가지 수였다. 일반인에 불과한 데다 방심한 상태였던 그들은 폭격이라도 맞은 것처럼 비명을 지르며 사방으로 나가떨어졌다.

더불어 육중한 철창으로 이루어진 문도 요란한 소리를 내며 박살이 나 흩어져 버렸다. 비록 화약같이 불이 솟구치거나 한 것은 아니지만 굉장한 파괴력이었다. 기대했던 것 이상이라, 상준은 스스로도 은근히 뿌듯한 자부심 같은 것이 차올랐다. 그래도 죽은 사람이 나오면 처치가 곤란해지기에 주변을 돌아보았는데, 상준의 생각대로 사망자는 없었다. 인간의 몸은 예상외로 튼튼해서 불이나 파편이 튀지 않는 이상 단순한 타격만 가지고서는 죽음에 이르기 어려운 법이다.

난데없이 벼락을 맞은 것처럼 문 지키는 녀석들도 정신을 잃고 기절했지만 숨은 붙어 있는 것 같았다.

'난 너무 자비롭단 말씀이야. 이런 새끼들도 안 죽이잖아.'

상준은 유쾌한 기분이 돼 입가로 좋아하는 팝송을 흥얼거리며 제황사신번 중 나머지 두 개를 들고 열락교의 부서진 정문을 통과한 뒤 서슴없이 걸음을 옮겨 안으로 들어갔다.

상준이 안으로 들어서자 바깥에서 들린 굉음을 듣고 몰려나온 듯 무기를 든 몇몇 사람이 나타났다. 문을 지키던 자들이, 몽둥이 같은 단순한 무기를 들고 있었던데 반해, 이들은 낫이나 쇠스랑처럼 농기구에 가깝지만 날붙이가 있고 상당히 흉악해 보이는 무기들을 들고 있었다. 조금 이상하다는 느낌이 들었으나 일일이 그런 것까지 귀찮게 상대할 마음은 없었다. 항상 마음껏 주술을 펼치지 못해 답답했는데, 이 기회에 속 시원히 한번 풀어나 보자 하는 생각이었다.

"너…… 넌 도대체 누구냐? 웬 놈이야?"

쇠스랑을 꼬나든 남자가 묻자 상준은 씩 웃으며 현무의 기를 휘둘렀다. 다시 한번 요란한 폭발이 일어나며, 그 남자와 더불어 몇 사람의 몸이 허공을 날아 우박처럼 여기저기 우수수 쏟아져 내렸다. 제황사신번의 위력은 역시 대단했다.

상준은 씩 웃으며 놀리듯 말했다.

"나? 염라대왕."

거침없이 안으로 들어서는 상준의 앞을 또다시 일단의 장정들이 막아섰다. 그런데 이번에 막아서는 자들은 칼이며 목도, 죽검 등으로 무장하고 있었다. 심지어 일본도인지 장검인지 실제로 번들거리는 칼을 빼든 남자도 하나 있었다.

"어, 이거 뭐야? 무슨 던전이야? 왜 안으로 갈수록 세져? 씨발."

여태까지는 여유 만만했지만 이렇게 좁은 통로에서 사람들이 칼을 휘둘러 대면 자신이라도 다칠지 몰랐다. 상준은 다리를 여섯 번이나 분지르면서 배운 힐기보법을 이용해 날렵하게 뒤로 물러서며 쏟아지는 칼질을 피했다. 그리고 제황사신번 중 하나 남은 청룡의 깃발을 휘둘렀다.

비좁은 공간이라 위험할 수도 있었지만, 자기 코가 석 자인데 그런 것을 신경 써 줄 아량 따위는 상준에게 없었다. 폭발물이 터지는 듯한 굉음이 들리며 복도 전체가 흔들렸다. 불행하게도 이번에는 다른 자들만 날린 것이 아니라, 상준 자신도 타격을 입었다. 한정된 공간에의 폭발을 막아 낼 수 없었던 것이다.

물론 직격당한 다른 자들과 달리 상준의 부상은 가벼운 정도였지만 그래도 날아가 등을 호되게 부딪치는 바람에 한동안 허리가 아파서 등을 펴지도 못했다.

"아, 제기랄. 어이쿠, 허리야. 이게 뭐야. 망할 놈들. 사람 놀랬잖아."

상준이 투덜거리며 몸을 일으키려는데 일본도를 쥐고 있었던 남자가 정신을 잃지 않았는지 신음과 함께 손을 뻗어 상준의 발목을 잡았다.

"너…… 너는 대체 누구? 세…… 세상에, 어떻게……."

남자가 더듬거리자 상준은 귀찮다는 듯 얼굴을 찡그리며 발을 들어 남자의 손을 지긋이, 그러나 단호하고도 확실하게 밟아 버렸다.

"못 봤냐? 나 바주카포 쐈어."

"뭐? 네…… 네가 언제……."

"아, 못 봤으면 할 수 없고. 얌전히 있다가 잡혀나 가셔."

상준은 남자의 손을 짓밟은 채 휘적거리며 아래로 내려섰다. 복도의 끝에는 양쪽에 방이 있었고, 위로 올라가는 계단과 아래로 내려가는 계단이 있었다. 상준은 어디로 갈까 생각하다가 아무래도 교주 놈이 은밀히 수상한 짓을 꾸미는 것 같으니 지하실에 있을 공산이 높다고 생각돼 계단 아래쪽으로 방향을 잡았다.

그러나 상준이 발을 막 떼자마자 복도 양옆의 문이 벼락처럼 열리며 기다렸다는 듯이 네 남자가 튀어나왔다. 그리고 남자들보다도 조금 앞서서 커다란 꽃병과 묵직한 재떨이 같은 것이 날아들었다. 자신도 모르는 새 힐기보법을 발동해 묵직한 재떨이의 일격은 피했지만 커다란 꽃병이 날아와 뒤통수에 부딪히는 것은 막을 수 없었다.

쾅 하고 눈앞에서 별이 번쩍거리는 듯하더니 어느새 상준은 아래층 지하실의 계단을 데굴데굴 굴러떨어져 갔다.

"이…… 이 비겁한!"

양쪽에서 튀어나온 네 사람의 장정이 기회를 놓치지 않겠다는 듯 몽둥이를 휘두르며 달려드는 것을 상준은 쓰러진 채 십이지번 깃발 여러 개를 휘두르며 닥치는 대로 주술력을 끌어내어 쏘았다.

뒤통수가 띵한 데다가 계단까지 구르는 바람에 냉정하게 대응할 정신이 없어서였다. 너무 과하게 주술을 쓴 탓에 남자들은 헝겊 인형처럼 사방으로 튕겨져 나갔지만 이미 쓰러졌던 상준도 또다시 타격을 입고 아래층 계단으로 볼품없이 데굴데굴 굴러떨어졌다. 그러면서 하필이면 바닥에 얼굴을 찧어 광대뼈가 시큰한 것이 눈에서 불이 튀는 것 같았다.

"어이쿠! 어우 아퍼라."

광대뼈를 감싸 쥐며 간신히 몸을 일으키는 상준의 이마에서 끈끈한 것이 흘러내렸다. 아까 꽃병에 맞아서 머리 가죽이 찢어져 피가 흘러내리는 것 같았다. 이미 도사용 윤건도 사라진 지 오래였고,

나름 갖추어 입었던 도복도 한쪽 소매가 통째로 찢어져 없어진 데다 다른 곳도 성한 곳이 없었다. 그런데도 숙취는 안 깼다.

'어우. 이게 뭔 꼴이야.'

자기 도복이 찢어지는 것에 묘한 복수심 같은 것을 느껴 왔던 상준이었지만, 지금의 상황은 결코 달갑지 않았다. 뒤통수를 얻어맞은 데다 너무 가까이서 큰 주술을 쓰는 바람에 정신이 띵한데, 코앞에서 여럿의 남자가 몽둥이를 휘둘러 대며 달려드는 것이 흐릿하게 보였다.

"씨발. 뭐가 이렇게 많아?"

상준이 거의 절규하며 급히 등 뒤로 손을 올리는데, 아뿔싸. 십이지번을 다 써 버렸는지 혹은 아까 계단에서 굴러떨어지다 놓쳤는지, 등에 남아 있는 깃발이 하나도 없었다.

"어, 망했다……."

상준이 울상이 되는 순간 앞장서 있던 남자의 몽둥이가 상준의 어깻죽지를 노리고 날아들었다.

퍽 하는 소리와 함께 몽둥이는 상준의 왼쪽 어깻죽지에 적중했다. 그러나 상준은 눈을 부릅뜬 채 꿈쩍도 하지 않고 자신을 때린 자를 죽일 듯이 바라보았다. 아팠다. 아프기는 한데, 그보다는 열이 끓어올랐다. 그러다 보니 독기가 터져 나와 줄줄 흘렀다.

'양, 잠시 잊는다. 지금은 늑대 차례다. 우라질.'

변신까지는 아니다. 그냥 독기 해방. 마음가짐만 변하는 거다. 카멜레온처럼 순식간에 성공, 마음 바뀐 상준이 악귀처럼 씩 웃었다. 일격을 성공시키고 좋아하던 남자의 얼굴이 순식간에 일그러졌다. 안 그래도 머리에서 피를 줄줄 흘리며 여기저기 찢어진 옷을 걸친 채 핏발이 가득한 눈을 부릅뜬 상준의 모습은 보기만 해도 끔찍했다. 특히나 오랜 수련을 통해 길러진 분위기와 독기가 보이지 않게 뿜어져 나와 주위 사람들을 압도했다.

"아, 근데 이 자식들이 함정을 파고 기다려? 교활한 놈들."

자신이 무슨 말을 하는지도 모른 채 상준이 중얼거리자 몽둥이를 들고 있던 남자는 오히려 얼굴을 일그러뜨렸다.

"무…… 무슨 함정을……."

"치사한 자식들! 감히 태상노군(太上老君, 노자)님을 건드려?"

상준은 힐기보법을 발동해 보이지 않을 정도의 속도로 몸을 회전시키며 자신을 내리친 몽둥이를 빼앗아 들었다. 그리고 두 바퀴나 몸을 화려하게 돌리면서 자기 어깨를 내리쳤던 남자의 뒤통수를 사정없이 몽둥이로 후려갈겼다. 컥 하는 소리와 함께 남자는 뒤통수에 일격을 맞고 날아가 벽에 몸을 부딪혔고 공처럼 튕겨 나와 자빠져 의식을 잃었다.

상준은 이를 악문 채 소맷자락이 찢어져 앙상한 팔이 드러난 왼손으로 이마에 흘러내리는 핏물을 훔쳐서 땅바닥에 뿌리며 말했다.

"깃발 없으면 내가 못 싸울 것 같지, 개새끼들아?"

기세에 남자들이 주춤거린 사이 상준은 보이지 않을 정도로 재빠르게 힐기보법을 운용해 몸을 현란하게 돌리면서 눈앞에 보이는 녀석들을 닥치는 대로 두들겨 팼다. 평상시 같으면 맞아서 크게 잘못될 수 있는 머리 부분은 어느 정도 피했을 테지만 자신도 굴러떨어져 여기저기 상처를 입고 쓸 수 있는 십이지번도 다 잃어 버린 터라 인정사정 봐줄 생각이 없었다. 닥치는 대로 썩은 호박 깨부수듯 남자들을 두들겨 팬 상준은 씩씩거리면서 몽둥이를 둘러메고 앞으로 걸어갔다.

"허, 이거 도대체 몇 층까지 뚫어 놓은 거야? 돈도 많아. 최 교주, 이 새끼."

혼자 실없이 중얼거리며 상준은 아래층으로 이어져 있는 계단을 비척거리며 내려갔다. 아무래도 머리를 잘못 맞아 가벼운 뇌진탕이라도 일어났는지 자꾸 욕지기가 나고 눈앞이 캄캄해졌다. 물론 온갖 주술을 극기로 버텨 이겨 낼 정도의 정신력을 지닌 상준이었기에 망정이지 보통 사람 같으면 진작 쓰러졌을지도 모른다.

그러나 지금 상준을 지탱하는 것은 그런 정신력이 아니라 알 수 없는 오기와 독기였다.

"아, 제기랄! 이거 편한 일이 아니었구먼. 하긴, 세상에 눈먼 돈이 없지."

중얼거리며 계단을 내려가는 상준의 앞을 또다시 몇 명의 남자들이 막아섰다. 이제는 심드렁하다 못해 짜증까지 났다. 그래 봐야 일반인이기 때문이다. 여태까지는 주술력을 주로 사용했었지만 힐기보법 하나와 몽둥이 하나를 든 것만으로도 일반인은 얼마든지 상대할 수 있었다. 아무리 자신이 컨디션이 좋지 않다 하더라도.

다시 두 사람의 남자를 쉽게 쓰러뜨린 상준은 머리에서 흘러내리는 피를 조금이라도 멎게 하려고 아예 왼 손바닥을 펴서 머리를 감싸 쥔 채 문 하나를 걷어차 버렸다.

그런데 문을 열자마자 안에서 우 하는 함성 같은 것이 들려왔다. 깜짝 놀라 돌아보니 그곳은 철창 같은 것으로 이루어진 일종의 감옥처럼 보였는데, 양옆에서 사람들이 일제히 고개와 손을 내밀며 구해 달라 외치고 있었다.

"어. 이게 뭐야? 근데 최 교주, 이 새끼. 이거 볼수록 개새끼일세."

상준은 순간 자기도 모르게 욕이 터져 나왔다. 양쪽 철창에는 각각 스무 명도 넘어 보이는 사람들이 갇혀 있었는데, 모두가 여자들이었다. 침침해진 상준의 눈에도 예쁘장한 여자만 갇혀 있는 것으로 보아 최 교주가 무슨 심산으로 이들을 가두어 놓았는지는 짐작하고도 남을 일이었다.

"최 교주, 이 새끼. 교 이름부터 열락이라더니 열나게 헐떡거리는 놈일세? 무슨 아방궁이야? 하렘을 만들어?"

처음에는 그렇게 생각했으나 가만히 머리를 굴려 보니 꼭 그런 목적으로만 여자들을 가두어 두었을 리는 없다. 더 끔찍하고 암담한 생각이 등골을 스쳤다.

"인신매매……?"

생각나는 것은 그것밖에 없었다. 상준은 이를 악물며 앞으로 성큼성큼 걸어갔다. 남들에게 오해도 많이 사지만 그래도 스스로는 자기가 정의파고 사람들을 돕는 일을 하고 있다 믿어 의심치 않는 상준으로서 이런 악행은 절대로 묵과할 수 없었다. 물론 악행을 걷어치우려면 다른 데 눈을 돌릴 겨를은 없다.

지나가는 상준에게 여자들이 아우성을 치며 말했다.

"구해 줘요, 제발 좀 풀어 줘요!"

상준은 아이들의 저주 같은 울음 따위는 들리지도 않았다.

"아아, 나중에……."

상준이 건성으로 대답하며 지나가자 한 여자가 소리를 질렀다.

"너무해요!"

그러자 상준은 걸음을 멈추고 눈을 부릅뜬 채 그 여자를 째려보았다.

"야, 구해 줘? 니네가 나를 구해야 될 것 같지 않냐? 내 꼴 좀 보란 말이야."

상준이 피가 줄줄 흘러내리는 얼굴로 부릅뜬 채 말하자 겁을 먹은 여자는 뒤로 주춤주춤 물러서며 떨리는 목소리로 말했다.

"누, 누구신데요?"

"나? 레무리아 대륙에서 왔어."

"네?"

여자가 도저히 이해할 수 없다는 표정으로 눈을 동그랗게 뜨자 상준은 다시 고개를 돌려 멋대로 걷기 시작했다.

'아, 쪽팔려. 여자들 앞에서 레무리아……. 씨발.'

황당하기 이를 데 없는 이야기였지만 장난으로만 그런 소리를 한 것은 아니다. 이것은 상준이 일을 해결할 때 쓰는 일종의 수법이었는데 듣기에도 황당하기 그지없는 이야기를 함으로써 사람들의 입을 원천적으로 봉쇄하고 그들의 기억에서 자기의 존재 자체를 지우는 나름의 고등 수법이었다.

용궁이니 아틀란티스니 레무리아 대륙이니 ― 그것도 사람마다 다르게 ― 제멋대로 떠들어 대면 나중에 그 사람에 대해서 증언을 하거나 이야기하려 해도 할 수가 없다. 직접 들은 사람조차 남에게 함부로 털어놓지도 못하고 결국에는 착각한 것이 아닌가 하고 스스로를 속이게 되는 것이다.

상준의 장난스러운 것 같은 행동에는 이런 복잡한 계산도 깔려 있었다. 물론 그렇다 해도 사람이 이렇게 득실거리지 않았다면 이런 창피하고 얼굴 팔리는 행동은 하지 않았을 것이지만, 지금은 생각보다 사람도 너무 많고 당장 막아야 할 일도 따로 있으며 몸 상태를 보아 승리를 장담할 수 없다. 때문에 상준은 창피함을 일단 접어 두고 그런 낯간지러운 말을 계속 내뱉었다.

나중에는 새파랗게 질렸던 여자들조차 아예 미친 사람이라고 생각했는지 구해 달라기는커녕 상준을 피해 구석으로 숨어 버리기까지 했다. 물론 상준은 편해서 좋았다. 그 와중에도 어딘가 아파서 신음하고 있는 여자 하나가 가냘픈 신음을 내며 상준의 바짓단을 붙잡았다.

"제, 제발 사…… 살려 줘요. 구해 주세요……."

여자가 애절하기 그지없는 목소리로 신음하자 상준은 일그러진 얼굴로 뒤를 돌아보았다. 그리고는 눈을 딱 감고 말했다.

"기다려, 기다리랬잖아."

그리고 상준은 가냘픈 여자의 손을 툭 뿌리치고 성큼성큼 앞으로 걸어갔다.

여자들이 갇혀 있는 감옥을 매정하게 통과한 상준은 희미한 기운을 느꼈다. 거리가 멀어서인지 힘이 희박해서인지 아주 미미하게 느껴지는 힘이었으나 분명히 영적이 힘이 깃든 주술력이었다.

보통 사람이라면 느끼지 못했겠지만 상준에게 이 정도 기운을 느낄 능력은 충분했다. 아무리 머리가 깨지고 만신창이가 된 몸일지라도 말이다.

'최 교주겠지? 이 개놈의 새끼!'

속으로 욕을 하며 상준이 그쪽으로 성큼성큼 발을 옮기자 또다시 바퀴벌레 떼처럼 몇 명의 남자가 앞을 막아섰다. 그러자 상준은 기가 막힌다는 듯 부릅떴던 눈도 풀고 짜증 난다는 표정을 지었다.

"애들아?"

남자들이 대답하지 않고 잔뜩 긴장한 채 몽둥이를 들고 상준만 바라보고 있자, 상준이 귀찮다는 듯 몽둥이를 들어 올려 위를 가리켜 보이며 말했다.

"저 위에 몇 명 있었는지 아니? 근데 나 여기 내려왔어. 이거 보고 뭐 느껴지는 거 없을까?"

남자들은 상준의 말뜻을 깨달았는지 주춤거리며 물러섰다. 상준은 귀찮다는 듯 살짝 손을 흔들어 보이며 말했다.

"빨리 꺼져라."

사실 상준의 몸은 만신창이가 됐지만 눈을 부릅뜨는 것보다 이렇게 여유를 풍기는 편이 훨씬 무서웠다. 처음의 당당했던 도사 복장과는 달리 헝클어진 상준의 몰골이 흡사 공포 영화에서 막 튀어나온 악역처럼 느껴졌기 때문이다.

그에 질려 들고 있던 것들을 떨구고 슬금슬금 도망치는 녀석들을 뒤로한 채, 상준은 이젠 귀찮다는 듯 몽둥이도 내팽개치고 성큼성큼 지하실의 방 한쪽을 향했다. 물어보고 따지고 할 것도 없이 영적인 기운만 쫓으면 그게 바로 최 교주가 있는 방이리라.

"야! 최 교주! 이 씨발!"

외치면서 문을 냅다 걷어차자 문짝이 경첩째 부서져 나가 요란하게 엎어진 것까지는 기세가 좋았는데, 그 반대편으로 전혀 생각지도 못했던 광경을 마주한 상준은 흠칫했다.

"경찰?"

다른 것도 아닌 정복을 입은, 서른 살쯤 돼 보이는 경찰 한 명이 떨리는 손으로 권총을 빼 든 채 똑바로 문을 겨냥하고 있지 않은가. 그리고 그 옆에 히죽거리는 표정으로 앉아 있는, 머리가 반쯤 벗겨지고 음울해 보이는 눈을 한 작자는 사진에서 본 최 교주가 틀림없었다.

"와, 너 이 자식! 경찰 빽 됐냐?"

상준이 외치자 최 교주는 능글거리며 말했다.

생령 살인

"세상에 성질도 급하셔라. 이렇게 빨리 찾아올 줄은 몰랐는데 말이야."

"너, 이 새끼!"

상준이 이를 갈자 최 교주는 능청스럽게 말했다.

"안 그래도 백호라는 애송이 검사 놈이 나를 노린다는 건 익히 들어 알고 있지. 그런데 대비할 시간도 없이 이렇게 빨리 오다니…… 확실히 놀랐어."

"알고 있었다고?"

상준은 되물었으나 그게 우문이었다는 것은 옆에 총을 겨누고 있는 정복 경찰만 봐도 한눈에 짐작할 수 있었다. 최 교주가 어느 정도의 능력을 지닌 이상 일반 사이비교의 사기꾼들보다는 훨씬 쉽게 사람들을 조종할 수 있음은 뻔한 사실이다. 실제로 총을 가진 경찰까지 옆에 호위병처럼 붙일 정도니 검찰 내의 백호의 움직임에 대해 이미 알고 있었다고 해서 이상할 것은 없다. 더구나…….

"최 교주, 너 살인만 한 게 아니지?"

상준이 오히려 당돌하게 되묻자 최 교주는 코웃음을 치며 대답하지 않았다. 상준은 더 캐물었다.

"너 이 자식, 백호 검사는 살인 때문에 널 쫓고 있는 거야. 근데 나 오늘 훨씬 더 심한 걸 봤거든? 저 여자들 뭐냐? 이 새끼야, 네가 무슨 진시황이야?"

최 교주는 그런 상준이 딱하다는 듯 고개를 설레설레 저었다.

"아, 애석하게 됐어. 웬만하면 혼만 내고 쫓아 버리려고 했는데 그걸 봤다니 말이야. 이젠 그냥 보내 줄 수 없겠는걸?"

그러나 상준은 눈을 부릅뜨며 말했다.

"너 이 새끼 인신매매하지? 안 그래도 아랫도리 부실해 보이는 배 튀어나온 새끼가 저렇게 여자가 많이 필요할 리 없잖아? 어? 딱 봐도 알겠는걸?"

상준이 일부러 부아를 돋우는 말을 거침없이 내쏘자 최 교주의 인상이 험악해졌다.

"김 경관, 쏴 버려!"

그러자 김 경관이라 불린 경찰은 손을 떨며 말했다.

"교…… 교, 교주님. 아무리 그래도 저…… 저 사람을 그냥……."

"쏘라고 했어!"

"교…… 교주님 용서해 주십시오. 그…… 그…… 어떻게 그냥 수갑만 채우면 안 될까요?"

경관이 떨면서 이야기하자 교주는 음산한 표정을 지으며 말했다.

"이봐, 김 경관, 늙으신 노모 생각도 해야지. 내 말을 듣지 않으면 어느 날 밤에 내가 어머니 찾아뵐지도 몰라. 그렇게 되는 게 좋겠어?"

"아…… 아…… 아…… 그…… 그것만은, 교주님. 절대……."

그러자 상준은 눈을 부릅뜨며 말했다.

"와, 너 이 개자식! 그 알량한 분신술인지 생령인지 한다고 협박까지? 거기에 인신매매?! 나, 아주 너그러운 사람이다. 근데 넌, 사형이야. 이 인간쓰레기 새끼야."

그러나 최 교주는 능글거리며 다시 외쳤다.

"김 경관, 뭐 해? 쏘라니까?"

상준도 지지 않고 똑바로 외쳤다.

"그래, 쏴 봐. 이 자식아! 네가 그러고도 경찰이야? 죄지은 놈을 잡아가는 게 경찰이지, 옆에서 꼬붕질이나 하면서 멀쩡한 사람이나 쏴 죽이는 게 경찰이야?"

김 경관은 상준의 말이 가슴에 찔리는지 손을 벌벌 떨면서 교주를 향해 자신도 모르게 눈을 돌렸다.

"교…… 교주……."

상준은 기회를 놓치지 않았다. 여섯 번이나 뼈가 부러질 정도로 단련한 상준의 오른발이 힐기보법으로 땅 대신 바로 앞에 굴러다니던 의자를 후려쳤다. 의자는 상준의 발이 닿는 순간 박살 나긴 했지만 그 파편들은 기세가 줄어들지 않고 김 경관을 와르르 덮쳤다. 나뭇조각에 여기저기를 맞은 김 경관은 비명조차 채 지르지 못하고 나가떨어졌으며 권총은 바닥에 데구루루 굴렀다. 상준은 꼴좋다는 듯 외쳤다.

"경찰 빽? 씨발, 나는 검찰 빽 있다! 그깟 경관 한 명한테 내가……."

말하던 상준은 아차 싶었다. 김 경관이 떨어뜨린 권총이 하필이면 최 교주의 앞으로 미끄러져 간 것이 아닌가. 김 경관처럼 망설일 이유가 없는 최 교주는 손을 내뻗어 권총을 집을 터였다. 최 교주는 그것을 보고 주춤하는 상준을 노려보며 말했다.

"거참, 소문대로 대단하군······."

그러면서 넌지시 최 교주가 손을 뻗어 권총을 잡을 기색을 보였다. 상준은 힐기보법으로 의자를 걷어찬 터라 다시 힘을 끌어낼 수는 없었다. 기세 좋게 악은 썼지만 피를 너무 많이 흘렸는지 이제는 눈앞도 침침해지고 몸에서 힘이 빠져나간 상태였다. 모든 것을 포기하고 쓰러져 버리고 싶은 심정이었다.

'아, 그냥 누워 버릴까?'

망설이는 상준에게 정신을 확 들게 하는 최 교주의 음성이 들려왔다.

"자네, 정말 대단해. 이현암."

"뭐? 씨발, 뭐? 현암?"

방금까지 포기하려 했던 모습은 어디 갔는지 상준이 벼락같이 눈을 부릅뜨며 외쳤다.

"최 교주!"

갑자기 변한 상준의 기세에 놀라 최 교주가 주춤했다. 완전히 부아가 난 상준은 최 교주가 총을 집건 말건 신경도 쓰지 않은 채 눈이 뒤집힌 상태로 외쳐 댔다.

"여기서도 현암이냐? 이 씨발놈아! 너도 현암이야? 세상에 현암밖에 없어?"

성질대로 외치고 나서야 상준은 아차했다. 어딘가 이상했다. 최 교주는 총을 집어서 쏠 시간이 충분히 있었는데도 집지 않고 있었다. 그것을 본 순간 상준의 뇌리에는 한 가지 생각이 스쳤다. 겉으로는 제멋대로 행동하고 우스워 보이는 짓도 많이 했지만 생각은 깊고 치밀한 상준이다.

'생령…… 이쪽이 생령이구나!'

최 교주는 분명 자기의 백(魄)에 해당하는 생령을 분리해 알리바이를 만들고 사람을 죽인 적이 있었다. 백호가 최 교주를 쫓는 것도 그것 때문이다. 지금 눈앞에는 최 교주가 있지만 그는 권총을 집지 않고 있다. 집어서 쏘기만 하면 되는데도 그렇지 않고 잡는 시늉만 한 채 멈춰 있는 이유는 간단했다. 눈앞에 있는 최 교주는 최 교주가 만들어 낸 생령에 불과했으니까. 실제로 보기에는 똑같아 보이지만, 물건을 집어서 움직일 수 없는 것이다. 그렇게 생각한 상준은 안도하기에 앞서 퍼뜩 정신이 들었다.

'아뿔사! 그럼 진짜는?'

이곳에 생령을 두어 상준을 유인했던 것이라면 진짜 최 교주는 이미 도망치는 중일지도 모른다. 문 너머에서 풍기는 기운이 유달리 미약하다 느껴졌던 것도 따지고 보면 간단했다.

최 교주는 자신의 기운을 숨긴 채 생령의 기운만 느껴지게 만들어서 오히려 상준을 지하실 깊은 곳으로 유인한 것이다. 그렇다면 밖이다. 상준의 머리가 김이 나게 돌아갔다. 지금 일부러 상준을 ―비록 현암이라고 오해는 했지만― 지하실까지 유인했다면 진짜 최 교주는 지상으로 나가 도주하고 있을 것이다. 상준은 이를 악물고 힐기보법을 최대로 끌어올린 후 뒤돌아 달리기 시작했다. 최 교주의 생령은 발각되자마자 푸시시 흔적도 없이 사라져 버렸지만 상준은 뒤도 돌아보지 않았다.

머리에서 피를 너무 많이 흘려서인지 눈앞도 침침하고 몸에도 힘이 들어가지 않았지만 상준은 오기로 이를 악물고 달렸다.

"현암! 아, 왜 또 하필 현암이야."

상준을 이렇게 움직이게 만든 이유는 지극히 간단하면서도 터무니없었다. 현암이라는 이름 하나였다. 온 길을 되짚어 돌아가자 아까 지나갔던 여자들의 감옥도 통과하게 됐다.

안쪽으로 들어갔다가 무사히 나왔다는 것이 어떤 의미인지 깨달은 여자들은 상준이 수상해 보였지만, 다시금 손을 뻗으며 아우성을 쳤다. 그러나 최 교주를 얼른 잡아야 한다는 생각에 눈이 뒤집힌 상준은 거칠게 여자들의 손을 뿌리치며 소리 질렀다.

"기다려! 아, 씨발! 기다리라고 했잖아!"

"제발 저 좀 어떻게……."

아까 상준한테 매몰차게 차인 여자의 손이 다시 한번 상준의 바짓가랑이를 잡으려 했으나 상준은 귀찮다는 듯 여자의 손을 사정없이 밟아 버리고는 그대로 지나쳐 버렸다. 밟힌 여자의 비명과 감옥 안에서 욕하는 여자들의 아우성조차 들리지 않았다.

"최 교주, 최 교주……. 이 망할 새끼 어디 갔어!"

이미 자신의 주술로 난장판이 돼 버린 일 층에 도착한 상준은 헐떡이며 그나마 소맷자락에 덜렁 남은 아주 조그마한 투시용 노란 깃발을 들고 사방을 둘러보았다. 이럴 때는 좋아하지는 않지만 도력의 기운으로 영력의 흔적을 찾으면 될 것 같았는데 귀신처럼

생령 살인　315

눈치를 챘는지 어쨌는지 최 교수 놈이 힘을 모조리 감추어 버려서 통 감지해 낼 수가 없었다. 애가 탄 상준은 들었던 작은 깃발을 던져 밟아 버리고 자신의 주술에 맞아 신음을 흘리며 쓰러져 있던 열락교 교인의 멱살을 잡아 흔들며 외쳤다.

"교주, 교주 어디 갔어?

"제…… 제가 어떻게……."

"몰라? 이 병신!"

상준은 교인을 내팽개치고 다른 교인을 잡아 또다시 닦달하기 시작했다. 그러나 교주가 어디 갔는지 이들이 알 수 있을 리 없다. 상준은 아직도 피가 흐르는 머리를 왼손으로 움켜쥔 채 침착하려 애쓰면서 머리를 굴렸다.

여기는 올라올 때부터 가파르기 짝이 없는 산길이었다. 당연히 차 같은 것은 애당초 들어올 수도 없다. 길도 외줄기라 정문에 서서 아래를 내려다보면 한눈에 들어왔다. 아무리 길가에 몸을 숨긴다 해도 도주하는 이상 눈에 띄는 것이 겁나지 않을 리 없었다.

'그렇다면…….'

상준은 머리를 굴렸다.

'최 교주, 그놈 멀리가지 못했을 거야.'

이렇게 생각한 상준은 하늘을 향해 큰 소리로 고함을 쳤다.

"최교주! 너 이 새끼, 꼼짝 마!"

현암의 사자후만큼은 아니어도 공력을 실었기 때문에 소리는 크게 울렸다.

그때 상준의 오른쪽에서 희미한 영적 기운이 느껴지기 시작했다. 그러나 그 순간 상준은 최 교주가 이미 생령을 이용해 자신을 속이려 한 것을 기억해 냈다. 실제로 최 교주일 확률도 물론 있다. 하지만 상준은 더 생각할 것도 없이 직감이 가리키는 쪽으로 향했다. 영능력이 느껴지는 쪽의 반대 방향으로 무조건 달리기 시작한 것이다.

"어라라?"

직감대로 달려가고 보니 그곳은 깎아지른 듯한 벼랑이었다.

"여긴 막다른 곳 아냐. 그럼 대체 어디로 간 거야?"

몸을 돌리려는 상준에게 문득 아주 작은, 조그마한 한숨 소리 같은 것이 느껴졌다. 제대로 들었는지 아닌지는 확실하지 않지만 느낌이 확 왔다.

'혹시……?'

상준은 조심스럽게, 아주 조심스럽게 발소리를 죽여 가며 벼랑 끝으로 살짝 눈을 내밀었다. 아니나 다를까 최 교주 놈은 음흉하게도 벼랑 끝에 매달려서 손끝으로만 바위 모서리를 잡은 채 숨어 있었다. 생령을 저 멀리 보내 놓고 일부러 벼랑을 내려다보지 않는 한, 절대 눈에 띄지 않는 자리에 음흉하게 숨은 것이다.

'하. 여우 새끼 같은 놈. 이걸 당장…….'

상준은 교활한 최 교주의 꼴을 보자 울화가 끓어올랐다.

'저 개자식. 사람 죽이고 협박에 인신매매에 경관까지 부리고…… 이 주기 선생이 피를 보게 만들어? 이런 씨발…….'

머리에 흘러내리는 피가 영 멈추지를 않았다. 생각보다 많이 찢어진 것 같다. 잠시 상처에서 왼손을 떼어 보니 피로 온통 물들어 있다. 결국 상준은 이를 악물었다.

'에이, 씨발! 돈 안 받아.'

결심한 상준은 일부러 두리번거리는 척하며 벼랑 쪽, 즉 최 교주가 매달려 있는 방향으로 걸어갔다.

"최 교주, 내 이 자식. 잡기만 하면 말이야. 그냥 아주 잘게 다져서……."

상준은 즐기려는 듯 일부러 큰 소리로 욕을 해 댔다. 분명 자기 발밑에서 최 교주는 덜덜덜 떨고 있으리라.

"나한테 걸리기만 하면 말이지, 아주 그냥. 응?"

말하면서 상준은 슬쩍 발을 뻗어 최 교주의 손가락을 힘껏 짓밟았다. 겉으로는 살짝 발을 디딘 것처럼 보이지만 실제로는 힐기보법의 수법으로 공력을 잔뜩 실은 것이라 최 교주의 손가락이 버텨 낼 수가 없었다.

"으아악!"

최 교주의 돼지 먹따는 듯한 찢어지는 비명이 벼랑 아래로 점차 멀어져 갔다. 상준은 못 들은 척 일부러 반대쪽 하늘을 보면서 스스로를 속이려는 듯 중얼거렸다.

"어, 벼랑에서 미끄러질 뻔했네. 아무튼 최 교주, 그 자식. 잡히기만 하면 말이지. 흠, 뭐, 아냐, 그런 놈은 천벌이라도 받을 거야. 암, 천벌이지, 천벌."

"……그래서 놓쳤다고요?"

백호가 어이없다는 듯 말했다. 상준은 보란 듯이 아예 머리에 붕대를 칭칭 감은 채 건들거리는 표정으로 백호의 앞에 태연히 앉아서 말했다.

"거, 아주 여우 같은 놈이라니까. 거의 잡을 뻔했는데, 생령을 내 앞에 펼쳐 놓고 튀었지 뭐요?"

그러나 백호는 미심쩍은 듯이 말했다.

"최 교주의 시체가 열락교 건물 뒤 벼랑 아래에서 발견된 건 아십니까?"

"아, 내가 알 리가 있나? 그놈이 그리로 도망치려다 떨어졌나 보구먼! 그런 걸 천벌이라고 그러지 않소?"

백호는 인상을 썼다.

"그렇다면 최 교주의 손가락은 왜 짓뭉개져 있었을까요?"

"아, 그걸 내가 어떻게 알아?"

상준은 뜨끔했으나 시치미를 딱 뗐다. 백호가 어이가 없다는 듯 고개를 저으며 말했다.

"제가 처음에 부탁드린 건, 분명 최 교주가 살인을 했다는 물증이나 증거를 확보하거나 더 나아가서는 신병을 확보, 즉 체포해 달라는 것이었습니다. 기억하시죠?"

"아, 그럼! 기억하지. 그런데 내 능력이 안 되는 걸 어떻게 해? 내 몰골을 좀 보시오."

백호는 몹시 화가 치밀었으나 억지로 눌러 참아 표를 내진 않았다. 대신 백호의 입 끝에 물린 맨담배만 쉴 새 없이 움직이며 돌아갔다.

"그리고 이게 뭡니까? 바주카포를 쐈다고요?"

"거 그렇게 말해 주는 편이 편하지 않소? 제황사신번을 날려서 그렇게 됐다고 말하면 더 문제가 커지지 않을까?"

"아니, 여기가 대한민국이라는 것을 모르십니까? 사제 무기가 돌아다닌다는 것을 인정하는 것이 주술을 인정하는 것에 비해 결코 작은 문제가 아닐 텐데요……."

"아, 미안허우, 미안해. 하지만 나는 항상 그런 식으로 해 왔거든."

백호는 다시 샐쭉한 눈초리가 돼 상준을 몰아붙이듯 말했다.

"그럼 사람들에게 용궁이니 아틀란티스니 레무리아 대륙이니 하는 이야기를 한 것도?"

"아…… 레무리아 대륙의 전설 모르시오?"

백호는 어이없다는 듯 한숨까지 쉬었다.

"그런 이야기를 한 것도 당신의 신원을 숨기기 위한 수법이었습니까?"

"간혹 쓰는 수법이지. 솔직히 너무 낯간지러워서 자주 못 쓰지만 이번엔 사람이 너무 많더라고."

"피해자로 갇혀 있던 여성 상당수가 당신을 최 교주와 한패나 악당으로 보고 신고하려 했던 것도 아십니까? 고발한다고 한 여성도 있고……."

"아, 그러든지 말든지. 내가 누군지도 모르면서 지랄은. 그런데 왜 자꾸 쓸데없는 이야기만 하는 거요?"

백호는 책상을 가볍게 치면서 일어나 뒷짐을 지고 상준을 꺼리는 듯 등을 보이며 서서 말했다.

"제가 바란 것은 최 교주가 빠져나간 법의 그물망을 단속하고 법의 엄정함을 바로 세우기 위함이었습니다. 그 때문에 어느 정도의 편법을 각오하기까지 했고요. 하지만 이런 결과는 정말……."

백호가 채 말을 잇지 못하자 상준은 능글맞게 말했다.

"하지만 더 이상 인신매매는 없을 거 아니오. 최 교주도 벼랑에서 떨어져 천벌을 받았다니 비슷한 일이 벌어질 리도 없고. 생령을 만드는 능력은 그렇게 쉽게 생기는 것도 아니니 더 이상 걱정할 필요 없고 말이오. 어떻게 보면 잘 풀린 거 아니오?"

백호는 거의 체념하다시피 중얼거렸다.

"만약 현암 씨였다면……."

혼잣말로 작게 중얼거린 이야기지만 그게 상준의 성질을 건드렸다. 상준은 자리에서 벌떡 일어나며 화난 소리로 외쳤다.

"돈 내놓으쇼!"

"의뢰한 일은 하나도 제대로 이루어지지 않았는데도요?"

백호가 돌아보면서 따지듯 말하자 상준도 눈을 부라리며 말했다.

"내 머리 안 보이시오? 그리고 어쨌든 간에 열락교가 없어진 게 누구 덕인지 몰라서 하는 소리요?"

백호는 거의 체념한 듯 눈을 감았다. 사실 상준도 이렇게까지

치사하게 나올 생각은 없었다. 하지만 백호가 또다시 현암이라는 이름을 읊조리자 눈이 뒤집혔다. 그리고 앞으로도 그 후유증은 오래갈 것 같았다.

상준이 밖으로 나가자 백호는 길게 한숨을 쉬었다. 그리고 책상 한 쪽에 있던 파일을 열어, 능력자들로 구성된 태스크 포스를 만들려던 기안 문서를 부욱 찢어 휴지통에 던져 넣었다. 백호는 속으로 생각했다.

'역시 그들이 돌아올 때까지…… 기다려야 해.'

상준은 검찰청 건물을 걸어 나오며 봉투를 집어넣은 왼쪽 가슴을 슬슬 어루만졌다. 처음에 약속했던 액수를 다 받지는 못했지만, 절반 정도는 챙길 수 있었다. 억지로 뜯어내다시피 한 돈이다.

백만 원짜리 수표 스물다섯 장의 두둑한 질감을 흐뭇하게 느끼면서 상준은 검찰청을 나오자마자 미라처럼 머리에 둘둘 말고 있던 붕대를 걷어 쓰레기통에 던져 버렸다. 사실 피는 많이 흘렸지만 찢어진 상처는 병원에 가서 네 바늘 정도 꿰매니 금세 아물었다. 이제는 겉보기조차 표도 안 난다.

하지만 일부러 백호가 보라고 붕대까지 둘둘 두르고 온 것인데, 이제는 필요 없어졌으니 유감없이 쓰레기통에 버린 것이다.

"세상 살기가 이렇게 힘든데 말이야. 전부 현암, 현암. 그 소리나 해 대고 말이지."

돈을 받은 것은 흐뭇했지만 상준의 마음은 무거웠다. 누가 듣지도 않는데 여전히 구시렁거리며 걷는 상준의 눈에 저만치에서 자선 행사로 행인들의 주의를 끌고 있는 봉사단원이 보였다. 상준은 조금 망설이다가 그쪽으로 발걸음을 옮겼다. 그가 다가가자 모금함을 둘러멘 봉사단원은 희망에 찬 눈빛으로 상준을 바라보았다.

상준은 두둑한 왼쪽 가슴을 기분 좋게 어루만지고는 손을 돌려서 자신의 지갑을 꺼냈다. 그리고 큰마음 먹고 십만 원짜리 자기앞 수표 세장을 쥐었다가 다시 한 장을 살짝 눌러 넣은 후 두 장만 통 크게 모금함에 집어넣었다.

모금함을 메고 있던 사람은 눈이 휘둥그레져서 "감사합니다. 감사합니다"를 연발했지만 상준은 괜찮다는 듯 돌아섰다. 하지만 한편으로는 그 소리가 듣기 좋았는지 미소를 띠면서 속으로 외쳤다.

'세상에 나보다 착한 놈 있으면 나와 보라고 해, 제기랄!'

퇴마록 외전 I

초판 1쇄 인쇄	2025년 5월 8일
초판 1쇄 발행	2025년 6월 5일
지은이	이우혁
책임편집	양수인
편집진행	북케어(김혜인, 전하연)　　**교정** 김기준
디자인	studio forb　　**본문 조판** 정유정
책임마케팅	최혜령, 박지수, 도우리
마케팅	콘텐츠 IP 사업본부
해외사업팀	한승빈
경영지원	백선희, 권영환, 이기경, 최민선
제작	제이오
펴낸이	서현동
펴낸곳	㈜오팬하우스
출판등록	2024년 5월 16일 제2024-000141호
주소	서울특별시 강남구 테헤란로 419, 11층 (삼성동, 강남파이낸스플라자)
이메일	info@ofh.co.kr

ⓒ 이우혁

ISBN 979-11-94654-81-0 03810

* 반타는 ㈜오팬하우스의 출판브랜드입니다.
* 이 책은 저작권법에 따라 보호받는 저작물이므로 무단전재와 무단복제를 금지하며, 이 책 내용의 전부 또는 일부를 이용하려면 반드시 저작권자와 ㈜오팬하우스의 서면동의를 받아야 합니다.
* 책값은 뒤표지에 표시되어 있습니다.
* 잘못된 책은 구입하신 서점에서 바꿔드립니다.